CLAIRE PONTBRIAND

Sainte-Victoire

2. Les rêves d'une génération

Coup d'œil

ÉDITIONS

De la même auteure:

Poignées d'amour, roman, Les Intouchables, 1998.
Fugues au soleil, roman, Les Intouchables, 1999.
L'amitié avant tout, roman, Les Intouchables, 2000.
Un soir de juin, roman, La Pleine Lune, 2000.
Le manoir d'Aurélie, roman, Les Éditions Coup d'œil, 2012.
La découverte d'Aurélie, roman, Les Éditions Coup d'œil, 2012.
Sainte-Victoire, T. 1 Les chemins de l'amitié, roman, Les Intouchables, 2006;
(réédition Les Éditions Coup d'œil, 2013).
Le secret de Lydia Gagnon, roman, Les Éditions Goélette, 2014; (réédition
Les Éditions Coup d'œil, 2016).
Pour toi, Nina, roman, Les Éditions Goélette, 2016; (réédition Les Éditions
Coup d'œil, 2018).
La vie en trompe-l'œil, roman, Les Éditions Goélette, 2018.

Couverture et infographie: Marjolaine Pageau

Première édition: © 2013, Les Éditions Coup d'œil, Claire Pontbriand
Présente édition: © 2021, Les Éditions Coup d'œil, Claire Pontbriand

goelette.ca
facebook.com/LesEditionsGoelette

Dépôt légal: 4ᵉ trimestre 2021
Bibliothèque et Archives nationales du Québec
Bibliothèque et Archives Canada

Financé par le gouvernement du Canada | Canadä

Les Éditions Coup d'œil bénéficient du soutien financier de la SODEC pour
son programme d'aide à l'édition et à la promotion.

Nous remercions le gouvernement du Québec de l'aide financière accordée par
l'entremise du Programme de crédit d'impôt pour l'édition de livres, administré
par la SODEC.

Imprimé au Canada

ISBN: 978-2-89731-038-7

Elle n'arrivait pas à croire qu'elle devrait porter cette robe horrible. C'était lourd, étouffant et tout ce noir l'oppressait. C'était sans doute la fonction des vêtements de deuil d'être ainsi, de personnifier la mort, l'anéantissement. Marie aurait aimé faire disparaître cette robe. Elle agitait les mains dans les airs pour ne pas toucher le tissu comme si elle avait peur d'être contaminée par le chagrin.

— Arrête, Marie, ne bouge pas sans cesse.

Marie regarda sa mère avec froideur.

— Je te rappelle que c'est pas mon idée. Je pourrais porter des collants noirs avec ma jupe noire.

— La minijupe en cuir ? Non, Marie, tout de même.

Florence soupira. Depuis quelque temps, elle ne comprenait plus sa fille qui protestait contre tout. Elle recula un peu pour avoir une vue d'ensemble. Elle était fière de Marie ; si seulement celle-ci avait été un peu plus obéissante. Mais l'obéissance était passée de mode en même temps que la soumission. Les jeunes faisaient trop souvent à leur tête, protestant, exigeant, réclamant tout. Avec leurs cheveux longs, on ne pouvait plus distinguer les garçons des filles depuis des années.

Arlette finissait d'épingler la robe noire. Ses doigts tremblaient légèrement, trahissant son âge et sa fatigue. Elle devait maintenant s'asseoir sur un petit tabouret, incapable de se plier et de se mettre à genoux comme avant devant une cliente. En fait, elle avait cessé de coudre depuis quelques années. Le prêt-à-porter et la minijupe s'étaient répandus partout et peu de femmes avaient recours à ses services, sauf pour des retouches. La couturière n'avait plus autant d'influence à Sainte-Victoire et cela lui était égal. Elle avait tout de même gardé une petite clientèle à qui elle ne pouvait pas dire non. Florence en faisait partie.

Arlette savait bien que Marie n'aimait pas ces séances d'immobilité. Elle n'avait même pas besoin de lever les yeux pour le savoir ; les soupirs, les mouvements pour faire passer le poids de son corps d'une jambe à l'autre, les mains papillonnant, tout disait que la jeune fille aurait voulu être bien loin de là.

— C'est trop long, maman. Ça fait des années qu'on porte plus des robes comme ça. Si tu penses que je vais aller aux funérailles là-dedans.

— Je peux enlever encore deux pouces, Florence. Marie a de jolies jambes, pourquoi ne pas les monter.

Marie sourit à la vieille couturière, fière de cette toute petite victoire.

Florence acquiesça d'un signe de tête, prête à dire oui à tout. Elle se sentait si fatiguée. La routine des dernières semaines l'avait vidée. Après son travail à l'hospice, elle allait tous les jours voir son père. Elle lui préparait son souper, faisait sa toilette et lui tenait compagnie jusqu'à ce que Gaby vienne la chercher dans la soirée. Réjane arrivait souvent au même moment, venant bavarder et faire un peu de lecture à son voisin de longue date. Florence se sentait rassurée par sa présence. La vieille dame était toute dévouée à son père, peut-être un peu amoureuse de lui aussi.

Avec cet emploi du temps chargé, Florence maigrissait. Elle ne se plaignait pas de perdre ce poids accumulé au fil des années et des grossesses. Elle était plutôt contente de faire des pinces à ses uniformes devenus un peu trop grands, mais la fatigue la rendait de plus en plus irritable. Elle sentait qu'elle n'avait plus la patience d'endurer les contrariétés et le caractère de Marie. Elle avait compté sur sa fille aînée pour l'épauler, mais celle-ci se montrait de plus en plus indépendante. Elle refusait souvent de s'occuper de Sylvie, prétextant qu'à huit ans sa sœur cadette pouvait se débrouiller toute seule. Elle délaissait aussi Léon qui préférait, de toute façon, être avec son grand frère Félix.

Florence regarda sa montre, un geste qu'elle faisait si souvent que, parfois, elle ne prenait même pas le temps de lire l'heure et devait, quelques secondes plus tard, la regarder de nouveau. Le samedi avait beau être un jour de congé, c'était la journée la plus chargée de la semaine. Elle avait fait une brassée de lavage en préparant le déjeuner des enfants, Gaby tondait le gazon pendant qu'elle lavait la vaisselle et elle devait passer au supermarché avant de rentrer pour le souper.

Sa vie était réglée comme du papier à musique et il y avait des moments où elle souhaitait que tout s'arrête, qu'une surprise de taille lui tombe dessus. Mais il n'y avait que la routine qui l'enlisait de plus en plus dans un quotidien prévisible. Elle comprenait parfois Marie de se rebeller, de sursauter de colère pour des choses insignifiantes. Mais elle n'avait ni la force ni l'âge pour se rebeller.

Elle regarda sa fille dans sa robe droite un peu sévère. Ses longs cheveux noirs et brillants glissaient comme de la soie sur ses épaules. Ses jambes effilées ressortaient sous le tissu sombre. Elle la comprenait de vouloir les montrer comme toutes les filles de son âge. Cela faisait déjà quelques années que la minijupe était de mise, même les plus vieilles avaient raccourci leurs robes et parfois cela donnait un spectacle de varices et de cellulite désolant. Florence n'avait pas résisté non plus, mais s'était arrêtée au-dessus du genou, refusant de montrer ses cuisses replètes.

Marie trouvait le temps long. Elle n'aimait pas cette vieille maison où sa mère la traînait depuis son plus jeune âge. Tout y semblait à l'étroit, entassé autour d'une vieille machine à coudre. Une machine à coudre plus récente était encore enveloppée dans son plastique, comme si la couturière refusait de s'en servir. Quelques mannequins étaient rangés le long du mur de la salle à manger qui servait de salle de travail. Enveloppés de draps, ils ressemblaient à des fantômes en attente de quelques incantations pour se mettre en marche comme des zombies. Marie imaginait que, la nuit, ils reprenaient vie pour se nourrir de tissus, de fils et d'épingles comme à un banquet, puis ils dansaient en faisant virevolter les draps comme des robes de bal.

Des photos ornaient les murs, regroupées dans des cadres en bois. Marie savait qu'elles représentaient Rita, la fille de la couturière, recevant des prix, souriant devant une boutique de Chelsea avec une petite Anglaise aux cheveux courts. Marie reconnut Mary Quant. Elle se dit que Rita avait quand même de la chance d'avoir travaillé avec la mère de la minijupe. Il y avait aussi des photos de Rita et de son mari, un grand rouquin qui ne pouvait cacher ses origines britanniques, et beaucoup de photos de leurs deux petites filles souriant sur les Champs-Élysées. Sur une autre photo, les fillettes étaient devenues de toutes jeunes filles, à peine plus âgées que Sylvie. Marie les regardait avec curiosité.

— Vous êtes déjà allée à Paris. Pourquoi vous n'y êtes pas restée ?

La question immobilisa Arlette quelques instants. Florence regarda sa fille et lui fit les gros yeux dans l'espoir qu'elle se taise. Mais Marie l'ignora.

— Ça doit être quelque chose de vivre dans une aussi belle ville. La Ville lumière !

Arlette sourit.

— C'est une très belle ville, en effet. Mais j'y suis allée il y a deux ans. Les rues étaient remplies de poubelles, de saletés, de jeunes barbus qui lançaient des briques, de policiers qui lançaient du gaz. On savait jamais ce qui allait nous arriver. Les gens s'arrêtaient dans la rue pour discuter, se chicaner même. « S'engueuler », comme ils disent. Les murs étaient couverts de slogans.

— Oui, comme « Soyez réalistes : demandez l'impossible ». Ou « Sous les pavés, la plage ». Mais celui que j'ai le plus aimé, c'est « Il est interdit d'interdire ».

— Ça a l'air amusant comme ça, mais quand tu vois des rats plus gros que des chats traverser tranquillement la rue pour changer de poubelle, ça donne plutôt envie d'interdire les rats. Tout le monde était en grève, plus rien fonctionnait. C'était devenu risqué de sortir. On savait jamais ce qui nous attendait au coin de la rue. Je suis restée enfermée avec les enfants. Personne semblait savoir ce qui se passait vraiment, surtout pas le gouvernement.

— Mais c'est fini les grèves et les protestations de Mai 68. Ça n'a pas duré si longtemps. Maintenant, Paris doit être à nouveau merveilleux.

— Je sais que c'est plus comme ça, mais je suis rendue trop vieille pour m'habituer à parler comme eux autres. J'avais de la misère à comprendre mes petites-filles qui m'appellaient mamie. Et puis, je sais pas ce que je ferais, toute seule, de mes journées. Il y a une limite à prendre des marches et à visiter des vieilles pierres. Ici, je connais tout mon monde.

Florence se dit que Rita avait eu la vie dont elle rêvait, loin de la routine, entourée de beau monde, de succès. Elle n'avait pas une maison de couture à elle, mais elle travaillait pour les plus grands. Florence avait regardé les yeux de Marie pétiller au nom de Paris. Une angoisse soudaine la prit. Elle allait, elle aussi, prendre le large un jour. Sans doute trop tôt.

Marie respira un grand coup dès qu'elle eut passé la porte. Elle était contente d'avoir échangé la robe noire pour ses vêtements confortables. Le soleil avait enfin percé les nuages. La rue bordée de petites maisons de bois était étincelante après la grosse averse matinale. Le bois peint et usé des maisons reprenait des couleurs.

Florence marchait vers l'auto stationnée tout près quand Thérèse la vit passer de sa fenêtre devenue vitrine. Elle habitait l'ancienne maison de ses parents dont elle avait transformé le rez-de-chaussée en boutique de vêtements pour dames. Elle sortit immédiatement pour interpeller son amie.

– J'ai reçu de belles choses, Florence. Surtout pour Marie. Vous avez deux minutes ?

Florence sourit à son amie de longue date. Deux minutes. Elle savait bien que chaque fois qu'elle mettait les pieds chez Thérèse, elle y passait beaucoup de temps. Mais voilà que Marie lorgnait la porte de la maison dont la vitrine montrait des vêtements colorés disposés sur un treillis métallique comme si le vent les poussait vers le côté. Marie entra et Florence n'eut d'autre choix que de suivre.

– On n'a pas beaucoup de temps, j'ai pas encore fait mon marché.

Thérèse courait déjà à l'intérieur. Elle revint avec des ensembles aux couleurs vives.

— Essaye ça, Marie, c'est des *hot pants*.

— J'en ai vu à la télé. J'aime les roses, les jaunes sont beaux aussi.

Pendant que Marie se glissait dans la salle d'essayage, constituée d'une penderie munie d'un rideau, Florence prenait des nouvelles de Thérèse de façon détournée. Elle ne posait aucune question directe et regardait attentivement son amie. Cela la surprenait encore après toutes ces années de voir Thérèse, se tenant si droite, montrer fièrement une opulente poitrine qu'elle n'avait pas auparavant.

Depuis qu'on lui avait enlevé les deux seins à la suite d'un cancer, Thérèse portait dans ses soutiens-gorge des prothèses beaucoup plus grosses que ne l'avait été sa poitrine originale. Elle avait beau être en rémission depuis des années, elle n'avait pas trouvé d'autre moyen de contrer cette mutilation que par la dérision. Et la dérision se trouvait dans de gros seins ronds qu'elle projetait en avant comme un bouclier, comme si elle voulait défier la mort. Florence ne s'était jamais habituée à voir ainsi celle qui avait toujours été d'une grande modestie, réservée et pudique.

Thérèse aimait voir les gens entrer dans sa petite boutique, elle les accueillait avec le sourire, les aidait dans leur choix. Elle avait toujours aimé ça, même quand elle travaillait à vendre des bas au Woolworths. Depuis le départ de Raymond, les choses avaient changé, les affaires étaient devenues plus difficiles. Thérèse souffrait des regards obliques de certaines clientes, d'autres n'étaient même jamais revenues.

Mais Thérèse n'en soufflait mot, préférant inonder Florence d'un flot de paroles. Cela l'aidait à oublier sa solitude, à ne pas s'apitoyer sur son sort. Elle montrait des vêtements, parlait de ses visites aux grossistes de Montréal, des meilleurs prix qu'elle réussissait à obtenir malgré les menaces de sa concurrente qui tenait boutique en plein centre-ville et lui reprochait ses prix trop bas.

Florence se rappelait sa visite chez les manufacturiers. En l'absence de Raymond, elle s'était offerte comme chauffeur. En fait, c'était Marie qui avait sauté sur l'occasion de conduire jusqu'à Montréal avec son permis tout neuf. Elle avait consciencieusement suivi les instructions de Thérèse et elle avait garé l'auto à la perfection près d'un bâtiment de briques abritant des manufactures et des grossistes.

Elles avaient pris un monte-charge vétuste et étaient arrivées devant de longs corridors sombres. Seules les portes affichaient des noms de compagnie. Florence avait eu l'impression que sa fille entrait, comme une enfant, dans un magasin de bonbons. Elle l'avait vu écarquiller les yeux devant tous ces vêtements accrochés sur des supports à roulettes.

Marie se promenait, émerveillée. Elle touchait les tissus, posait une robe ou une jupe devant elle pour en vérifier l'effet. À chaque fournisseur visité, les patrons étaient heureux de son enthousiasme, de ses goûts d'acheteuse. Ils lui demandaient même conseil. Comment plaire aux jeunes filles modernes ? Les yeux brillants, ils l'avaient tous invitée à revenir les voir.

Florence n'écoutait pas les paroles de Thérèse, elle observait les silences. Pas un mot sur Raymond ni sur leur fils Louis. Ce dernier travaillait à l'extérieur, on ne savait pas trop où ni à quoi. Il venait voir sa mère à la sauvette, puis il disparaissait pour des semaines. Florence aurait aimé savoir quand Raymond reviendrait à la maison. Elle allait se décider à poser la question quand Marie sortit à ce moment-là de la cabine.

— Comment tu les trouves, maman?

— Courts. Je n'aurais jamais cru que ma fille porterait une culotte de maillot de bain pour se promener en ville.

— T'aurais fait la même chose si ç'avait été à la mode dans ton temps.

Florence regarda Thérèse et sourit. Dans leur temps! Comme si elles étaient des dinosaures.

— Je suppose que oui.

— Alors, je peux avoir les deux?

— C'est combien?

— T'en fais pas, Florence, je te fais un bon prix et tu me les paieras quand tu pourras.

Florence aurait préféré dire non à un achat exorbitant, mais à si bas prix, elle soupçonnait Thérèse de lui vendre au prix coûtant. Elle donna un acompte sur les nouveaux vêtements de sa fille en soupirant. Gaby avait un bon salaire et elle avait beau travailler, les enfants leur coûtaient cher. Surtout que Florence tenait à mettre de l'argent de côté pour envoyer Félix à l'université. Au moment de passer la porte, elle se retourna.

– Et Raymond ?

– Il sera là en juin.

Florence entoura Thérèse de ses bras.

– Vous allez pouvoir repartir à neuf.

– Il me manque tellement.

Marie regarda Thérèse poser sa tête sur l'épaule de sa mère. Tout ce mélo lui donnait envie de se gratter. Elle trouvait Thérèse ridicule avec ses ballons de plastique. Elle ne comprenait pas pourquoi elle n'avait pas choisi de beaux seins à l'allure si naturelle que les hommes auraient eu envie de les toucher, de les prendre dans leurs mains. Comme les siens, quoi !

Marie savait bien que sa jolie poitrine attirait non seulement les regards, mais aussi les gestes furtifs en public et parfois plus insistants au cours de fêtes entre amis. Les garçons caressaient ses hanches en dansant, espéraient même que leurs mains se rendent jusqu'aux fesses. Ils ne se gênaient pas, surtout, pour coller leur poitrine contre la sienne et toucher doucement ses longs cheveux. Ils espéraient descendre jusqu'au bout des seins dans l'espoir de voir se dresser le mamelon sous leurs doigts. Marie les laissait rarement se rendre jusque-là. Ils étaient tous trop insignifiants.

Elle avait entendu maintes fois son père raconter comment il avait rencontré Florence. Il revenait de travailler à Montréal et il avait décidé de prendre avec ses amis un des bateaux blancs qui faisaient des croisières sur le fleuve. C'était plus long, mais plus amusant que de prendre l'autobus. Et puis, ils pouvaient y rencontrer des filles, ils avaient le temps de leur parler, d'essayer d'avoir un rendez-vous avec celle qui leur plaisait le plus.

Ces bateaux n'existaient plus aujourd'hui, mais Marie se souvenait des photos qu'il lui avait montrées. Ils ressemblaient à de gros gâteaux plats à plusieurs étages posés sur l'eau comme sur une assiette. Leur coque semblait si basse qu'on se demandait s'ils pouvaient fendre l'eau. Marie n'aurait pas voulu être là-dessus en pleine mer, mais pour glisser sur le fleuve, pourquoi pas?

Florence avait fait une croisière aller-retour Sainte-Victoire–Montréal avec ses amies. Une sorte de petit congé d'été pour aller visiter la grande ville toutes seules, sans chaperon. Gaby avait dit à sa fille comment il avait su, dès le premier regard, que Florence était la femme de sa vie. Et il n'en avait jamais douté depuis.

Marie attendait donc avec de plus en plus d'impatience qu'un garçon la regarde ainsi. Elle espérait seulement ne pas avoir à attendre, comme sa mère, jusqu'à vingt-cinq ans, un âge vénérable où sa vie serait déjà jouée.

Le supermarché était bondé, comme tous les samedis à l'approche de la fermeture. Florence se retrouvait souvent coincée dans cet horaire et elle se promettait chaque fois de venir plus tôt à l'avenir. Elle faisait la queue devant le comptoir de boucherie où Germain Robidoux régnait en maître. L'ancien local de l'épicerie familiale dans le centre-ville avait été transformé en casse-croûte. Germain avait fait construire cette grande bâtisse moderne sur un terrain vacant, un peu en retrait de la ville à l'époque. Des maisons avaient surgi tout autour et Robidoux & frères était resté le rendez-vous de presque toute la population de Sainte-Victoire.

Germain aimait toujours son travail de boucher. Son frère André, lui, était content de s'occuper de l'administration et des fournisseurs. Il aimait aussi circuler parmi sa clientèle pour en prendre le pouls, regarder le contenu des paniers, écouter les commentaires. Il connaissait ses goûts et variait ses produits pour la satisfaire. Il avait pris de bons conseils de son beau-père Alfred Dauphinais, marchand de chaussures de talent et de sa mère Joséphine, fine comptable et diplomate sans diplôme.

Les deux frères se complétaient à merveille. Leur père Armand venait donner un coup de main au comptoir de boucherie le vendredi soir et le samedi. Ces quelques heures passées dans la foule le sortaient de l'ennui de la retraite et de l'éternel téléviseur que Joséphine laissait allumé toute la journée. Il se sentait revivre, son couteau à la main, le sourire aux lèvres pour demander : « Qu'est-ce que ce sera pour vous aujourd'hui ? »

Joséphine ne s'ennuyait pas de tenir la caisse, mais le téléviseur ne réussissait pas à la distraire tout le temps. Elle venait régulièrement se promener au supermarché pour voir du monde et jaser un peu, prendre les vraies nouvelles, celles qui se passaient à Sainte-Victoire.

— Qu'est-ce que ce sera pour toi, Florence ?

Florence, étonnée, releva la tête. Elle ne croyait pas être la prochaine cliente et regarda Germain un instant avant de consulter sa liste. Une vieille femme à ses côtés grogna discrètement. Germain regardait Florence en lui souriant de toutes ses dents. Il avait toujours eu un faible pour elle et il avait beau avoir une femme et trois enfants, il ne se gênait pas pour le montrer. Il lui réservait les meilleures coupes et, dès qu'une cliente avait la tête tournée, il la faisait passer devant.

Florence feignit de ne pas voir son regard insistant et passa sa commande. Germain avait un peu épaissi avec l'âge, mais il restait un mâle costaud aux biceps impressionnants. Cela aussi, Florence faisait semblant de ne pas le voir. Quand il lui tendit son paquet, elle fit aussi semblant de ne pas sentir ses doigts s'attarder sur sa main.

Marie rejoignit sa mère dans la longue file menant aux caisses avec des magazines de mode plein les bras.

— Tu ne vas pas acheter tout ça !

— Mais non, je fais juste regarder. Avec le temps que ça prend pour sortir d'ici, je vais avoir vu ce qui m'intéresse. Regarde ce maillot de bain. *Groovy!*

— Et probablement trop cher. Moins il y a de tissu et plus ils en demandent.

— Je pourrais aller avec Thérèse magasiner chez les grossistes, comme on a fait l'année dernière. Je pourrais trouver plein de choses à moitié prix. Et ça l'aiderait aussi à faire de bons choix.

Ce que j'avais choisi la dernière fois s'était vendu comme des petits pains chauds.

— Elle a dû déjà passer ses commandes pour l'été, ça se décide au moins une saison à l'avance. Et puis, tu as trois costumes de bain.

— Ils datent de l'année dernière.

— Penses-tu que, ton père et moi, on imprime de l'argent ?

Marie soupira et referma la revue bruyamment. Elle avait envie de taper du pied comme une petite fille. Elle était une enfant gâtée, elle le savait. Mais ce n'était pas sa faute, c'était son entourage qui l'avait gâtée et continuait de le faire. Personne ne lui résistait, même pas les professeurs, quand elle prenait son sourire angélique et sa voix douce pour demander une permission quelconque.

Les hommes désiraient alimenter leur rêve en lui plaisant à tout prix, les femmes voulaient être ses amies en espérant qu'un peu de son charme retombe sur elles. Marie faisait attention de ne pas abuser de ces bonnes grâces pour ne pas tarir la source, mais elle ne se gênait pas pour essayer d'assouvir ses désirs.

Elle voulait que tout le monde l'aime, même si un peu de jalousie la flattait aussi. C'était mieux que rien dans cette petite ville où aucun garçon, et elle les avait sans doute tous rencontrés à un moment ou à un autre, ne réussissait à voler son cœur. Ils étaient tous ternes, banals, sans envergure.

En fait, le seul homme qui la faisait rêver depuis des années était John Lennon et il venait de se marier l'année dernière avec une petite Japonaise moche. Et, horreur, cette petite saleté venait de provoquer la dissolution des Beatles, ce groupe extraordinaire qui lui avait fait découvrir la musique, le rock, les chansons d'amour, qui l'avait fait rêver depuis toute petite. *I love you, yeah, yeah...*

Marie écoutait religieusement leur plus récent disque, et aussi leur dernier, *Let it be*. Et elle n'avait pas envie de laisser aller John. Elle savait qu'il ferait à nouveau des chansons, juste pour elle. Marie ne pouvait s'endormir le soir sans avoir embrassé son Beatles préféré. Et dire que son frère l'avait rencontré... en personne. Elle aurait tout donné pour avoir été là. C'était encore plus impressionnant que de voir un astronaute marcher sur la Lune en parlant d'un grand pas pour l'humanité dans cet univers sans vie.

Léon adorait le samedi soir. Tout de suite après le repas, il allait prendre son bain et revêtir son pyjama. Il mettait par-dessus son chandail des Canadiens, cadeau de Félix pour son dixième anniversaire. Le chandail commençait à être élimé aux manches et Léon refusait de le faire laver, de peur de le voir ressortir en lambeaux de la grosse laveuse qui faisait ses ravages bruyamment au sous-sol.

Il s'assoyait par terre, face au téléviseur, attendant que le match commence. Il était toujours le premier en place. Gaby le rejoignait, suivi de Félix, quand il n'était pas au collège, à Montréal. Les examens approchaient et Félix ne venait plus aussi souvent dans sa famille, mais il ne manquait jamais de téléphoner le dimanche midi pour parler à Léon du match de la veille, même si ce n'était que pour quelques minutes, car les interurbains coûtaient cher.

Sylvie était celle qui souffrait le plus des soirées du samedi. À huit ans, elle aurait aimé regarder le film qui passait sur l'autre chaîne, mais elle n'y avait droit qu'à l'automne quand Gaby allait à la chasse. Léon allait voir le hockey chez un ami qui habitait à quelques maisons de là. Marie partait danser au sous-sol du collège où des soirées étaient organisées pour les jeunes avec des orchestres rock venus de partout en province. Les musiciens étaient presque tous vêtus d'habits pareils et portaient les cheveux longs tels les

Beatles ou les Rolling Stones, comme ceux qui passaient à *Jeunesse d'aujourd'hui*.

Sylvie passait alors une merveilleuse soirée entre filles. Sa mère préparait des friandises du bon vieux temps, par exemple du sucre à la crème, et elles s'assoyaient toutes les deux devant le téléviseur à regarder un beau film d'amour où elles pleuraient souvent à la fin. Mais cela ne durait que quelques fins de semaine.

Le reste de l'année, Sylvie faisait la navette entre le salon des gars mordus de hockey et le sous-sol où Marie, si elle n'allait pas à la danse du collège avec des amis, écoutait de la musique, dansant toute seule et souriant aux affiches qui tapissaient le mur. Après plusieurs danses, Marie s'assoyait lourdement en riant sur son fauteuil préféré, un gros sac rempli de billes qui s'écrasait sous son poids, gardant la forme de son corps quand elle se relevait pour danser et chanter de nouveau.

Sylvie préférait les fauteuils gonflables où elle aimait bien rebondir en imitant maladroitement les danses de sa sœur. Parfois, elles dansaient ensemble, l'une en face de l'autre, en gesticulant comme des singes qui épluchent une banane ou en tournant le bassin et les épaules en sens contraire dans une pauvre imitation d'une machine à laver.

Épuisées, elles terminaient la soirée en écoutant des chansons d'amour dont Sylvie ne comprenait pas les paroles anglaises, mais que Marie connaissait par cœur. Elle les chantait même à tue-tête comme si elle parlait du grand amour de sa vie. Sylvie préférait à ce moment-là monter regarder les dernières minutes du hockey. Si le match était serré, Gaby et Léon ne la voyaient même pas, les yeux rivés sur l'écran, la bouche ouverte, prêts à bondir de joie ou à chahuter, selon le résultat final.

Quand la partie de hockey commença, Florence prit l'auto pour se rendre chez son père. C'était trop loin pour y aller à pied et il n'y a avait aucun service d'autobus dans cette banlieue le soir. Tout le monde possédait une voiture et si elle était en panne ou au garage, un voisin était toujours disponible pour amener un travailleur à l'usine ou un employé en ville.

On parlait de plus en plus d'un projet de centre commercial sur l'un des derniers terrains vagues en retrait de la ville. Si cela se concrétisait, de nouvelles maisons se construiraient autour et un service de transport en commun verrait peut-être le jour. Surtout qu'on discutait aussi d'ouvrir un campus du nouveau cégep fondé deux ans plus tôt. Les étudiants n'auraient plus à parcourir des dizaines de kilomètres pour se rendre à certains cours. Mais pour le moment, le samedi soir, dans la banlieue où Florence vivait, c'était l'auto ou le taxi.

Florence roula quelques minutes qui lui parurent trop courtes. Elle avait l'impression que c'était le seul moment de tranquillité de sa semaine, de son année, de sa vie même. Elle coupa le contact devant la petite maison de bois rouge. La rue semblait déserte, les vieux lampadaires teintaient de jaune les trottoirs. Rien n'avait changé depuis toutes ces années. Cela lui paraissait étrange à chaque fois. Ce temps qui s'arrêtait seulement à cet endroit précis.

La fenêtre de la chambre de son père était éclairée comme d'habitude, mais celles de la cuisine et de la salle à manger aussi. Florence se dit que Réjane avait peut-être oublié d'éteindre après avoir apporté le repas du soir de Maurice. Elle poussa la porte doucement et entendit des bruits de vaisselle dans la cuisine. Comment Maurice aurait-il pu se rendre jusque-là? Son cancer était avancé. Même s'il avait réussi à rester dans sa maison, il n'avait plus la force de descendre les escaliers.

Florence s'avança lentement, aux aguets. Ce qu'elle vit la laissa sans voix. Roger avait ouvert toutes les portes d'armoires et il fouillait les pots, les tiroirs. Il sentit la présence de quelqu'un et pensa que c'était Lucie qui le rejoignait.

— Je t'avais dit de t'occuper de lui, pourquoi t'es...

Il se tourna et vit sa sœur. Il en échappa une lourde soupière qu'il rattrapa de justesse avant qu'elle n'aille s'écraser au sol.

— Qu'est-ce que tu fais là?

— Il me semble que c'est à moi de te demander ça. Tu descends de Montréal pour faire la vaisselle? Qu'est-ce que tu prépares encore? T'as de l'argenterie volée à nous vendre ou des bagues de pacotille que tu veux faire passer pour des diamants?

Roger essayait toutes sortes de combines pour tenter de s'en sortir avec son salaire de misère. Mais ce qu'il entreprenait tournait souvent mal ou tombait simplement à l'eau. Il passait beaucoup de temps dans les tavernes de Montréal à jouer au gars affranchi, à payer des tournées de bières à toute une tablée pour montrer ses largesses d'aspirant caïd. Il cherchait à établir des contacts qui se révélaient maintes fois être des arnaques dont il faisait lui-même les frais. Il revendait du matériel de provenance douteuse, refusant de lui appliquer le mot «volé», parfois au prix qu'il avait lui-même payé.

Il était meilleur poisson que pêcheur, malgré tous ses efforts. Il ne sut que répondre à sa sœur et il essaya, comme d'habitude, de jouer sur ses émotions.

— C'est mon père aussi. Tu sais que j'ai toujours été son préféré. T'aimes pas ça, mais j'ai le droit de le voir.

— Et de lui préparer de la soupe. Un vrai fils reconnaissant qui vient faire son tour une fois par année, à Noël, pour recevoir son petit cadeau, et toujours déçu que le montant d'argent soit pas assez élevé !

— C'est pas parce que tu restes à côté pis que tu joues la dévotion que t'as des droits de plus.

— Tu penses à quoi là, l'héritage ?

Des pas dans l'escalier les firent se retourner. Lucie les rejoignit en agitant les bras pour qu'ils parlent moins fort.

— Arrêtez vos chicanes, on vous entend de sa chambre.

Florence soupira. Elle aimait bien Lucie, même si parfois elle était agacée de la voir constamment temporiser pour éviter une querelle. Elle ne comprenait pas que cette femme gentille supporte depuis si longtemps son frère, travaillant de longues heures dans un restaurant minable, à un salaire de crève-faim, pour payer le loyer pendant que Roger passait d'un travail de gardien de nuit à un autre, entrecoupé de longues pauses dues à un lumbago, à une entorse ou à un ulcère d'estomac. Toutes les raisons étaient bonnes pour passer ses journées à ne rien faire sauf aller rencontrer ses «chums» à la taverne du coin pour magouiller.

Florence regardait Lucie en se demandant quelle force lui permettait de supporter tout ça. Elle avait de la difficulté à croire que ce soit de l'amour. Mais qui était-elle pour juger de la dépendance affective des autres ?

Lucie jeta un regard interrogateur à son mari qui fit non d'un léger signe de tête. Il n'avait pas trouvé ce qu'il cherchait et, maintenant, c'était trop tard. Florence était là. Roger remit la soupière à sa place, referma les portes d'armoires et sortit de la cuisine pour rejoindre son père à l'étage.

Florence prit des nouvelles de Lucie. C'était toujours les mêmes. Tout allait bien, elle avait encore la santé pour travailler de longues heures, elle n'aimait pas se morfondre à la maison et le restaurant venait de subir de belles rénovations. Lucie demanda à Florence comment allaient les enfants. Là aussi tout allait bien. Ils étaient en santé, réussissaient bien à l'école, grandissaient trop vite. Les deux femmes montèrent ensuite à la chambre de Maurice.

Il y régnait un climat mortuaire. Roger était debout au pied du lit, fixant son père. Le silence était lourd et Maurice semblait être le seul à sourire et à avoir le cœur léger. Calé sur plusieurs oreillers, il regardait ses visiteurs, simplement heureux de ne pas être cloué à un lit d'hôpital, empoisonné par une odeur de désinfectant et étouffé par les plaintes des autres. Il était encore lucide et pouvait se lever à l'occasion, même s'il n'osait plus le faire seul de peur de s'effondrer sur le plancher. Sa vie s'achevait dans la tranquillité. Que demander de plus quand on a atteint un âge vénérable ?

— Vous en faites, des têtes d'enterrement ! Gardez ça pour ma mort.

Maurice avança le torse pour s'asseoir plus droit. Florence, par pur réflexe, s'approcha et retourna prestement l'oreiller, puis le lissa du plat de la main. Elle avait cessé de compter le nombre de fois qu'elle faisait ça, tous les jours, à l'hospice.

— Vous avez eu chaud, votre veste de pyjama est toute mouillée.

— Je pense qu'il est temps de faire ma toilette.

Cette phrase fut le signal du départ. Roger donna la main à son père en lui disant qu'ils devaient prendre le dernier autobus pour Montréal. Maurice lui tendit une main sèche et noueuse. Il ne les invita pas à passer la nuit dans la maison.

Lucie s'approcha de son beau-père qui lui sourit. Elle se pencha et l'embrassa sur les joues. Après lui avoir caressé la main, Maurice la garda un moment dans la sienne.

— Prends soin de toi, ma belle Lucie.

Roger détestait quand son père faisait cela, quand il considérait sa femme comme faisant davantage partie de la famille que lui. Il aurait aimé passer la nuit dans la chambre voisine, il aurait eu plus de temps pour fouiller le reste de la maison, mais il savait qu'il ne pouvait s'inviter lui-même. Il avait déjà essayé sans succès. Et puis, Lucie avait peur des morts. Elle lui avait bien dit qu'elle ne voulait pas dormir dans cette maison, au cas où Maurice mourrait pendant la nuit.

Florence entendit la porte de la maison se refermer. Elle s'apprêtait à aller chercher une bassine d'eau tiède quand son père l'arrêta.

– Laisse faire ça. Va dans le hangar. Derrière le tour à bois, il y a un paquet de petites planches. En dessous, tu trouveras une boîte à biscuits en métal. Apporte-la-moi.

Florence ne discuta pas et descendit l'escalier. Elle traversa la cuisine et sortit par la porte arrière. La vieille porte faite de planches de bois était fermée par un cadenas. Elle retourna à la cuisine prendre la clé suspendue près de la porte. Elle se demandait pourquoi son frère n'avait pas pensé au hangar adjacent à la maison. Trop sale pour lui sans doute.

Elle entra et tira sur une longue ficelle à sa droite. Une faible ampoule éclaira le petit local poussiéreux qui n'avait pas servi depuis des années. Des fils d'araignées donnaient une impression de brouillard dans ce bric-à-brac qui aurait fait un beau décor pour un film d'horreur.

Florence avança avec précaution. Elle ne voulait pas se salir et ne voulait pas non plus déranger d'éventuels visiteurs, soit des souris ou des rats. Le tas de planchettes était enseveli sous tellement de poussière que Florence crut d'abord qu'il s'agissait d'une couverture grise. Pourquoi son père avait-il abandonné là une boîte qui se révélait soudain si importante ?

Elle souleva du bout des doigts le tas de bois et vit le coin d'une vieille boîte de biscuits anglais qu'elle tira vers elle en se retenant pour ne pas éternuer. Elle était contente d'avoir trouvé rapidement ce qu'elle cherchait, elle n'avait pas envie de rester dans cet endroit plus longtemps. En entrant dans la maison, elle nettoya la boîte avec un chiffon, puis remonta à la chambre de son père.

Maurice avait de la difficulté à ouvrir la boîte. Florence dut le faire à sa place. La boîte s'ouvrit brusquement et laissa échapper des dizaines et des dizaines de petits billets pliés en deux. Des reconnaissances de dettes signées par Roger. Certaines étaient tellement jaunies qu'il était difficile d'y lire les petits caractères faits d'encre pâlie par le temps.

— Florence, je veux que tu détruises tous ces papiers. Tu les brûles. Mais ne le dis pas à Roger. Laissons-le s'inquiéter encore un peu. Il fouillera la maison à ma mort, ça fera le ménage en même temps.

Florence était encore étonnée du sens de l'humour de son père, elle qui avait longtemps cru qu'il n'en avait pas. Depuis qu'il se savait atteint d'un cancer inopérable, Maurice avait perdu de son sérieux, de sa sévérité. Le père austère qui cherchait désespérément un fiancé à sa fille, qui surveillait ses fréquentations et voulait la garder à la maison, faisait montre maintenant d'un humour parfois décapant qui en surprenait plus d'un, Florence la première.

— Ses dettes effacées, ce sera son héritage. Avec les années, ça doit faire des milliers de dollars. De quoi se payer une maison ! Mais tu connais Roger, l'argent lui brûle les doigts.

Maurice regarda ses doigts comme si c'était les siens qui brûlaient. Il savait qu'il avait toujours trop protégé son plus jeune, mais il avait espéré qu'avec le temps, il devienne un adulte responsable. Ce qui ne semblait pas être encore arrivé.

– J'ai pas oublié Lucie. J'ai ouvert un compte à son nom à la caisse populaire. Le livret est dans le tiroir, là. Donne-le-lui en main propre. Je voudrais pas que Roger lui prenne tout, même si c'est pas grand-chose.

– Vous savez bien qu'elle va le lui donner.

– Ce sera son choix à elle. J'ai vu mon notaire. À toi et à Gaby, je laisse la maison. En la revendant, vous pourrez envoyer vos enfants à l'université. C'est de ça que tu rêves, non ?

Florence avait les larmes aux yeux. Elle avait beau savoir que son père allait mourir bientôt, le fait de parler ainsi de sa mort lui donnait l'impression que c'était presque déjà fait. Elle voulait que les choses continuent longtemps dans leur petite routine, elle voulait passer tous les jours lui tenir compagnie, faire sa toilette, ranger la maison.

Tant que ces gestes quotidiens se répétaient, elle avait l'impression qu'il ne mourrait pas, qu'il serait là pour voir Félix devenir médecin, Marie se marier et avoir des enfants, Léon devenir joueur de hockey, Sylvie, patineuse artistique.

– Quant à Denis, il est devenu un homme d'affaires prospère, il roule dans des gros chars de l'année, il n'a pas besoin d'héritage.

– Mais Roland et Marcel, ce sont aussi vos petits-enfants.

Maurice était agacé de cette remarque. Il n'avait jamais vraiment connu les deux fils de Denis. Des cartes à Noël et à son anniversaire, une photo de fin d'année à l'école, c'est à peu près tout ce qu'il se rappelait d'eux.

– Je leur ai laissé un peu d'argent. Ils travaillent tous les deux et ils ont pas besoin de moi pour se débrouiller. Leur père peut très bien les aider. C'est pas l'argent qui lui manque.

Florence pensa à ses deux neveux. Maurice ne s'était jamais montré affectueux avec eux. C'est vrai qu'il les voyait si rarement. Il les regardait à chaque fois bizarrement, comme s'il cherchait chez eux des traces de la folie de leur mère. Car Maurice avait toujours été persuadé que Laurette était dérangée. Il fallait qu'elle le soit pour quitter un homme riche, avec qui elle ne manquait de rien, et abandonner ses fils au seuil de l'adolescence pour suivre un saltimbanque quelconque et disparaître sans laisser de trace.

Florence était d'avis contraire. Laurette avait été assez saine d'esprit pour fuir la mégalomanie de son mari, sa jalousie possessive et ses colères soudaines. Triste conséquence, les deux garçons avaient été mis en pension et Florence ne les voyait plus que très rarement. Elle savait seulement qu'ils s'étaient installés à Montréal pour être loin de leur père qui habitait toujours près de Québec. Et elle ne savait pas où se trouvait Laurette qui ne lui envoyait qu'une carte à Noël pour montrer qu'elle était toujours vivante.

Florence regardait ces petits bouts de papier dérisoires répandus sur le lit. Elle les ramassa et les remit dans la boîte. Elle aida ensuite Maurice à faire sa toilette, changea les draps et le borda. Elle embrassa son père en lui souhaitant une bonne nuit et descendit à la cuisine avec la boîte à biscuits.

Elle ouvrit à nouveau la boîte. Elle hésitait à brûler ces papiers. Elle revoyait son frère, la soupière dans les mains, niant avec énergie qu'il cherchait ces reconnaissances de dettes qu'il avait l'intention de détruire, c'était certain. Alors, pourquoi ferait-elle ce travail pour lui? Même si Maurice avait mentionné ces papiers dans son testament, comment démontrer leur existence s'ils étaient détruits?

Roger serait bien capable de l'accuser d'avoir tout manigancé pour le priver de son héritage. Pour se défendre, il était passé maître dans l'art de porter des accusations. Il avait fait ça toute sa vie. Sans ces reconnaissances de dettes, comment prouver que Roger avait reçu plus que son dû? Mais Maurice avait été clair, il fallait brûler ces papiers.

Elle devait y réfléchir, en parler à Gaby peut-être. Elle abandonna la boîte vide sur le comptoir de la cuisine et mit les papiers dans son sac. Elle les brûlerait à la maison, de toute façon.

Quand on poussait la porte d'entrée, la fumée de cigarette formait un rideau dense comme un brouillard d'automne. Les yeux devaient s'habituer à la noirceur à peine combattue par des chandelles. Celles-ci étaient plantées sur un sommet de cire fondue multicolore qui donnait l'impression de lave coulant de volcans. Le support de ces montages de cire était fait de bouteilles de chianti dont la base était recouverte de paille tressée.

Jacinthe se faufila à l'intérieur avec Michelle, sa compagne de classe qui la suivait en tenant son bras comme si elle était aveugle. Jacinthe était un peu essoufflée d'avoir couru. Sa mère, Alice, lui avait tenu compagnie un bon moment, parlant de son travail, de ses études, comme si elle voulait tout savoir de sa fille. Pendant ce temps, sa grand-mère et son père regardaient la télévision dans le salon comme un vieux couple. Son frère Luc avait disparu rapidement, comme tous les samedis soirs. Plus personne ne s'informait de ses sorties, ne voulant plus devoir avaler une suite de mensonges et de demi-vérités. Il faisait à sa tête de toute façon.

Jacinthe avait donné rendez-vous à Michelle au coin du parc et elle voyait le temps passer. Elle raconta à sa mère qu'elle devait lire un livre très intéressant pour le cours d'anglais et qu'elle avait du retard. Alice était toute fière de voir sa fille s'instruire ainsi.

– Ah oui! Quel genre de livre vous lisez en anglais?

Jacinthe faillit soupirer, mais elle se retint. Elle savait que sa mère avait de la difficulté avec la langue anglaise qu'elle devait parfois utiliser à son travail. Elle lui offrit son plus beau sourire dans l'espoir de clore la conversation.

— *The old man and the sea* d'Ernest Hemingway. C'est ben bon.

— Il s'appelle Ernest comme ton père?

Jacinthe eut envie de lui dire que la ressemblance s'arrêtait là. Elle jeta un coup d'œil à son père riant d'une blague quelconque à la télé. Tout séparait les deux hommes. Mais elle se tut, heureusement. Alice finit par laisser sa fille monter à sa chambre.

Jacinthe enfila un chandail noir beaucoup trop grand pour elle et des jeans. Elle ouvrit la fenêtre et, une fois sortie, prit soin de la bloquer avec un morceau de bois pour pouvoir revenir sans problème. Elle était encore surprise que ses parents n'aient pas condamné cette sortie après l'avoir utilisée eux-mêmes. Sa mère était passée par cette fenêtre plus d'une fois pour rejoindre son amoureux, Ernest, qui tenait la longue échelle. C'était plus facile maintenant. Il suffisait de longer le toit de la rallonge et de descendre par l'échelle cachée en permanence dans le recoin de la maison.

Arrivée au parc, elle vit Michelle. Son amie avait suivi ses instructions : elle portait un immense chandail gris foncé sur des pantalons noirs. Elles pourraient ainsi passer pour des habituées dans la Vieille Remise. Michelle était tout excitée d'aller enfin dans cette boîte à chanson que ses parents, comme bien d'autres, interdisaient à leurs enfants.

Les deux jeunes filles étaient attablées devant des eaux gazeuses. Jacinthe remarqua dans la pénombre qu'il y avait des filets de pêche accrochés au mur et des étoiles de mer qui y pendaient comme si elles tombaient du ciel. Une jeune femme mince, aux longs cheveux noirs et tout habillée de noir, chantait, un micro à la main. Un piano occupait la petite scène. Le pianiste était aussi tout en noir, de même que le contrebassiste qu'on voyait à peine derrière la chanteuse.

Les spectateurs écoutaient religieusement les chansons de Claude Léveillée, de Félix Leclerc, de Gilles Vigneault. Jacinthe ne comprenait pas qu'on leur interdise d'aller dans cette boîte. Il ne s'y vendait pas d'alcool et les gens étaient respectueux des interprètes. Le seul problème était la fumée dense qui piquait les yeux. Mais les chansons étaient si belles. Jacinthe sourit. Elle était heureuse d'être loin du yéyé de *Jeunesse d'aujourd'hui* et des boîtes à gogo.

Michelle avait les yeux émerveillés. Elle fredonnait les paroles des chansons qu'elle connaissait, les écoutant souvent dans la tranquillité de sa chambre. Elle était contente que Jacinthe lui ait proposé cette sortie défendue. C'était si excitant.

Les musiciens enchaînaient les chansons depuis un moment. Comme d'habitude, la salle du sous-sol de l'école était bondée de jeunes. Le rythme entraînant du rock faisait place tranquillement à des chansons plus lentes. Marie dansait avec un garçon, puis avec un autre. Elle avait l'impression qu'ils étaient interchangeables. Certains parlaient entre eux, comme des conspirateurs. Chacun leur tour, il la regardait, attendant le bon moment pour l'inviter à danser. Un peu plus loin, un groupe de filles, posant comme dans une vitrine, regardaient les garçons et attendaient qu'ils se décident à les inviter.

Quand Marie entendit la chanson d'Adamo *Mes mains sur tes hanches*, elle sut qu'il était temps d'aller aux toilettes. Viendrait ensuite *Avant de me dire adieu* des Classels et là, il serait difficile de se débarrasser du garçon qui la tiendrait dans ses bras. Elle s'excusa d'un sourire auprès de son cavalier et quitta la piste de danse pour se diriger vers la salle des toilettes. Plusieurs garçons la regardèrent passer, puis ils examinèrent le groupe de filles appuyées au mur. Qui allait choisir qui ?

Marie se planta devant le miroir des lavabos. Elle remit du crayon sur ses yeux sans trop savoir pourquoi. Elle entendit deux filles rire en sortant des toilettes. Elles se dépêchaient pour arriver à temps pour la dernière danse. Quand elles ouvrirent la porte de la salle des toilettes, Marie entendit le groupe entamer *A whiter shade of pale* de Procol Harum.

Elle avait encore une fois évité de se faire coller sur cette musique qu'elle aimait pourtant beaucoup. Par le passé, elle s'était fait tasser par un grand costaud qui ne s'était pas lavé depuis un moment, ou qui avait eu vraiment chaud en dansant. Un autre l'avait tenue si serrée contre lui qu'elle avait eu de la difficulté à respirer. D'autres soufflaient contre son oreille comme s'ils avaient couru ou collaient leur jambe entre les siennes, dévoilant un désir qu'elle avait déjà deviné.

Elle décida d'attendre encore un peu. Il y avait peut-être un solitaire désespéré qui lui demanderait de danser dès qu'elle passerait près de la salle. La porte s'ouvrit. L'assistante de la directrice entra en la regardant attentivement.

— Ça va ? Tu n'es pas malade ? Marie, c'est ça ?

Marie avait envie de lui faire une horrible grimace, mais elle se retint. Même si ce n'était pas son école, elle savait que l'assistante appellerait la mère directrice si elle se montrait grossière. Elle l'avait déjà fait dans le passé pour une fille qui embrassait un garçon avec la langue. Cette dernière avait aussi la blouse ouverte et le garçon avait les mains sur ses seins. Marie se disait qu'ils auraient pu trouver un meilleur endroit pour se cacher que dans la salle des toilettes. Une autre fille du couvent s'était fait prendre pour avoir laissé celui qu'elle appelait son fiancé mettre la main dans sa culotte. Marie força un sourire.

— Je vais bien, madame. Et je ne me drogue pas. D'ailleurs, il est tard et je vais rentrer chez moi. Bonne nuit.

Marie sortit sans se faire prier. Les surveillants devenaient de plus en plus pénibles. Pas moyen de pisser tranquille. Le curé avait dû se plaindre encore une fois des mœurs dissolues de cette belle jeunesse. Marie regarda de loin les corps collés ensemble, les pieds qui faisaient du surplace. Elle avait évité le pire.

Marie se dirigea vers l'endroit où elle avait laissé sa bicyclette. Une ombre s'approcha d'elle. Marie savait que dans quelques minutes les danseurs commenceraient à sortir en groupe ou en couple. Elle se retourna pour faire face, prête à hurler. Elle reconnut Luc, le frère de Jacinthe.

– Qu'est-ce que tu fais ici? T'es pas dans ton local?

Luc la regarda des pieds à la tête. Cette fille l'attaquait toujours de front, comme si elle n'avait pas peur de lui. Ça l'excitait.

– J'arrive du local et j'y retourne tantôt. Je viens voir s'il y a des filles intéressées à finir la soirée avec nous autres. La danse à l'école, ça finit de bonne heure. Le fun commence après minuit.

C'était une chose que Marie n'avait jamais comprise. Pourquoi minuit était-il une heure si spéciale? Dans les contes de fées comme dans les avertissements parentaux. Il faut renter avant minuit, le meilleur du sommeil est avant minuit. Est-ce que sa bicyclette se changerait en citrouille après minuit? Les couples qui faisaient l'amour sur le siège arrière de l'auto des parents n'attendaient pas minuit. Les voleurs non plus.

Devant le silence de Marie, Luc s'efforça de sourire, ce qu'il faisait rarement, plus habitué à jouer les durs. Cela faisait des mois qu'il tournait autour d'elle pour la convaincre de venir danser un samedi soir au club privé du groupe, une salle presque vide meublée de vieux fauteuils et située juste au-dessus du garage.

— Tu sais, on a repeint le local. Pis on a un nouveau système de son. Je suis sûr que t'aimerais ça. Je t'offre la bière.

Marie se sentit insultée par cette proposition. Comme si elle était assez idiote pour offrir ses charmes à ces soûlards! Tout le monde en ville savait qu'il n'y avait que deux positions pour les filles dans leur gang: couchées ou à genoux. Marie préférait, et de loin, rester debout.

— Tu veux que j'aille danser pour vous autres? Il me semblait que vous manquiez pas de filles.

— Les belles filles sont toujours bienvenues. Il y en a jamais trop.

Luc continuait de la regarder comme s'il attendait une réponse positive. Il se doutait bien qu'elle refuserait. Elle l'avait déjà fait. Il revoyait la fille qui dansait pour lui tout à l'heure. Elle avait de grosses cuisses et pas de seins. Qu'est-ce qu'il n'aurait pas donné pour voir les seins bien ronds de Marie. Et son petit cul aussi.

Marie continua vers sa bicyclette et l'enfourcha. Elle tourna à peine la tête pour parler à Luc.

— Bonne chance avec les filles. Moi, je rentre.

— Tes parents t'attendent?

— Ils m'attendent toujours.

Les jeunes commençaient à sortir de l'école. Marie était soulagée. La vue du gros Luc l'écœurait. D'ailleurs, il portait bien son nom. À l'envers, ça donnait «cul». Et c'était ce qu'il était, avec un trou.

Luc la regarda partir. Un jour, il réussirait à l'avoir et elle serait moins orgueilleuse à ce moment-là. Elle déballerait ses atouts, soumise et docile. Elle n'était pas du genre soumise et docile, mais elle y viendrait. Même prise de force, elle serait certainement désirable.

Il se retourna vers les filles qui sortaient non accompagnées de garçons. Il en repéra deux qui riaient en mettant la main devant leur bouche. Elles étaient un peu rondelettes et avaient un visage banal et inexpressif. Elles avaient un regard bovin, mais, au moins, elles avaient de gros seins. Ça ferait l'affaire. Il leur sourit et s'approcha d'elles. Les deux filles rirent de plus belle, dévoilant des dents inégales.

Il sut à ce moment précis qu'elles feraient n'importe quoi pour plaire à un homme. Il suffisait de leur faire croire qu'elles étaient belles et désirables. Ce qu'aucun garçon n'avait fait jusqu'à maintenant, Luc aurait pu le jurer. Les filles moches étaient souvent les plus cochonnes. Elles essayaient de compenser un corps ingrat par une ferveur attachante. Et elles se démenaient pour plaire et non pour être satisfaites. Ces deux-là manquaient sans doute d'expérience. Quel bonheur que de leur offrir tous ces trucs qui allaient les rendre désirables.

Luc était satisfait. La soirée n'était pas gâchée après tout. Elle s'annonçait même chaude.

Florence se demandait pourquoi elle s'en faisait autant le dimanche matin, alors que les choses se répétaient avec une exactitude exaspérante. Les enfants étaient difficiles à sortir de leur lit. Marie s'était encore couchée au milieu de la nuit ; elle avait écouté de la musique tard avec ses écouteurs. Léon avait mal au ventre d'avoir trop mangé de chips pendant le match de hockey. Sylvie avait abusé des bonbons au chocolat, ce qui l'avait tenue éveillée jusque tard dans la nuit.

Après les avoir tous installés autour de la table, Florence leur donnait un petit-déjeuner léger : jus, céréales, toasts. Avec le concile Vatican II, les règles avaient changé et elle n'avait plus à les faire jeûner depuis la veille au soir. C'était ensuite la pagaille pour qu'ils soient tous habillés décemment et assis dans l'auto à temps. Même avec l'aide de Gaby, elle laissait chaque fois la maison en désordre, les lits défaits, la table du déjeuner à moitié débarrassée.

Florence et Gaby auraient dû aller à la nouvelle église qui avait été construite pour les quartiers ayant poussé depuis une vingtaine d'années dans cette partie de la ville. Mais l'édifice moderne, avec ses lignes géométriques, ses vitraux semblables aux tableaux de Mondrian, son Christ maigre taillé grossièrement dans le bois, son chemin de croix ressemblant à un décor pour marionnettes, ses longues rangées de bancs aux lignes épurées et au confort douteux, tout ça les laissait froids. Gaby ne pouvait pas supporter le crucifix fait par un « gosseux » avec un canif et les bancs installés par un adepte de jeu Lego.

Ils partaient donc tous ensemble pour se rendre dans la vieille partie de Sainte-Victoire. Ils étaient habitués à l'ancienne église de pierres taillées, aux rosaces et aux volutes sculptées dans le bois des bancs, aux colonnes torsadées et traversées de rubans dorés, aux saints drapés de tuniques immenses flottant avec un sourire béat au-dessus de nuages peints sur un ciel d'un bleu divin. Tout était rond, coulant, doux au regard. Les lignes géométriques semblaient avoir été abolies. Et puis, c'était là que les Valois rencontraient leurs amis qu'ils n'avaient plus l'occasion de voir aussi souvent, pris par le tourbillon du quotidien.

On aurait pu croire que les bancs étaient encore réservés, chacun s'assoyant à la même place, dimanche après dimanche. Les notables occupaient toujours les premiers bancs. Le maire Edgar Poliquin avait pris sa retraite depuis un moment et cependant, il n'avait pas bougé de la première rangée. Il portait toujours une fleur à sa boutonnière, mais il avait été obligé d'abandonner sa brillantine, son crâne luisant laissant voir de moins en moins de cheveux. À ses côtés, sa femme Huguette témoignait de son acharnement à rester droite et forte malgré un sérieux problème d'arthrite.

Leur fils avait repris la mairie comme si c'était un droit divin, mais à chaque élection, sa majorité diminuait et l'opposition imposait de plus en plus ses décisions. Il n'en occupait pas moins le banc avec son père et souriait toujours à la famille Turcotte sur le banc voisin qui prospérait autant que la région et qui se montrait toujours polie et réservée. Auguste Turcotte passait tranquillement les rênes à son fils Édouard dans la plus grande discrétion. Les mauvaises langues parlaient de ficelles de marionnettes et non de rênes du pouvoir.

Après cette première rangée de bancs, les fidèles avaient changé les règles tacites. Les familles étaient séparées, peu importe leur origine sociale. Les parents se tenaient en avant avec leurs plus jeunes enfants ; les adolescents étaient agglutinés à l'arrière, près des lourdes portes centrales. Derrière Florence et Gaby se trouvaient Alice et Ernest.

Alice était devenue une petite femme ronde, bien mise, habillée avec goût, avec un petit côté neutre et réservé. Elle souriait tout le temps, une conséquence de son travail de secrétaire réceptionniste dans une compagnie d'assurances. Elle qui avait toujours rêvé d'occuper un joli bureau et de travailler dans un endroit silencieux avait vu ses vœux exaucés depuis quelques années déjà. Elle était fière d'accueillir les clients et d'être à la hauteur de la compagnie qu'elle représentait. Ses patrons s'en félicitaient. Elle savait adoucir même les clients en colère venus réclamer leur dû.

Ernest n'avait pas beaucoup changé avec les années, il était toujours grand et osseux, mais son visage ingrat avait acquis un certain charme. Il avait une façon de regarder les gens qui les mettait tout de suite à l'aise, comme si son seul intérêt était de leur parler à eux et à personne d'autre.

Il avait mis au point cette technique pour son travail de vendeur itinérant et c'était devenu une seconde peau. Ce qui ne l'empêchait pas d'avoir de plus en plus de difficulté à gagner sa vie, les gens préférant aller dans des centres commerciaux pour trouver ce dont ils avaient besoin.

Ernest devait donc aller les rencontrer chez eux pour les persuader qu'il leur apportait de quoi satisfaire des besoins auxquels ils n'avaient pas pensé ou n'avaient pas osé rêver. Et il devait se rendre de plus en plus loin, en Abitibi ou en Gaspésie, pour proposer ses services. Il avait changé plusieurs fois d'employeur et il vendait maintenant des revêtements en aluminium, des fenêtres qui n'avaient plus besoin de châssis doubles, des portes ornées de flamants stoïques, de canards en vol ou des initiales du nouveau propriétaire.

La belle saison approchait et Ernest devrait bientôt reprendre la route pour plusieurs semaines. L'hiver à la maison lui paraissait de plus en plus long. Il avait hâte de quitter la routine et la promiscuité de la maison familiale. Même s'il avait agrandi la maison de Réjane, récupérant le hangar pour en faire une salle de jeu avec une chambre au-dessus, Ernest s'y sentait à l'étroit. Les journées étaient longues à attendre qu'Alice rentre du bureau, que Luc, son fils aîné, revienne du garage où il venait de trouver un emploi de mécanicien, et que Jacinthe rentre de l'école.

Réjane était là et tricotait encore. Elle avait abandonné ses grosses vestes de laine à motif de canards en vol ou de chevreuils figés qui ne se vendaient presque plus. Ces vestes étaient devenues des commandes spéciales que quelques irréductibles lui passaient parfois. Elle faisait maintenant au crochet des châles de bohémiennes aux couleurs criardes que les jeunes filles affectionnaient. Le salon était devenu un bric-à-brac d'écheveau de laines multicolores et de tricot ressemblant à des jetés de lit.

Pendant ce temps, Ernest fumait, lisait les journaux, allait jouer au *pool* un moment. Il lui arrivait aussi de faire quelques courses, mais cela le gênait de jouer les boniches. Il n'avait jamais eu honte de pousser un landau, mais c'était différent d'avoir les bras chargés de sacs d'épicerie.

Il préférait les longs voyages en voiture, les paysages qui semblaient ne jamais vouloir finir, se collant les uns aux autres comme les maillons d'une chaîne, la ligne d'horizon qui reculait sans cesse. Il y avait aussi les petits motels dont le bar était le seul endroit chaleureux, les restaurants où les serveuses étaient toujours gentilles et familières, le tutoyant en lui confiant, avec un clin d'œil, quel était le plat le plus mangeable du menu du jour.

Ernest regardait la lumière descendre des vitraux de l'église et il imaginait les paysages ensoleillés qui l'attendaient. Puis il pensa à son fils et tourna la tête vers l'arrière de l'église. Luc avait de nouveau disparu. Ses promesses étaient toujours du toc.

Alice suivit le mouvement de tête de son mari et comprit que Luc était sorti de l'église, suivi sans doute par sa sœur Jacinthe. Il y avait des jours où elle se demandait si elle avait été une bonne mère. Elle avait beau analyser sa vie depuis la naissance de Luc et chercher à voir où cela avait mal tourné, elle ne trouvait rien. Rien d'assez important, en tout cas. Il avait été un bébé dormeur, souriant, gourmand aussi. Il était également habitué d'être le centre du monde pour ses parents et sa grand-mère.

Les problèmes avaient débuté quand Luc avait été en contact répété avec les autres enfants. Il avait commencé à l'école primaire à se tenir avec les durs à cuire de la cour de récréation, à jouer des tours aux frères enseignants, à se chamailler avec les petits et les nouveaux. Réprimandes, discussions, punitions, rien n'était venu à bout de son entêtement. Il s'était plutôt couvert d'une patine, d'une carapace qui cachait mal ses véritables intentions. Il avait trouvé un masque à la hauteur de ses ambitions. Le petit gros qu'on pensait pouvoir tasser sans problème, bouffon sympathique, mais qui pouvait vous assommer à la première occasion.

Alice en souffrait. De par ses fréquentations douteuses, elle savait que Luc était un petit bandit et elle essayait simplement d'en limiter les conséquences. À vingt ans, il ne semblait s'intéresser à aucune fille en particulier, il buvait beaucoup, avait parfois trop d'argent de poche et disparaissait pour des heures sans donner de raison.

Depuis qu'il avait trouvé une place de mécanicien dans un petit garage, elle espérait qu'il quitte bientôt la maison pour ne plus se sentir responsable de ses faits et gestes. Elle n'avait plus la force ni la capacité de le redresser. Elle savait aussi que, sans surveillance, Luc n'aurait plus de retenue et ferait sans doute pire que maintenant.

Jacinthe occupait davantage les pensées d'Alice. Depuis qu'elle avait fêté ses quinze ans, elle se comportait de façon directe et parfois agressive avec sa famille. Elle critiquait tout, la police violente, les gouvernements aveugles, les lois stupides, la guerre absurde, les gouvernants avides. Sa liste de contestation était longue et bien documentée.

Alice essayait de se rapprocher d'elle, de lui parler davantage, de comprendre ses motivations. Mais elle avait senti que sa fille n'appréciait pas vraiment ces conversations interrogatoires, même faites sur un ton anodin et banal.

Alice observait donc Jacinthe à la dérobé, cherchant à déceler des gestes, des regards qui lui rappelleraient sa sœur toujours enfermée à Saint-Jean-de-Dieu. Yvonne était devenue une vieille folle tranquille, bourrée de médicaments et coupée du monde. Elle ne reconnaissait plus personne, et même Réjane n'allait presque plus la voir.

Jacinthe n'avait jamais été en proie aux crises de sa tante, mais Alice la surveillait quand même, persuadée que le mal couvait en elle, sournois, prêt à exploser à la moindre faille, à la première seconde d'inattention.

Les fidèles qui s'étaient placés près des portes latérales entendaient fréquemment les gonds grincer. Les jeunes quittaient les uns après les autres l'église Sainte-Victoire. Ils avaient beau vouloir être discrets, ils étaient devenus trop nombreux pour passer inaperçus. Marie ne fit pas exception et se glissa à l'extérieur pour entrer ensuite au restaurant du coin.

Le propriétaire était toujours souriant, car il faisait des affaires d'or le dimanche. Il servait sans relâche sa clientèle, allant d'un bout à l'autre du long comptoir qui courrait sur presque toute la longueur de la salle. L'endroit était bondé de jeunes qui buvaient des boissons gazeuses en parlant et en riant fort. Une atmosphère effervescente de samedi soir régnait malgré la lumière crue du jour, et certains y soignaient une gueule de bois à coups de café. Marie prit un Coke et essaya de se trouver une place sur un des tabourets du comptoir. Ils étaient tous occupés et elle se dirigea vers le fond de la longue salle, là où des banquettes rouges étaient installées.

Elle reconnut tout de suite la voix de Jacinthe, une petite voix aiguë qui aurait pu agacer si elle n'avait pas eu cette intonation musicale. Jacinthe parlait en chantant, son ton montait ou descendait selon ses émotions, captivant les gens autour d'elle. Elle avait le don de communiquer ses passions et ses aversions. Elle pouvait passer des heures à parler de contre-culture, de mobilisation politique. Elle avait été impressionnée par la révolte de Mai 68 des étudiants en France et elle n'avait pas cessé de s'informer de tout ce qui se passait depuis ce temps. Elle racontait la dernière manifestation en date devant la Maison-Blanche, à Washington.

— Il y avait du monde partout, les monuments, les avenues étaient noirs de gens venus des quatre coins du pays. Des jeunes, des moins jeunes, des filles en robes fleuries, des garçons avec des blouses indiennes. Il y avait cinq cent mille manifestants. Vous vous rendez compte?

— C'était comme le lundi de la matraque.

Un garçon qui se croyait plus fin que les autres l'avait interrompue. Jacinthe le regarda droit dans les yeux.

— Il y a deux ans à Montréal, à la Saint-Jean, il n'y avait même pas vraiment beaucoup de vrais manifestants, plutôt des curieux et des fêtards que la police a matraqués sans raison. Ce qui a permis à Trudeau de se rendre important en jouant le brave et de se faire réélire le lendemain. Ça sentait même le coup monté. Là, je parle de la capitale des États-Unis et de gens qui savaient ce qu'ils allaient faire là. Pas de buveurs de bière surexcités.

Le garçon prit une gorgée de boisson gazeuse pour se donner une contenance. Jacinthe poursuivit.

— La ville de Washington était pas reconnaissable. Ils ont défilé, chanté, joué de la musique. Ils ont aussi lu les noms de tous les soldats morts au Vietnam, les noms des villages détruits. Il y avait toute sorte de monde contre la présence américaine au Vietnam. Du monde ordinaire, des activistes, des artistes aussi. Bob Dylan, Joan Baez. Même des hommes politiques. Et tout ça dans le calme, sans faire de dégâts.

Marie l'écoutait et elle avait l'impression que Jacinthe avait assisté à la manifestation de l'automne précédent. Il y avait les couleurs, les cris des pacifistes, les bruits des bottes des policiers qui craignaient le pire, les mouvements de foule, les chansons aussi. Marie avait eu la même impression l'année précédente quand Jacinthe avait parlé du festival de Woodstock. Même si la télévision montrait des images, Jacinthe allait plus loin, elle amenait des odeurs, des sensations, des émotions qu'aucun journaliste n'avait pu rendre.

Et elle faisait cela sans se déplacer, en regardant la télé, en lisant les journaux, en examinant attentivement des photos de magazine. Elle fixait les portraits des gens et réussissait à mettre beaucoup d'intensité dans ce moment capté par une caméra. Elle pouvait deviner par leurs regards ce qu'ils ressentaient, ce qu'ils croyaient. Ce bref instant immortalisé sur pellicule prenait toute sa signification. Jacinthe réussissait à se transporter sur place, à ressentir ce que la caméra avait capté en un instant et à le reconstruire pour son auditoire avec sa petite voix.

Marie souriait en l'écoutant, toujours étonnée de voir cette fille, de quelques années plus jeune qu'elle, aborder des sujets sérieux avec autant de passion. Jacinthe était pour elle une belle rebelle qui avait hérité du physique de son père, de sa minceur et de ses yeux sombres un peu rapprochés. Heureusement, car qui l'aurait prise au sérieux si elle avait été une petite grosse comme sa mère? Marie aimait les idées de Jacinthe, sa soif de justice, ses convictions humanitaires.

Florence avait raconté à sa fille aînée sa première rencontre avec Yvonne à Saint-Jean-de-Dieu. Cette visite, qu'elle avait faite en compagnie d'Alice, l'avait impressionnée et troublée aussi. Cette confidence avait marqué Marie qui s'était mise à regarder Jacinthe d'un œil plus attentif. Elle était maintenant certaine d'une chose : Jacinthe n'avait rien de la malade mentale décrite par sa mère. La jeune fille était certainement plus saine que tous ces demeurés qui l'écoutaient en opinant du bonnet, mais qui se refusaient à la moindre action, se contentant de se couler en douce dans le moule confortable que leurs parents leur réservaient. La révolte était pour les autres.

Marie écoutait la liste des injustices formulées par Jacinthe et son appel à la mobilisation. Elle sentit une présence dans son dos. Elle n'eut pas besoin de se retourner pour savoir que c'était Luc. Il avait le don d'arriver au moment où elle ne l'attendait pas. Il cherchait la moindre occasion de s'approcher d'elle, de la frôler. Et il avait la manie de chuchoter à son oreille en postillonnant.

— T'es sûre que t'as pas changé d'idée ?

Marie haussa les épaules brusquement comme pour se débarrasser d'une mouche. Ce qu'il pouvait être collant, ce gros épais ! Comment Jacinthe et lui pouvaient-ils être frère et sœur, même tout simplement apparentés ? Tout les séparait, à commencer par l'intelligence. Luc avait le physique de sa mère, petit, rondelet, mais ses yeux n'avaient pas l'intelligence ou la gentillesse d'Alice. Il se montrait agressif, jaloux et possessif depuis l'enfance. Autre énorme défaut, il ne lâchait jamais prise. Et il se donnait maintenant des airs importants que seule sa mère pouvait encore contrecarrer.

Quand il avait vu les Hells Angels s'occuper avec force de la sécurité des Rolling Stones lors du concert d'Altamont quelques mois auparavant, Luc s'était mis à rêver d'une seule chose : devenir l'un d'entre eux. Il voulait jouer les justiciers, non comme sa sœur avec ses belles paroles, mais avec la force brute de ses bras, de son groupe. Depuis, il retrouvait régulièrement des amoureux de la moto comme lui et partageait son rêve avec eux. Il travaillait pour le moment dans un garage dont le propriétaire était reconnu pour être un dur à cuire habile à esquiver la police et à satisfaire en drogues de toute sorte sa clientèle grandissante. Le tremplin idéal !

En se tournant pour se débarrasser du gros Luc encombrant, Marie vit son frère Léon entrer dans le restaurant. Elle se dirigea vers lui sans un regard pour Luc. Elle l'avait toujours traité de haut et elle n'avait pas l'intention de changer de tactique. Quand Léon la vit arriver sur lui, il regretta d'avoir quitté l'église pour une bouteille de boisson gazeuse.

— J'avais mal au cœur. J'ai dit à maman que j'allais prendre l'air.

— Oui, mais l'air, c'est dehors. Tu devrais être à l'église.

— Et toi, hein ?

— Je suis en âge de décider, pas toi. Tu es venu ici pour me faire chanter, c'est ça ?

— Non, tout le monde sait que les jeunes se retrouvent ici, même le curé. Pourquoi vous allez pas aux messes à gogo avec guitare électrique à l'église Saint-Joseph ?

— Parce que les groupes sont nuls. Et à quoi ça sert d'avoir de la guitare électrique si tu peux pas danser ? C'est des simagrées, de toute façon. Mais va pas répéter ça à maman.

— T'as pas à avoir peur, je suis pas un vendu.

Un mouvement de foule se fit sentir dans le restaurant. Marie leva la tête vers la grosse horloge au mur. La messe allait finir dans moins de cinq minutes.

— Allez, dépêche-toi, il faut y retourner.

— Mais j'ai pas fini mon Coke.

— Cale-le. T'as envie de te faire prendre ?

Le restaurant se vidait rapidement de ses clients. Seul Luc resta assis à une des tables du fond, fixant Marie avec un sourire qui se voulait celui d'un homme important.

Léon prit une grosse gorgée. Il avait l'impression de faire un concours dans la cour de récréation et il voulait gagner à tout prix. Pas question de passer pour un nul devant sa sœur qui restait à côté de lui et l'attendait. Dès qu'il eut reposé la bouteille sur le comptoir, ils partirent en courant pour traverser la rue et entrer dans l'église. Les gonds ne criaient plus, la porte latérale n'ayant pas le temps de se refermer derrière chaque personne qui entrait.

Marie trouva une place dans un des derniers bancs et Léon s'assit à ses côtés. Ils étaient tous les deux rouges et essoufflés. Léon étouffa de sa main un long rot. Ils se regardèrent en souriant, puis captèrent le regard appuyé de leur père. Ils penchèrent la tête en même temps pour simuler le recueillement. Gaby se tourna vers Florence en soupirant. Elle lui tapota la main. Ce n'était pas bien méchant, un simple jeu d'enfants. Il n'avait pas à s'en faire.

Gaby sortit de l'église le visage sévère. Il n'avait pas envie de faire des remontrances à Marie et à Léon, mais il ne voulait pas non plus perdre son autorité sur ses enfants comme Ernest l'avait fait avec son plus vieux. Florence le suppliait de ses yeux sombres de ne pas faire d'histoires. Elle lui chuchota qu'elle allait parler à Marie. Gaby lui rappela qu'elle l'avait déjà fait. Sans succès.

Sylvie ne savait pas trop ce qui se passait, mais elle n'allait pas poser de question. Les adultes étaient parfois si compliqués que leurs explications devenaient incompréhensibles. Marie et Léon étaient silencieux, mais ils n'avaient pas l'air repentant de quoi que ce soit.

Tout le monde s'engouffra dans la voiture. Gaby démarra et s'arrêta quelques rues plus loin devant la maison de Maurice. Le rituel était toujours le même. Les enfants visitaient leur grand-père tous les dimanches, après la messe, d'aussi loin qu'ils pouvaient se le rappeler.

Léon avait de plus en plus de difficulté à voir son grand-père dépérir. Il ne reconnaissait plus le vieil homme décharné qui leur souriait, le dos appuyé à des oreillers, dans cette chambre qui sentait l'urine et les médicaments. Léon essayait de suivre les conseils de Marie en se souvenant de l'autre Maurice, plus en forme, celui qui venait les garder les samedis soir où ses parents sortaient. Florence avait beau coucher les deux plus jeunes, dès qu'il entendait l'auto s'éloigner, Léon se levait en douce. Il aidait Sylvie à sortir de son petit lit. La petite partait pieds nus demander un verre d'eau ou parler des monstres cachés sous son lit. Marie quittait alors le salon pour aller l'endormir en lui chantant une chanson ou en lui lisant une histoire. Félix était déjà descendu écouter de la musique au sous-sol et il y passerait la soirée.

Léon profitait du va-et-vient pour se glisser sous le divan. Il était à l'époque assez petit pour le faire. Il n'aimait pas se coucher tôt, il avait toujours l'impression de manquer quelque chose. Et là, il se permettait de veiller tard et de regarder la télévision sans restriction. Maurice s'assoyait sur le La-Z-Boy de Gaby et regardait ses émissions comme si de rien n'était. Marie et Félix le rejoignaient plus tard et ils étaient souvent couchés, dans leur chambre, quand les parents rentraient.

Léon finissait par s'endormir sur place et il se réveillait à chaque fois dans son lit, comme par magie. Il avait finalement compris que son grand-père savait tout de son manège. Mais Maurice ne disait mot, se contentant de bouger le divan pour ramasser le petit corps tiède et le porter dans son lit. Quand Florence lui demandait si les enfants s'étaient bien conduits, Maurice répondait toujours par l'affirmative. Il avait des petits-enfants merveilleusement sages.

Marie avait d'autres souvenirs, qui remontaient à plusieurs années, alors qu'elle était encore toute petite. Le bungalow du nouveau développement n'était pas très loin de la vieille partie de la ville et Maurice aimait bien montrer qu'il était encore en forme en venant régulièrement leur rendre visite à bicyclette. C'était une vieille bicyclette noire avec un large panier métallique sur le devant, comme celles qu'on utilisait pour les livraisons d'épicerie. Florence se demandait comment une telle antiquité pouvait encore rouler. Mais Maurice l'entretenait, la bichonnait, la graissait régulièrement. Cette bicyclette était sa fierté.

Marie marchait à peine, et elle adorait s'asseoir dans le panier pour faire un tour du quartier. Elle avait l'impression de découvrir un vaste monde, même s'il était presque une copie conforme du sien. De petits bungalows de brique bien alignés, des parterres à la pelouse parfaitement coupée qui variaient un peu par le choix de leurs arbustes et le coloris de leurs fleurs, des auvents et des portes peints de couleurs différentes pour les différencier. Mais ce qu'elle aimait, c'était le vent sur son visage et cette sensation d'aller si vite, d'atteindre la vitesse des étoiles filantes que sa mère lui avait une fois montrées dans le ciel. Elle tenait le panier de ses petites mains et riait très fort, toute à son bonheur. Les gens qu'ils croisaient leur souriaient. Comment résister au charme de ce grand-père qui promenait sa petite-fille tout excitée?

Marie embrassa son grand-père avant de le quitter. Comme ce temps magique était loin! Elle se désolait de le voir s'affaiblir de semaine en semaine. Elle chercha dans ses yeux une trace de ce passé joyeux. Maurice lui sourit et caressa sa joue. Elle sut alors que lui aussi cherchait la même chose, des souvenirs heureux auxquels s'accrocher avant que la vie ne l'abandonne complètement.

Florence avait l'habitude de tout orchestrer et, jusqu'à ce jour, cela fonctionnait assez bien. Elle entra dans sa cuisine parfumée par le poulet rôti. Une fois encore, la cuisinière avait bien fait son travail et Florence remercia la technologie et l'invention de la minuterie automatique. Elle fit bouillir les pommes de terre et mit un peu d'ordre dans la maison pendant que les enfants en faisaient autant dans leurs chambres respectives. Puis ce fut le dîner dominical et bruyant.

Tout le monde semblait vouloir être de bonne humeur, ne serait-ce que pour chasser l'image de Maurice amaigri. Le gâteau au chocolat acheté à la Pâtisserie française récemment ouverte reçut les éloges qu'il méritait, les enfants le faisant disparaître rapidement.

Pendant que Gaby aidait Florence à desservir la table, Marie arriva avec ses nouveaux *hot pants*. Gaby sursauta.

— Tu ne vas pas mettre ça pour aller voir ta grand-mère !

— Pourquoi pas ? C'est la mode et il fait assez chaud pour ça. C'est presque l'été.

— Que ce soit la mode ou non, tu vas porter des vêtements plus convenables. Tu veux que grand-mère Julienne fasse une crise de cœur ?

— Mais c'est juste des shorts, papa. Quand on va à la plage, les maillots sont plus courts que ça.

– Mais on ne va pas à la plage, on va voir ta grand-mère, tes oncles et tes tantes. Et on ne s'habille pas comme ça un dimanche après-midi… Florence!

Florence savait qu'elle serait celle qui trancherait. Quand il était à court d'arguments, Gaby n'avait qu'à aboyer son nom pour que la décision lui revienne et cette décision devait, bien sûr, pencher en sa faveur. Florence et lui avaient établi très tôt leur attitude face aux enfants. Ne pas se contredire devant eux, faire front commun et régler les différends dans la tranquillité de leur chambre à coucher, loin des oreilles curieuses. Les tractations devaient se faire en tête-à-tête et sans crier.

Florence prit doucement sa fille par les épaules et l'entraîna dans sa chambre. Marie se traîna les pieds et la suivit à contre-cœur. Encore une longue discussion en vue. Sylvie venait de leur emboîter le pas pour tout écouter quand Gaby la prit dans ses bras en lui demandant de l'aider à ranger la vaisselle.

Marie s'assit sur son lit en fixant ses pieds. Florence regarda dans la garde-robe. Il y avait tellement de vêtements qu'ils étaient tout entassés les uns sur les autres.

– Tu as l'embarras du choix.

– Je veux étrenner mes *hot pants*. Pourquoi les acheter si c'est pour ne jamais les porter?

– Tu vas certainement avoir plusieurs occasions de les mettre cet été. Tu connais ta grand-mère, tu sais à quel point elle est stricte.

Marie leva les yeux vers sa mère. Elle se rappelait encore le scandale qu'avait fait Julienne quelques années auparavant. Denis était venu passer quelques jours avec ses deux fils chez Maurice. Il venait tout juste d'obtenir une séparation légale de Laurette et il avait voulu changer d'air et fêter la nouvelle année avec son père. Toute la famille Valois se réunissait le Premier de l'an chez Julienne. Florence, pensant bien faire, avait invité Denis et ses fils à se joindre à eux.

L'accueil avait été glacial. Julienne avait refusé de les saluer et déclaré haut et fort que les gens divorcés étaient des pécheurs qu'elle refusait d'accueillir sous son toit. Offusqué, Denis était reparti chez Maurice avec ses enfants. Florence avait eu envie de partir aussi. Gaby, ne voulant pas se quereller avec sa mère, avait trouvé un compromis. Il avait déclaré de pas se sentir très bien et il était parti avec sa famille dans la demi-heure qui avait suivi.

Marie avait jugé cette demi-heure beaucoup trop longue. Denis n'était pas son oncle préféré, mais elle trouvait Julienne injuste et elle aurait aimé pouvoir le lui dire. Depuis ce jour, elle cherchait tout le temps une façon de choquer sa grand-mère, de la provoquer pour avoir enfin l'occasion de se vider le cœur, de dénoncer toute cette hypocrisie.

— Maman, pourquoi il faut se plier aux injustices? Regarde papa, il se bat avec son syndicat pour avoir plus de justice. Pourquoi il ne se bat pas avec grand-mère Julienne pour lui apprendre à vivre? Elle commande tout et écrase tout le monde. On doit tous voir les choses selon sa façon dépassée, elle vit dans un autre siècle.

Florence savait tout ça, mais comment pouvait-elle l'expliquer à sa fille?

— Mais c'est sa mère, Marie.

— Et alors? Une mère injuste et bornée a le droit de savoir ce qu'on pense d'elle.

— Elle est âgée.

— C'est une vieille folle.

— Marie! Tu n'as pas à être d'accord avec elle, mais c'est pas une raison pour lui manquer de respect. Tiens, mets ça.

Florence se demanda si un jour ses petits-enfants la traiteraient de vieille folle. Elle s'efforçait pourtant, tout comme Gaby, de peser son jugement, d'essayer de comprendre le point de vue des enfants. Elle savait aussi qu'ils avaient besoin de se sentir guidés.

Pour ce qui était de Julienne, Florence se disait que Marie avait peut-être un peu raison. C'était une vieille femme bornée qui se montrait, avec l'âge, encore plus stricte que les religieuses de l'orphelinat. Et pourtant, elles avaient su imposer une discipline de fer. Florence s'en souvenait très bien. Tous les interdits qu'elle avait vécus de l'enfance à l'adolescence, sa fille ne pourrait pas y croire, elle les prendrait pour des exagérations. Marie avait une liberté qu'elle-même n'aurait pas pu imaginer à son âge.

Julienne était devenue une vieille folle pointilleuse. Il ne fallait simplement pas le dire à haute voix. Marie lui aurait répondu que les adultes étaient hypocrites. Florence préférait penser que la politesse adoucissait les relations et permettait d'éviter les déchirements et les guerres ouvertes.

Le jardin n'était qu'un grand carré de pelouse ceinturée par le mur de brique de la maison voisine et le trottoir. On le meublait, tous les dimanches de beau temps, de chaises de jardin pliantes en aluminium et de tables basses en bois blanc qui s'alignaient à l'ombre de la maison. Le reste du terrain était réservé aux enfants et à leurs jeux de ballon. Pas de balançoire ni de bac à sable. Julienne n'avait même pas voulu planter les pivoines qu'une de ses brus lui avait offertes. Elle tenait à ce que son carré vert retrouve sa nudité le dimanche soir. C'était un espace vacant que les voisins enviaient : ils auraient pu en faire un terrain de jeu, y monter une piscine, y stationner quelques autos ou simplement y planter un potager. Mais Julienne préférait ce carré vert et vide. Une forme de luxe de l'inutile.

Ses cinq fils lui avaient donné seize petits-enfants, de vingt à trois ans. Les hommes s'assoyaient ensemble, les brus se regroupaient entre elles et Julienne régnait sur les deux groupes en suivant les conversations et en surveillant ses petits-enfants. Les plus vieux s'assoyaient un peu à l'écart de leurs parents, le long du mur de la maison voisine. Ils parlaient des dernières chansons, faute de pouvoir les écouter.

Marie était assise entre deux cousines bavardes qui discutaient de la coupe de cheveux de Pierre Lalonde et des chansons à prénom de Michel Louvain. Léon se faisait courtiser par trois cousines à peine plus jeunes que lui. Les petites cherchaient à connaître ses goûts culinaires alors que lui ne parlait que de hockey. Sylvie était entourée des plus petits qui voulaient la voir jouer avec eux. Elle avait hâte d'être assez grande pour aller bavarder avec les autres au lieu de lancer un stupide ballon aux couleurs délavées.

Marie regardait sa jeune sœur et avait envie d'aller jouer avec elle plutôt que d'avoir à écouter les conversations insipides de ses cousines. Comment pouvaient-elles admirer de vieux chanteurs mielleux à leur âge? Marie essaya de leur parler de Robert Charlebois et de Louise Forestier. La grimace des deux gamines en disait long. Elles n'écoutaient pas les chanteurs qui sacraient. Marie les regarda, incrédule.

– C'est à cause de l'*Osstidcho*?

Elles lui firent signe de se taire en pouffant de rire et en jetant des regards en coin à leur grand-mère. Marie n'en revenait pas. Ces filles étaient soumises et insipides, elles venaient d'une autre époque. D'un autre siècle. Elle se pencha pour chuchoter loin des oreilles de sa grand-mère Julienne.

– Ça vous ferait du bien d'écouter les disques des Cyniques. Il y en a un qui date de quelques années, ils donnent un cours de sacre. Ça vous déniaiserait.

Marie remarqua trois de ses cousins un peu à l'écart en train de cacher une cigarette qu'ils se passaient à la ronde à l'ombre du mur voisin. L'après-midi était tellement ennuyant qu'elle décida de s'amuser un peu. Elle prit une couverture et l'étendit par terre pour s'asseoir en tailleur face à ses cousins.

Sans trop savoir pourquoi, ses deux cousines, déstabilisées par ses propos, en firent autant, délaissant les chaises inconfortables. Elles sentaient qu'une nouvelle mode s'installait. Elles se tortillèrent et tirèrent sur leur jupe courte pour réussir à s'asseoir convenablement. Marie laissa lentement la sienne remonter à mi-cuisse. Les cousins commencèrent à s'étouffer à tour de rôle sans quitter des yeux les cuisses de Marie. La cigarette n'était pas seule en jeu. Marie se dit que les *hot pants* auraient été plus décents.

Julienne, qui voyait tout, demanda à Arthur d'ordonner à ses garçons d'arrêter de fumer. Elle se tourna ensuite vers Gaby, le regarda un moment, puis s'adressa à Florence :

— Il faut surveiller cette petite, c'est de la mauvaise graine. On dirait qu'elle a pris des cours de sa tante Lucie, à moins que ce soit de sa tante Laurette. Ce n'est pas les exemples de mauvaise vie qui lui manquent. Une femme qui quitte son mari et son devoir familial ne doit pas servir de modèle.

Florence serra les dents. Julienne n'avait jamais voulu rencontrer la femme de Roger sous prétexte qu'elle avait exercé le métier d'entraîneuse avant de se marier. Elle venait de passer un long moment à raconter les ragots du coin, comment vivait tel ou tel voisin, qui n'allait plus à la messe, qui rentrait tard, frappait sa femme ou buvait trop. Florence avait à peine écouté ces commentaires inintéressants, mais, à entendre le nom de Lucie, elle avait envie de parler des bigotes qui médisaient sur tout le monde. Au diable la politesse! Sa main se crispa sur l'accoudoir de la chaise. Gaby le vit et posa sa main sur la sienne.

– Viens, chérie, il est tard, nous rentrons.

Florence se sentit soulagée et sa tension se relâcha d'un coup. Enfin! Julienne s'offensa: ils n'allaient pas partir tout de suite, ils venaient tout juste d'arriver.

– Maman, ma fille n'est pas de la mauvaise graine. Et ses tantes sont des femmes qui méritent le respect que vous oubliez de donner même à vos voisins. C'est bien beau d'aller à la messe, mais il faut aussi apprendre à se laver la langue.

C'était la première fois que Gaby s'opposait à sa mère et il était le premier étonné de l'avoir fait aussi spontanément. Sa voix était sortie calme et assurée, ne laissant aucun doute quant à la fermeté de sa décision.

Il avait laissé passer beaucoup de paroles malheureuses de sa mère sous prétexte qu'elle était âgée, veuve depuis si longtemps, qu'elle exerçait une autorité toute paternelle pour tenir tout son monde ensemble. Gaby lui disait enfin ce qu'il pensait vraiment et ce que tous ses frères pensaient aussi sans oser en parler à la principale intéressée.

Il se sentit tout à coup léger et heureux. Enfin, ce n'était pas le bonheur, mais plutôt la satisfaction d'avoir fait ce qu'il fallait, d'avoir pris les commandes de sa vie, d'avoir protégé sa femme et ses enfants de l'aigreur de Julienne, une aigreur qui grandissait et empoisonnait la vie de son entourage.

Gaby savait bien que ses belles-sœurs et même ses frères se répandaient en récriminations contre elle, mais chacun faisait ses remarques dans son dos. Cette hypocrisie devenait insupportable, déteignant sur les enfants qui les imitaient. Gaby voulait briser le cercle vicieux de la mascarade des dimanches après-midi. Il avait compris le message de Marie, la révolte qui se cachait sous ses allures fantasques. Et il avait décidé d'être un père avant d'être un fils. Il n'avait pas réfléchi aux conséquences de son geste, mais il était prêt à affronter la colère de sa mère.

Julienne ne trouva rien de mieux que de sourire pour masquer son étonnement. Elle ne comprenait pas ce qui se passait. Elle savait bien que ses brus, qui étaient toutes des oies, jacassaient dans son dos. Mais que son fils préféré, son petit Gaby, lui dise de se laver la langue, elle n'aurait jamais pu l'imaginer. Florence lui avait donc monté la tête au point qu'il venait de la perdre. Pauvre enfant !

Mais Julienne restait persuadée que tout s'arrangerait. Gaby reviendrait s'excuser, lui dirait qu'il ne savait pas pourquoi il avait été aussi méchant avec sa propre mère, promettrait de s'expliquer avec Florence et surtout avec Marie, imposerait les bonnes manières sous son propre toit. Oui, tout s'arrangerait. Ce n'était qu'une question de temps. Il y avait toujours une bru qui se rebiffait, mais cela ne durait jamais longtemps, une semaine ou deux tout au plus. Ses fils lui revenaient toujours repentants.

Marie avait tout entendu et elle était tellement fière de son père qu'elle avait envie de lui sauter au cou. Elle se leva rapidement, trop heureuse de partir. Sylvie la rejoignit tout de suite et Léon, qui n'avait rien vu, dut abandonner ses courtisanes déçues. Il demanda des explications à Marie qui lui fit signe qu'elle lui en parlerait plus tard.

Les salutations se firent très rapidement et toute la famille monta dans l'auto. Ce fut le silence jusqu'à la maison. Pas un silence lourd et contraignant, mais plutôt une sorte d'absence de bruit, un apaisement. Marie souriait à son père dans le rétroviseur, il s'était enfin comporté en héros. Elle n'en attendait pas moins de lui.

Florence souriait de soulagement. Sa belle-mère avait enfin reçu une vérité bien placée. C'était la première fois que Gaby prenait ouvertement parti pour elle face à sa mère. Et elle savait que les jours à venir ne seraient pas faciles pour lui. Julienne téléphonerait pour se plaindre un peu ou demander un petit service, ajuster une porte d'armoire, réparer un robinet qui fuyait. Gaby aurait à se retrouver en tête-à-tête avec elle, loin des regards et surtout des oreilles des autres. Il aurait à s'excuser, à la réconforter comme mère et grand-mère. Il aurait aussi à prouver qu'il était un bon père lui-même. Et surtout, il devrait essayer de ne pas entrer dans le jeu de sa mère en parlant contre sa femme et ses enfants.

Florence n'enviait pas l'exercice qu'il aurait à faire. Mais elle savait que Gaby avait assez de sensibilité et d'intelligence pour y arriver. Il venait de faire un pas important pour tous les Valois. Elle avait hâte d'en parler à Félix. Il serait si fier de son père. Mais il valait peut-être mieux ne rien lui dire pour le moment. Les examens approchaient. Il avait besoin de tranquillité pour terminer sa dernière année au collège Brébeuf. Elle ne put s'empêcher de se dire que son fils aîné était un être remarquable.

Elle chassa une image soudaine d'Antoine et regarda Gaby. Elle était chanceuse d'être auprès d'un homme comme lui.

La lune était pleine, le ciel sans nuage. Félix était appuyé sur le bord du balcon et regardait la ville devant lui. La rue était presque déserte le dimanche soir. Les étudiants préparaient le retour en classe du lendemain. Après trois ans de pensionnat, ses parents lui avaient enfin permis de partager un appartement avec son ami Claude. Il avait argumenté que ce serait la meilleure façon de devenir autonome. Sa mère l'avait mis à l'épreuve. Florence lui avait demandé de faire une lessive, de préparer un repas. Félix avait passé le test et il était content de cette nouvelle liberté. Il s'entendait bien avec Claude. Ils avaient partagé la même chambre au pensionnat, ils venaient tous les deux d'une petite ville de province, leurs parents avaient des parcours similaires.

Félix éteignit sa cigarette et tourna la tête vers l'intérieur de l'appartement. La musique jouait à tue-tête, mais les cris de la fille (Geneviève, Lorraine, il ne se rappelait plus son nom) s'entendaient quand même. Félix se demandait si Claude était un amant extraordinaire ou si la fille était une comédienne consommée doublée d'une chanteuse en voix. La nuit commençait à être fraîche et il avait envie de rentrer. Il regarda sa montre. Il leur laissait dix minutes, pas plus.

– Tu as du feu?

Félix sursauta et se retourna. Il n'avait pas entendu la fille arriver. Elle était enveloppée dans un drap à motif géométrique or et vert. Une horreur donnée par la mère de son coloc. Mais la fille qui était dedans n'était pas une horreur. Elle serrait le drap en faisant remonter ses seins et elle avait passé sa jambe gauche dans l'ouverture. Elle avait une cigarette entre ses doigts. Louis entendit le bruit de l'eau de la douche. Elle sourit.

— Tu aurais dû nous rejoindre. J'adore les beaux garçons.

Félix avait les oreilles qui bourdonnaient. Il sortit son briquet d'une main tremblante. Claude lui avait répété maintes fois qu'il adorait cette fille. Il la voulait pour le reste de ses jours. Il devait la présenter à ses parents dès la fin des cours. Geneviève! Il se rappelait maintenant son nom. Elle prit sa main tremblante pour allumer sa cigarette. Félix était paralysé. Le bruit de la douche cessa. Il en fut soulagé.

Claude apparut, une serviette autour de la taille.

— Y a plus de bière. Je vais en chercher. Je t'ai laissé de l'eau chaude, ma belle.

Il disparut dans la chambre et revint vêtu d'un jean et d'un t-shirt. Il prit une caisse de bière vide et sortit. Geneviève sourit à Félix.

— Le temps est frais, rentre.

Félix passa au salon et Geneviève referma la porte du balcon. Il ne savait plus quoi faire. Il se sentait complètement idiot. Elle s'offrait à lui et il ne bougeait pas, comme un imbécile.

— Claude va revenir bientôt.

— Je sais.

Elle ouvrit le drap et s'approcha de Félix.

— N'aie pas peur, je mords pas. En fait, presque jamais. À moins d'être très excitée. Tu peux toucher. C'est tout ce que tu pourras faire ce soir.

Elle tendit la main pour caresser Félix. Le drap tomba. Félix vit son pantalon se gonfler en un clin d'œil. Il tendit les doigts et toucha les seins de Geneviève. Les mamelons durcirent immédiatement.

— Tu vois, c'est pas si difficile.

– Tu sais que Claude veut te présenter à sa mère.

– Gâche pas mon envie.

Elle glissa ses doigts dans son vagin.

– Mais tu viens de...

Elle mit ses doigts sur la bouche de Félix.

– Chut. Tu parles trop.

Elle baissa la fermeture éclair du pantalon de Félix, dévoilant le désir du jeune homme.

– Hum... T'es mieux équipé que t'en as l'air. T'as bien fait de pas venir nous rejoindre. Claude aurait été jaloux.

Félix se sentit malheureux pour son pauvre coloc. Il ne pouvait pas être salaud à ce point. Mais comment dire à Claude que cette fille n'était pas faite pour lui ? Elle se baissa pour le prendre dans sa bouche. Il avait encore le goût de son sexe sur les lèvres. Peut-être que la meilleure façon de dire la vérité à son coloc était de la lui montrer.

Félix ferma les yeux. Geneviève avait une bouche magique. Il entendit la porte de l'appartement s'ouvrir. La porte se referma doucement. Félix s'attendait à entendre crier son coloc. La musique avait changé. Leonard Cohen chantait *So long, Marianne*.

Claude déposa la caisse de bière et enleva ses vêtements. Félix n'en revenait pas. Claude souleva les fesses de Geneviève et la pénétra. Elle gémit un peu et continua de s'activer avec sa langue sur le sexe de Félix. Claude regarda Félix en souriant. Il savait très bien qu'il ne présenterait pas cette fille à sa mère. Mais pourquoi laisser passer le plaisir qui s'offrait si généreusement ? Félix sourit de cette nouvelle complicité. Il pensait que ces choses n'arrivaient que dans les films pornos.

Il était usé, il n'y avait pas d'autres mots pour le décrire, usé comme un vieux tapis, râpé, la peau tannée, le cheveu rare. Même son regard semblait fatigué d'avoir trop observé, trop vu, trop admiré. Gustave avait parcouru le monde, du moins le continent nord-américain. Il avait tout fait : draveur et cueilleur, menuisier et mineur, cuisinier et camionneur. Du nord au sud, de l'est à l'ouest, partout où le menaient ses pas. Et comme un animal épuisé, sentant la mort rôder, ses pas l'avaient ramené dans la ville où tout avait débuté.

C'était ici qu'il avait rencontré la belle Réjane. Elle était vive et insouciante. Ses yeux brillaient dès qu'ils se posaient sur lui. Gustave se sentait le centre de son univers. Leur mariage était inévitable, une suite logique à cet amour. Puis ce fut l'arrivée de la belle petite Alice toute dodue et rieuse. Quelle enfant merveilleuse! Gustave n'avait jamais connu un si grand bonheur, ni pour lui, ni dans son entourage. Puis il y avait eu cet étrange bébé qu'était Yvonne. Le début du cauchemar! Les cris, les coups de pied dans les murs, les cheveux arrachés.

Gustave n'avait jamais compris que cette chose hurlante soit de lui. Il ne comprenait pas davantage cette réalité qui lui échappait, cette vie qui se transformait hors de son contrôle. Épuisé, désorienté, il avait abandonné le quotidien à Réjane qui avait tout de suite pris les commandes. Elle réussissait à calmer Yvonne, à se faire aider de la petite Alice. Rapidement, il s'était aperçu que tout se passait très bien sans lui, même mieux. Il ne servait plus que de façade.

Et la façade se craquelait chaque jour, s'effritait. Un jour où Réjane était partie à l'épicerie avec Alice, Gustave s'était penché au-dessus du lit d'Yvonne avec une forte envie de mettre fin à ses malheurs. Il n'avait qu'à tendre les mains, à serrer ce petit cou comme s'il s'agissait d'un poulet, à le tordre d'un coup sec. Les malheurs seraient terminés, la vie reprendrait avec les rires d'Alice, la tendresse de Réjane. Il n'aurait plus à jouer les bons pères à la messe du dimanche, il en serait un pour vrai.

Mais ses mains étaient restées figées dans les airs. Yvonne avait ouvert les yeux et l'avait soudain regardé. Il avait eu l'impression que l'enfant avait tout deviné de ses intentions. Elle ne criait pas, elle le fixait avec un sérieux qui n'était pas de son âge. Il avait reculé, effrayé de lui-même. Comment avait-il pu penser tuer, même un bref instant, sa propre fille? Comment était-il devenu un monstre? Le soir même, il avait ramassé ses affaires et quitté la ville sans un mot d'adieu à personne. Il avait fui, apeuré à l'idée qu'il pourrait être un assassin.

Et voilà qu'il retrouvait les mêmes rues, les mêmes maisons, mais pas les mêmes gens. Personne ne faisait attention à ce vieil homme qui trimbalait un sac de marin à la toile élimée. Il n'avait jamais écrit, pris de nouvelles, et il ne savait pas si Réjane vivait toujours, si Alice habitait encore dans cette ville, s'il reconnaîtrait la maison. Il avait toujours été guidé par son instinct et celui-ci l'avait ramené là. Il savait que c'était pour y mourir, mais il n'en savait pas plus.

Il retrouva la rue sans difficulté, puis la maison. Elle avait été repeinte plusieurs fois, mais toujours de la même couleur rouge brique, et les contours des fenêtres étaient encore de ce jaune indéfini qui hésitait entre l'or et l'orange. Une petite maison qui avait été pimpante, mais qui était maintenant vieillie, comme lui.

Il ralentit le pas. Il ne savait plus s'il devait aller frapper à la porte ou simplement retourner au terminus d'autobus.

Son cœur se serrait, ses mains étaient devenues moites. Pourquoi bousculer le passé, réveiller les morts? Il était à quelques pas de la porte, il devait se décider. Puis le destin le fit à sa place. Encore une fois. Réjane sortit avec un chaudron rempli de soupe pour Maurice. Il la regarda. Était-ce vraiment la femme qu'il avait épousée voilà si longtemps? Elle referma la porte, puis remarqua le vieil homme. Un clochard avec son sac, un voyageur perdu? Pourquoi la fixait-il ainsi? Ses yeux, ce gris délavé… Impossible! Elle serra le chaudron contre elle comme si elle avait peur de se le faire voler.

– Réjane?
– Je ne vous connais pas, allez-vous-en.
– C'est moi, Gustave.
– Va-t'en.

Elle avait peur de rentrer dans la maison, peur qu'il ne la suive. Elle avança plutôt vers le trottoir et traversa la rue d'un pas rapide pour s'engouffrer, encore tremblante, dans la cuisine de la maison de Maurice.

Gustave la suivit du regard. Il se sentait si épuisé, si vidé. Ses jambes allaient se dérober sous lui. Il avisa une chaise de toile sur le perron et décida de s'y reposer. Il abandonna son sac à ses pieds et ferma les yeux. Il était revenu au port. Si seulement la mort pouvait vouloir de lui maintenant!

Réjane n'osait pas regarder par la fenêtre de la cuisine. Elle se répétait qu'elle avait des hallucinations. Elle allait devoir consulter un médecin. Elle devenait folle comme sa fille Yvonne. Elle dut tenir la louche à deux mains pour ne pas renverser la soupe à côté du bol. Elle tremblait encore quand elle apporta le plateau de nourriture à Maurice.

Il le remarqua à peine. Il avait de plus en plus de difficulté à garder les yeux ouverts, mais il était content de savoir Réjane à ses côtés. Il lui sourit machinalement. Elle commença à le faire manger tout en parlant à voix basse. Elle murmurait presque et Maurice avait beau faire un effort, il ne captait que quelques mots. Gustave, revenu, menteur, détestable.

Maurice se dit qu'elle radotait. Elle avait sans doute fait un cauchemar et revu celui qui l'avait abandonnée depuis tellement d'années. La vieillesse faisait cela à l'occasion, elle faisait revivre le passé avec tellement d'exactitude, presque plus qu'au moment où on avait réellement vécu ces événements, les sens éparpillés. L'âge avancé isolait les faits avec précision, sans éparpillement.

Il en savait quelque chose, il revoyait parfois Angélina avec beaucoup de précision, la texture de sa peau, son parfum, le timbre de sa voix. Il avait toujours été fasciné par la blancheur laiteuse de sa peau, les fossettes sur ses joues comme si elle était une éternelle enfant, son cou gracile qu'elle dévoilait en remontant ses cheveux auburn en chignon. Il se disait, dans ces moments-là, qu'il était en train de mourir, de passer dans cet autre monde dont on ignorait tout, mais dont on voulait à tout prix imaginer l'existence.

Réjane remarqua que Maurice souriait dans le vague. Il avait sans doute raison. Elle s'en faisait pour rien. Elle n'était pas folle, elle avait bien reconnu les yeux gris de ce vieil homme. Et alors ? Ce vieillard qu'était devenu Gustave était, après tout, sans importance. Quel mal pourrait-il lui faire ? Il avait détruit sa vie une fois, il ne pouvait plus le refaire. Ce misérable n'avait plus d'emprise sur elle. Et il n'en aurait pas. Il avait fui et il fuirait à nouveau. Elle le chasserait elle-même, s'il le fallait, à grand coup de balai pour faire maison nette.

Réjane soupira d'aise. Elle se sentait déjà mieux. Maurice l'avait à nouveau aidée sans le savoir. Le maigre repas terminé, elle replaça les oreillers du malade, essuya sa bouche, mit de l'ordre dans ses minces cheveux en broussailles et l'aida à se coucher sous les draps.

— Je te laisse pour la sieste. Je reviens dans deux heures.

— Merci, An… Réjane.

Elle se sentit rougir. Cela lui faisait encore cet effet-là quand il la confondait avec Angélina. Il n'avait jamais prononcé le nom au complet, mais elle savait qu'il pensait toujours à elle. Depuis le temps, elle avait fini par accepter ce fantôme qui n'avait rien de malveillant.

Avant de retraverser la rue pour rentrer chez elle, elle vit Gustave qui semblait assoupi sur le perron. Elle prit une bonne inspiration. Il y avait un autre fantôme et, celui-là, elle devait l'affronter.

Gustave sentit une main sur son épaule. Encore un policier ou un gardien qui lui disait de circuler! Il se replia un peu plus sur lui-même, il avait besoin de se reposer davantage, quelques minutes au moins. La main insista. Gustave n'avait plus d'autre choix que d'ouvrir les yeux. Le visage de Réjane lui apparut. Une illusion, un rêve? Non, il se rappelait maintenant. L'autobus, Sainte-Victoire, la vieille maison. Il était chez elle, sur son perron, sur sa chaise. Il reprit contenance et toussota légèrement.

Réjane le regardait depuis un moment sans état d'âme. Comment le bel homme qu'il avait été, mince, élégant, avait-il pu se transformer en miséreux, en loque humaine? Il payait donc pour son abandon et sa lâcheté. Et il semblait payer très cher. Elle n'avait pas le cœur de lui reprocher les souffrances qu'il portait dans ses yeux.

— Allez, viens manger quelque chose. T'as pas beaucoup de temps devant toi. Je veux pas qu'Alice ou les enfants te voient. Encore heureux qu'Ernest soit parti travailler en dehors!

Gustave prit son sac de toile et entra dans la maison à la suite de Réjane. Il laissa tomber son sac à ses pieds dans la cuisine. La maison avait changé, s'était agrandie, bien vivante et habitée. Des vêtements étaient accrochés dans l'entrée, un grand chapeau coloré était suspendu à la patère, et des châles aux couleurs vibrantes gisaient sur le fauteuil du salon.

Le vieil homme aurait aimé poser mille questions, savoir ce qui s'était passé pendant toutes ces années. Il regarda les photos encadrées qui ornaient le dessus du buffet. Qui était Ernest, qui étaient ces enfants, un garçon ressemblant à Alice et une fille au regard perçant ? Alice était là aussi, souriante, tout comme Réjane. Gustave avait envie de les prendre dans ses mains pour les regarder de plus près, apprendre à connaître ses descendants, cette famille dont il ne faisait plus partie.

Réjane suivit son regard, puis déposa un bol de soupe et du pain devant lui. Il s'assit et mangea avec appétit. Cela faisait longtemps qu'il n'avait pas goûté une aussi bonne nourriture. Réjane le fixait, sa bouche se remplissait de mépris pour ce gueux.

— Je sais pas ce que t'as fait pendant toutes ces années et je veux pas le savoir. Mais je vais te dire ce qui s'est passé ici. Comme ça, on sera quittes et tu pourras repartir d'où tu viens… ou bien où tu veux, ça m'est égal.

Gustave leva les yeux vers elle et sourit. Il avait eu raison de partir, elle était vraiment une femme plus forte que lui. Elle avait su tenir sa famille ensemble, la faire grandir, se développer. Il l'écouta parler d'Yvonne toujours enfermée à l'asile. Quelques phrases suffirent à brosser le portrait de cette pauvre enfant devenue une vieille folle perdue dans un autre univers. Il se rappela ses yeux intenses. Cela semblait si évident maintenant. Pourquoi n'avait-il pas compris à ce moment-là ?

Puis Réjane raconta l'arrivée d'Ernest dans la vie d'Alice, et la sienne, le mariage, la naissance de Luc, le dévouement de son gendre, l'arrivée de Jacinthe, la joie d'être une famille. Le portrait était idyllique et Réjane prenait plaisir à l'embellir. Luc était un jeune homme plein de talent, promis à un bel avenir. Jacinthe possédait une intelligence remarquable, tous ses professeurs en témoignaient. Réjane voulait que Gustave se ronge de regrets d'être passé à côté de cette vie qui aurait dû être la sienne.

— Tu vois, Gustave, si tu n'avais pas été aussi lâche, tu aurais pu être heureux.

— Pourquoi tu penses que je l'ai pas été, heureux?

— Tu t'es vu la face, Gustave?

— J'ai vécu, Réjane, j'ai beaucoup vécu. Et je pense pas que j'aurais été si heureux que ça ici. T'étais faite pour tenir les brides, pour mener le bateau à bon port. Moi, je pouvais pas. Je te félicite, avec ta force de caractère, t'as réussi à être un bon chef de famille. Moi, j'aurais pas pu.

— J'ai de la tarte à la ferlouche, t'en veux?

— C'est pas de refus.

Il avait l'impression de manger le dernier repas du condamné. Son estomac habitué à plus de liquide que de solide se rebiffait, mais il refusait de l'écouter. Il n'avait pas mangé de tarte à la ferlouche depuis trente ans, il n'allait pas s'en priver. La tasse de thé fort qui suivit brassa le tout. Gustave ne rêvait plus, désormais, que de dormir.

Réjane se leva et débarrassa la table. Elle voulait effacer toutes traces de son passage et lava les assiettes. Quand elle eut terminé, elle s'aperçut que Gustave somnolait sur sa chaise, le menton sur la poitrine.

— Il faut que tu partes maintenant. Jacinthe va rentrer de l'école.

Gustave ouvrit les yeux et se leva péniblement.

— À l'hospice, les sœurs accueillent toujours les clochards?

— C'est le poste de police qui les accueille. À l'hospice, c'est les mourants.

— Ben, j'vais aller à l'hospice.

— Fais-moi pas le coup du mourant comme tu m'as fait celui du gars qui va s'acheter des cigarettes. Prends-toi une chambre près du terminus, pis quitte la ville au plus sacrant.

— Je veux pas te faire de coup, Réjane. Je suis content de t'avoir revue pis de savoir que, grâce à toi, Alice a une belle vie. J'ai souvent pensé à elle, tu sais.

— Va-t'en avant que je me fâche.

Il ramassa son sac, traîna ses pieds jusqu'à la porte et sortit sur le perron. Réjane referma la porte derrière lui. Il descendit les marches et vit au loin une jolie jeune fille en uniforme d'écolière. Jacinthe! Il lui sourit.

Elle le regarda avec étonnement. Qui était ce vieux qui sortait de chez elle? Ce n'était pas un rendez-vous galant de sa grand-mère, elle avait déjà Maurice dans sa vie. Et ce vieil homme ne lui avait certainement pas commandé un châle multicolore. Jacinthe ne le quittait pas des yeux en se dirigeant vers la maison. Arrivée à sa hauteur, elle l'entendit prononcer son nom. Elle s'arrêta.

— Je vous connais pas.

— Réjane veut pas que tu me connaisses non plus. Mais ça fait rien, je suis content de t'avoir vue. Tu es très belle.

Gustave posa son sac de marin sur son épaule, chancela un peu, puis se mit en marche vers le centre-ville. Il prendrait une chambre et partirait le lendemain. C'était la meilleure chose à faire.

Jacinthe le regarda aller un moment avant d'entrer dans la maison. Réjane tricotait sur le fauteuil du salon, ses mains tremblaient plus que de coutume. Elle leva les yeux vers Jacinthe et sut immédiatement qu'elle venait de croiser son grand-père.

Alice avait de la difficulté à contenir sa colère. Elle n'avait pu toucher à son repas, l'estomac noué. Le salaud était revenu et il avait choisi le moment où Ernest était parti pour plusieurs semaines. Réjane essayait de la calmer, ce vieil homme n'était plus dangereux.

— Il est tellement magané. Si tu l'avais vu. Il faut savoir oublier, Alice, et pardonner.

Mais Alice rageait, serrant avec force sa fourchette.

— Il nous a abandonnées, maman. Tu devrais t'en souvenir. On l'a même enterré pour que tu deviennes une veuve honorable. Trente ans sans donner de nouvelles, sans en prendre non plus. Monsieur s'est promené, il a vu le monde, il a vécu. Comment as-tu pu lui donner à manger ? Les moineaux méritent plus les miettes de pain que lui.

Jacinthe regardait sa mère en terminant son repas. Elle ne voulait surtout pas intervenir. Elle avait rarement vu sa mère aussi furieuse. Elle ne comprenait pas sa colère. Le vieux était parti parce qu'il ne supportait plus de voir Yvonne. Jacinthe le comprenait, elle aussi aurait trouvé dégueulasse d'avoir Yvonne à ses côtés tous les jours. Elle ne l'avait pas vue souvent, mais elle se souvenait d'une femme pâle qui bavait, les lèvres épaisses amollies tout comme ses chairs flasques. On aurait dit une vieille grenouille passée à l'eau de Javel. De quoi faire ses valises !

Luc était arrivé en retard pour le souper et il avait réussi à comprendre, entre les phrases de colère de sa mère et celles d'apaisement de sa grand-mère, que le grand-père, que tout le monde croyait mort, était revenu manger de la soupe. Il ne savait pas pourquoi on en faisait tout un plat. Sa mère avait le don de s'exciter davantage quand son père était sur la route. Elle prenait tout à cœur et voulait tout régler avant le retour d'Ernest comme si elle subissait un test d'évaluation. Luc ne voulait surtout pas passer la soirée avec elle à l'entendre se plaindre. Il se dépêcha d'avaler sa nourriture pour rejoindre ses amis.

Pendant qu'Alice débarrassait la table avec Réjane, Luc en profita pour sortir. Jacinthe le rattrapa sur le perron.

— Tu peux le retrouver? J'aimerais ça lui parler.

— Pour quoi faire?

— C'est pas de tes affaires. J'ai le droit d'être curieuse.

— Va le chercher toi-même.

— C'est soir d'école, maman me laissera pas sortir.

Luc sourit. Il savait que sa sœur se glissait parfois par la fenêtre de sa chambre pour quitter la maison en douce.

— Maman est en beau maudit, elle ne s'apercevra même pas que t'es sortie. Moi, à ta place, j'irais au parc Central. Il fait beau et tous les robineux s'y retrouvent.

— Tu penses que notre grand-père est un bum. Tu dois être content de savoir de qui tu retiens.

Luc haussa les épaules et s'en alla d'un pas régulier. Il essayait de plus en plus d'être imperméable aux pointes lancées par sa sœur qui jouaient les petites savantes. Il lui montrerait, à elle aussi, l'homme puissant qu'il allait devenir. Elle changerait de ton comme les autres.

Jacinthe n'eut pas le temps de lui lancer des insultes que sa mère l'appelait de la cuisine pour qu'elle l'aide à laver la vaisselle. La tâche fut terminée rapidement et en silence. Alice fulminait intérieurement et Jacinthe fut surprise qu'il n'y ait pas d'assiettes brisées. Elle s'enferma ensuite dans sa chambre sous prétexte de préparer ses examens. C'était le grand avantage de la période scolaire, les excuses étaient plus faciles à trouver. Elle entendit qu'on montait le volume de la télévision. Réjane écoutait ses programmes favoris. Alice devait lui tenir compagnie, comme elle le faisait souvent. Surtout qu'elle avait besoin de se changer les idées. Jacinthe passa par la fenêtre et longea la bordure du toit du garage, puis elle se glissa sur l'échelle cachée dans le recoin.

Le parc était presque vide, tout le monde semblait occupé par les émissions de télévision. Jacinthe le traversa dans un sens puis dans l'autre. Pas de trace du vieux avec un sac de marin, seulement les quelques clochards habituels. Elle marcha vers la Taverne royale convertie en brasserie.

Elle hésitait à entrer. Elle pouvait aller au cinéma voir des films interdits aux mineurs sans qu'on lui demande son âge, mais, ici, on la remarquerait aussitôt. Au pire, que pouvait-il lui arriver ? Se faire mettre à la porte ? Qu'on appelle la police ? Ce ne serait pas bien grave. Elle en profiterait pour signaler la disparition de son grand-père.

Un couple passa devant elle. Elle en profita pour les suivre. Il n'y avait que quelques clients à l'intérieur. Elle chercha des yeux son grand-père. Elle le trouva tout au fond, assis devant un bock de bière. Elle alla s'asseoir face à lui. Gustave leva la tête et lui sourit.

– T'es comme ta grand-mère, t'es courageuse.

Jacinthe aima tout de suite cette vieille épave.

Gustave parlait d'un séjour dans un endroit, puis il posait quelques questions à Jacinthe. Cette dernière préférait écouter, ses réponses étaient donc courtes et directes. Réjane n'avait jamais parlé de son passé ni de son «défunt» mari. Alice était encore moins bavarde sur ce sujet. Jacinthe préférait relancer la conversation sur les voyages de Gustave. Cela lui rappelait son père quand il revenait de la Gaspésie ou de l'Abitibi, parlant de la mer déchaînée par jour d'orage ou des forêts qui semblaient ne jamais finir.

Les anecdotes se succédaient et la jeune fille avait l'impression d'être ailleurs, de voir le monde d'un regard différent. «C'était comment les montagnes Rocheuses: aussi belles et glaciales que sur les photos? Et le désert de l'Utah, avait-il des dunes comme le Sahara? Les prairies du Texas étaient-elles remplies de cowboys à cheval rassemblant les troupeaux? Et les gens, ils étaient comment? Accueillants, hostiles, curieux, méfiants?»

Ici, elle ne voyait plus rien, habituée aux gens, à la géographie, aux habitudes. Les îles, la chasse à l'automne, les baignades en été, la routine. Avec Gustave, elle ne voyait même plus le temps passer. Les clients se faisaient rares. Gustave regarda sa montre.

— Tu dois rentrer. Ta mère va m'en vouloir encore plus de t'avoir gardée si longtemps. Je vais te raccompagner.

– Non, personne sait que je suis ici. Mais je vais rentrer, j'ai des cours demain.

Elle se leva. Gustave essaya d'en faire autant, mais une forte douleur le fit se rasseoir. Comme Jacinthe allait vers lui, il s'écroula par terre. Elle lui prit la tête, il était pâle et respirait à peine. Une serveuse courut appeler une ambulance. Jacinthe ne savait plus quoi faire. Elle avait suivi des cours de secourisme, mais elle les avait presque aussitôt oubliés. Il ne lui restait que de vagues notions qu'elle essaya de mettre en pratique.

Elle fut soulagée de voir Gustave ouvrir les yeux. Il sourit péniblement, mais fut incapable de parler. Au même moment, les ambulanciers firent une entrée remarquée. Les badauds se massaient déjà devant la taverne. Encore un alcoolique venu s'effondrer devant sa bouteille.

Jacinthe ne lâcha pas la main de son grand-père jusqu'à l'hôpital où une infirmière lui demanda gentiment d'attendre dans la salle de l'urgence pendant qu'un médecin examinait le vieil homme.

Elle ne pouvait rester assise à attendre. Elle faisait les cent pas en fixant le plancher. Elle se demandait si elle devait appeler sa mère tout de suite ou attendre le diagnostic du médecin. Comment pouvait-elle lui annoncer tout cela? Lui dire qu'elle sortait par la fenêtre, qu'elle avait passé des heures dans une brasserie à écouter un vieil homme que sa mère détestait? Alice lui répondrait probablement de le laisser crever, qu'il était déjà mort depuis longtemps.

Un médecin s'approcha de Jacinthe. Elle s'arrêta net et le fixa, inquiète.

– Il va mieux. Ce n'est pas la première fois que ça lui arrive. Il veut vous voir.

Jacinthe suivit le médecin jusqu'à une petite salle. Des rideaux étaient tirés autour des lits. Le médecin en ouvrit un et le visage de Gustave apparut, pâle mais souriant. Jacinthe alla lui prendre la main.

– Ça va mieux?

– Ça va aller. Mon foie est plus vieux que moi. Trop d'alcool et pas assez de belles femmes. Je te remercie d'être là, ma petite-fille, mais je voudrais maintenant que tu rentres chez toi. Ta mère et ta grand-mère vont être mortes d'inquiétude. Je leur ai déjà fait assez de tort.

– Je vais revenir vous voir demain.

– Si je suis encore ici.

– Vous n'allez pas encore partir!

– Non, non, je reste. Je vais rester le plus longtemps que je peux.

Il lui fit signe de la main de s'en aller. Jacinthe le fit à contre-cœur. Elle avait l'impression qu'elle ne le reverrait pas vivant. Dès qu'elle sortit de l'hôpital, elle courut jusque chez elle. La maison était dans le noir. Personne ne semblait avoir remarqué son absence.

Le sommeil avait été lent à venir. Jacinthe avait dû calmer sa respiration avant de monter sur l'échelle. Elle était entrée dans sa chambre le plus silencieusement possible. Si sa mère la surprenait, elle devrait tout lui dire. Et elle ne le voulait pas, pas tout de suite. Elle enfila son grand t-shirt et se glissa sous les draps.

Elle revoyait Gustave s'effondrer au sol, essayer de lui sourire. Elle avait rencontré cet homme depuis moins de vingt-quatre heures et elle se sentait déjà responsable de lui. Elle voulait aussi mieux le connaître. Tout ce qu'il avait pu vivre en trente ans en parcourant l'immense territoire de l'Amérique du Nord, ça devait être fascinant !

Jacinthe s'était finalement endormie au milieu de la nuit. Au matin, elle avait automatiquement fait taire le réveil, puis s'était rendormie profondément. Alice avait dû venir la réveiller à deux reprises avant qu'elle ne se lève. Elle avait enfilé son uniforme rapidement, du moins le plus rapidement que son corps à moitié réveillé pouvait le faire. Elle aurait tout donné pour dormir encore. Elle chercha ses manuels scolaires et son sac. Tout était flou. Avait-elle rêvé ce qui était arrivé à son grand-père ?

Quand elle était descendue à la cuisine, Luc était déjà parti travailler et Alice ramassait son sac à main pour se rendre au bureau de la compagnie d'assurances.

— Je ne veux pas que la directrice m'appelle encore une fois pour me dire que tu es en retard. Dépêche-toi.

Alice souhaita une bonne journée à Réjane et sortit. Jacinthe s'assit à la table et prit une gorgée de jus d'orange. Son estomac était lourd et elle n'avait pas faim. Réjane mit devant elle un bol de céréales.

— Allez, mange, tu vas être en retard.

— J'ai pas faim, grand-mère. Il est arrivé quelque chose hier soir.

— Tu me raconteras ça une autre fois. Tu dois partir dans cinq minutes.

Jacinthe regarda Réjane s'affairer à nettoyer la table du déjeuner. Il valait peut-être mieux ne rien dire après tout. Pas tout de suite. Il valait mieux attendre de connaître l'état de santé de Gustave. Elle se leva et prit son sac d'école. Réjane lui mit un muffin dans la main.

— Prends ça en t'en allant. Tu peux pas aller à l'école l'estomac vide.

Jacinthe remercia sa grand-mère d'un sourire. Qu'avait donc fait cette vieille femme pour que Gustave la trouve courageuse ? Elle avait élevé Alice toute seule, c'était vrai. Et elle avait supporté Yvonne qui, paraît-il, faisait des crises incroyables. La grenouille amorphe avait dû être un jour une rainette sautillante. Et elle s'était fait de la corne aux doigts à tricoter pour les autres.

C'était ça, le courage ? Et Gustave avait-il été lâche en partant sur les routes, en larguant les amarres et en ne s'attachant plus à personne ? Il avait fui toute sa vie et il était maintenant revenu sur ses pas. Pourquoi ? Pour se faire pardonner ? Pour savoir quelle vie il avait manquée ? Peut-être simplement pour mourir ?

Elle regarda la cour de l'école. Les derniers élèves entraient en classe. Elle hésita. Et s'il était déjà mort ? Elle n'avait pas laissé son nom à l'hôpital. Personne ne l'avertirait, personne ne connaissait son grand-père. Il serait un vieux qu'on placerait dans une fosse commune, anonyme, délaissé, ignoré de tous.

Elle imagina les corps empilés dans un charnier avec simplement une étiquette attachée au gros orteil pour les identifier. On ne pouvait pas réserver ce sort à son grand-père.

— Jacinthe Gagnon, entrez tout de suite. À moins que vous préfériez aller voir directement la directrice.

Jacinthe regarda la religieuse qui la toisait de la porte. Elle était maintenant toute seule dans la cour. Ce n'était pas la première fois, elle se mêlait peu aux autres. Elle préférait observer le troupeau. Cette fois-ci, elle avait envie de faire demi-tour et de s'enfuir. Comme son grand-père. Mais le courage, était-ce de rester, d'affronter ?

Elle raidit son dos et avança vers la porte que la religieuse tenait ouverte. Elle se montrerait à la hauteur des attentes de son grand-père, elle serait courageuse.

Félix et Claude étaient assis à une terrasse sur la rue Côte-des-Neiges. Ils buvaient un verre de bière, un pichet à moitié vide devant eux. Félix souriait.

– Wow, ça achève, *man*! Deux examens et c'est les vacances, les grandes.

– Ouais, les vraies vacances. Je reviens plus ici. Et cet été, je vais retrouver mes chums.

Félix attendait que Claude poursuive sur ses vacances, sur ses projets. Celui-ci le regarda avec un sourire.

– Tu devrais venir.

– Où ça?

– À Percé. Tout le monde se retrouve à la Maison du Pêcheur. Ils ne nous referont pas le coup de l'année passée.

– La police l'a fermée l'année passée.

– Pas juste fermée. Ils ont tout détruit comme des sauvages. Les commerçants de la place, ça les faisait flipper de voir des jeunes qui achetaient pas leur bière pis qui se logeaient pour pas cher. Des discothèques, des hôtels qui se vident. Ils ont pas aimé. Les sangsues vivent des touristes. Ils perdaient de l'argent avec des chevelus qui traînaient leur guitare, des chômeurs, des étudiants.

– Mais si c'est détruit.

– Y paraît que les gars ont loué un autre bâtiment. Les pêcheurs pis ben des gens de la place ont rien contre.

— Il me semblait que des gens de Percé s'étaient fait assermenter comme flics pour aider la police provinciale.

— Ouais, des vendus, y en a partout. Mais là, ce sera une maison privée. Ils pourront rien faire. Paul m'a dit que ça va s'appeler la Maison du pêcheur libre.

Félix sourit et prit une gorgée de bière.

— Vas-tu inviter le grand Charles aussi ? Trouve-lui un balcon et il va vous crier « Vive Percé libre ! »

— Tu peux toujours niaiser. Tu vas voir. Il faut pas que Che Guevara pis Martin Luther King soient morts pour rien.

Félix aimait bien quand Claude s'emportait ainsi. Il mêlait tout dans sa soif de justice. La lutte contre la mainmise américaine mondiale, la ségrégation. Un idéaliste.

Félix l'avait même accompagné l'année dernière pour manifester devant l'université McGill. Des milliers de personnes réclamaient que l'université soit en français. Il y avait eu des accrochages avec des Anglais et des arrestations. Mais Félix et Claude avaient réussi à ne pas se faire prendre. Depuis la loi 63, votée l'automne précédent, les Québécois demandaient de vivre et de travailler dans leur langue. La loi offrait le libre choix de la langue d'enseignement, c'est-à-dire de parler français et d'être sous-payé ou de se changer en Anglos et de faire de la business. La grogne se généralisait à toutes les couches de la société. Et Félix la comprenait.

— C'est ben beau, mais tu penses que ça vaut la peine de mourir pour ça ?

— Ces gens-là sont pas morts, ils ont été assassinés par la CIA. Ici, c'est différent. Ils auront pas le choix d'entendre la voix du peuple. On a été silencieux trop longtemps. Tu vas voir, ça va leur péter dans la face. Ils peuvent se sauver avec les camions de la Brink's s'ils veulent, ça changera rien.

Le pichet de bière était vide. Les deux garçons se levèrent en même temps. Ils marchèrent en silence jusqu'à leur petit appartement sur Édouard-Montpetit.

Claude et Félix montaient les marches de la conciergerie quand ils entendirent pleurnicher. Ils se regardèrent. Elle était revenue. Félix prit Claude par le bras, s'arrêta sur le palier et chuchota :

— On peut pas la laisser entrer ce soir, j'ai un examen demain matin.

— Je m'en occupe.

Claude monta l'escalier pendant que Félix attendait sur le palier. Il entendit les pleurs de Geneviève redoubler. Claude essayait de la calmer. Elle monta la voix.

— Vous avez pas le droit de me faire ça. Je vous aime, je vous ai tout donné.

Félix n'en pouvait plus. Il ne voulait pas être aussi lâche. Il monta l'escalier et vit Geneviève toute nue, ses vêtements éparpillés devant la porte de l'appartement. Quand elle le vit, elle lui sauta au cou.

— Aime-moi, pas longtemps, juste un petit peu, je vais partir après, je te le jure.

— Arrête, Geneviève. Tu te fais du mal pour rien.

Elle glissait déjà sa main dans le jean de Félix. Il la repoussa au bout de ses bras.

— Laisse-moi voir ton bel oiseau. S'il te plaît.

La porte en face de leur appartement s'ouvrit. Une jeune femme sortit la tête.

— Voulez-vous que j'appelle une ambulance? Ça fait plus d'une heure qu'elle est là.

Claude mit un blouson sur les épaules de Geneviève. Félix se tourna vers sa voisine. La jeune femme avait aménagé depuis peu. Son mari était venu l'aider avec les meubles. Elle était alors enceinte de plusieurs mois à en juger par son ventre énorme. L'homme n'était jamais revenu et la voisine avait maintenant une petite fille de quelques semaines.

Claude et Félix lui rendaient de petits services, faisaient quelques courses pour elle à l'occasion. Elle ne parlait jamais de son mari. Félix avait cru qu'il était parti en voyage jusqu'à ce qu'elle lui confirme qu'il était plutôt parti vivre avec une autre femme à Québec. Mais pour elle, il était mort et c'était mieux ainsi. Félix n'avait pas osé la questionner davantage. Il ne comprenait pas que cet homme disparaisse sans chercher à voir sa petite. Il regarda Claude qui tenait Geneviève par les épaules presque avec tendresse.

— C'est pas nécessaire, on va s'en occuper.

— Elle a besoin de soins, vous savez. Essayez de pas trop faire de bruit. Je viens juste de coucher mon bébé.

Félix acquiesça et ouvrit la porte de l'appartement. Geneviève courut s'asseoir sur le canapé pendant que les deux garçons ramassaient ses vêtements sur le palier. Ils étaient tous les deux découragés. L'amusement avait viré au cauchemar. Geneviève ne les lâchait pas et ils avaient peur de la conduire à l'hôpital, d'avoir à subir un questionnaire, à informer leurs parents. Une nymphomane était entrée dans leur vie et ils en avaient profité pendant un bon moment. Maintenant, ce n'était plus érotique, ni bandant, c'était juste triste.

Geneviève se masturbait déjà devant eux. Claude la prit par le bras.

— Viens, on va prendre une douche.

Geneviève lui sourit.

– Avec de la mousse, tu vas me mettre de la mousse partout.

– Oui, ma belle. De la mousse partout.

Il se tourna vers Félix.

– Va étudier, je m'occupe d'elle.

Félix se rendit à sa chambre. Il regarda ses livres. Comment étudier dans un tel état? Il entendit Geneviève crier. Claude l'avait mise sous la douche froide. Le repos serait de courte durée. Il ferma la porte de sa chambre.

Madeleine regardait par la fenêtre le fleuve s'étirer au-delà des bungalows environnants. De son appartement au dernier étage, elle avait une vue sur une bonne partie de Sainte-Victoire. Il faisait un soleil rayonnant. Elle referma les rideaux du salon et plongea la pièce dans la pénombre. Elle regarda l'heure à sa montre. La sonnette de l'entrée tinta. L'infirmière sourit. Il était toujours à l'heure. Elle alla ouvrir. L'homme, grand et mince, entra rapidement en jetant des regards autour de lui. Elle rit.

— Allons, sois pas si inquiet. Personne ne te verra. Même si c'était le cas, tu n'aurais qu'à dire que tu me rapportais mon stéthoscope.

Il la prit par la taille.

— Qui pourrait croire une telle bêtise ?

— Ta femme. Elle veut absolument y croire.

L'humeur de l'homme s'assombrit. Il enleva son veston.

— Je vais lui parler de toute façon.

Madeleine avait entendu cette phrase si souvent qu'elle faillit la laisser passer pour cette fois. Elle aimait bien le nouveau chirurgien comme amant. Il était attentif, délicat et en grande forme physique. Et puis ça la rajeunissait d'avoir dans son lit un homme de quelques années de moins qu'elle.

Mais la dernière chose qu'elle désirait était un mari à plein temps, un homme qui prendrait possession de ses horaires, de son quotidien, de ses choix de vie. Les amants mariés avaient l'avantage de ne pas être disponibles pour les fêtes, les week-ends, les vacances. Ils offraient la passion dans un laps de temps limité qui permettait toute liberté pour les autres aspects de la vie.

— Ne fais surtout pas ça. Si tu divorces, je ne veux plus te voir.

L'homme sourit et la prit dans ses bras.

— Et tu manquerais tout ça?

Ils commencèrent à se déshabiller en souriant, laissant leur vêtement s'éparpiller jusque dans l'entrée de la chambre. Ils n'avaient pas beaucoup de temps à eux. L'heure du repas du midi était vite passée. Ils s'embrassèrent et se jetèrent sur le lit comme des affamés. Madeleine apprécia encore une fois cet homme généreux de son corps.

Elle refusait de penser à ses deux enfants, à sa femme indécise qui demandait la permission pour tout, même le menu des repas. Elle ne voulait pas réfléchir à cet aspect de sa relation avec lui. Elle avait pleinement conscience d'être l'autre femme, mais il n'avait jamais été question pour elle de briser un mariage. Elle se disait depuis longtemps que son amant était ainsi plus détendu quand il entrait chez lui, il appréciait davantage sa famille en laissant ses frustrations à la porte. Il vivait une grande pression dans son travail, il méritait bien ce repos du guerrier.

Madeleine sentit le corps de son amant se relâcher. Si elle ne faisait rien, il allait s'assoupir. Elle aurait bien aimé passer quelques heures à le regarder dormir comme un enfant, à le caresser doucement, à le voir sourire aux anges. Mais c'était impossible, et elle le savait. Encore une fois, elle devait être celle qui prend les décisions. Elle tendit le bras pour le secouer gentiment quand le téléphone sonna. Elle se glissa hors du lit pendant que son amant s'étirait. Il se leva et alla prendre une douche rapide tandis qu'elle répondait au téléphone.

— Oui... c'est moi... Oui, bien sûr... Ne t'en fais pas, Jacinthe, je vais lui dire.

Madeleine raccrocha, étonnée. Les fantômes revenaient à Sainte-Victoire.

Gustave reprenait du mieux. Il avait mangé avec appétit son repas du midi, même s'il devait admettre que la nourriture n'était pas très bonne. Il taquinait déjà les infirmières et cherchait à bavarder avec ses voisins de chambre qui le trouvaient un peu envahissant. Quand il rencontra son médecin traitant, il lui demanda de le laisser sortir de l'hôpital.

— J'ai rien à faire ici, vous le savez, docteur.

— Mais vous ne pouvez pas rester tout seul, vous le savez très bien. C'est irréversible. Vous avez besoin d'être entouré. Je vais essayer de vous trouver une place à l'hospice, c'est là que vous serez le mieux.

— Pas l'hospice. Dites-moi pas que je suis rendu là.

— Vous ne pouvez pas rester dans une chambre au-dessus d'une brasserie. Et l'hospice, c'est plus ce que c'était.

— Ça pue, ça sent la mort et le formol.

— Non, ça sent la bouillie et le pipi.

Le jeune médecin rit doucement, espérant arracher un sourire à Gustave. Sans succès.

— Allez, ce n'est pas si mal. Vous pourrez sortir à l'occasion, recevoir des visiteurs, et des gens compétents vont s'occuper de vous.

— J'ai le choix ?

— Pas vraiment.

Gustave soupira et acquiesça. Au moins, il lui restait Jacinthe pour lui rendre visite. Et Réjane viendrait peut-être parfois. Il n'osait pas trop compter sur Alice, mais, qui sait, elle changerait peut-être d'idée avec le temps. Sa haine se calmerait. Il aurait aussi l'occasion de rencontrer Ernest qu'il imaginait grand et mince. Jacinthe avait sans doute hérité de son physique, car elle ne ressemblait en rien à sa mère. Oui, Ernest était grand et forcément sympathique.

Une grande femme souriante se planta devant lui. Elle devait avoir la quarantaine avancée, mais elle paraissait plus jeune avec ses cheveux remontés élégamment. Elle avait une allure juvénile et les yeux brillants de malice. Sur son uniforme, une petite broche indiquait « infirmière-chef ».

— Bonjour, monsieur Cournoyer, ça fait longtemps.

— Tellement longtemps que je me souviens pas de vous.

— Je suis la fille d'Henri Gravel. On était voisins.

— La fille d'Élise. L'aînée… euh… Madeleine ?

— Vous avez encore de la mémoire.

— Ta mère était inoubliable. Une maudite belle femme. Elle est encore avec ce vieux cochon ? Ah ! Excuse-moi. Je voulais pas dire ça de ton père.

Madeleine ne se sentait nullement offensée. Son père n'avait pas vraiment changé. Maintenant à la retraite, il passait son temps devant la télévision. Il n'avait plus la force de courir après les femmes, mais dès qu'Élise sortait faire des courses, il en profitait pour feuilleter des revues pornos qu'il cachait sous les coussins du divan et sous le matelas. Élise n'avait pas changé non plus, elle faisait semblant de ne pas les voir en faisant le ménage. Elle portait toujours des culottes en satin ; même si leur magie n'opérait plus, le confort demeurait. Ils habitaient maintenant tous les deux un appartement non loin de l'hôpital où les jours s'écoulaient, pareils à tous les autres.

— Le vieux cochon, comme vous dites, s'est assagi. L'âge et l'arthrite aident un peu. Et vous aussi, vous vous êtes assagi. Au point de revenir ici. Après toutes ces années.

— Je voulais voir ce qui était arrivé à mes filles. J'ai jamais oublié, tu sais. Les souvenirs, ça se traîne comme une vieille valise, mais t'as beau la jeter par la fenêtre, elle revient et te colle à la peau. Alors, t'apprends à vivre avec ton fardeau. J'ai vu ma petite-fille, Jacinthe. Ça, ça m'a fait plaisir.

— Elle vient de me téléphoner, elle s'inquiète pour vous.

— Elle t'a appelée?

— Sa mère et ma sœur sont de grandes amies. Jacinthe s'est souvenue que je travaille ici depuis vingt ans. Elle va venir vous voir après l'école.

— Là, tu me fais plaisir. Alice est au courant?

— Je ne sais pas. Je n'ai pas demandé à Jacinthe. Vous voulez que je l'appelle?

— Non... surtout pas. Je pense qu'elle est encore fâchée après moi. Remarque que je la comprends. Je suis pas trop fier de ce que j'ai fait. J'ai été lâche. Mais je pense que c'était quand même pour le mieux. Réjane est une femme extraordinaire, tu le sais.

Abandonner femme et enfants, une bonne solution? Pour un faible, peut-être. Mais quel fardeau il avait mis sur Réjane et la petite Alice qui était devenue adulte trop vite. Madeleine soupira. Les femmes fortes en faisaient trop.

— De toute façon, c'est fait. On y peut rien.

L'entrée était carrée, sans mobilier, anonyme. Les néons éclairaient le plancher de linoléum gris, les murs beiges, les portes de bois sombre. Jacinthe traversait toujours rapidement cet endroit laid et banal. Elle évitait aussi le vieil ascenseur bruyant qui peinait à monter ses passagers. Elle préférait monter à l'étage par l'escalier de bois aux marches usées, à la rampe polie par le temps. Se dévoilaient alors les boiseries astiquées, les appliques murales d'un autre âge qui donnaient des reflets dorés à la lumière. L'ancien orphelinat avait gardé des allures de couvent, d'ordre, de discipline et de pas feutrés, ce qui allégeait sa nouvelle fonction de garde-vieillards. Le large corridor était souvent vide, à part un ou deux pensionnaires qui y déambulaient lentement.

Tous les jours après l'école, Jacinthe entrait dans la chambre 202 où l'attendait Gustave, assis dans un fauteuil près de la fenêtre. Alice avait refusé de le voir. Elle avait enterré cet homme voilà plusieurs années et, pour elle, il n'était jamais sorti du cimetière. Réjane lui envoyait parfois des douceurs par l'intermédiaire de Jacinthe, mais elle lui avait dit qu'elle avait déjà trop à faire avec Maurice et la maison, surtout qu'Ernest en avait encore pour quelques semaines à l'extérieur. Personne ne parlait de Luc qui s'arrangeait pour être de plus en plus souvent absent de la maison.

Gustave passait sa journée à espérer cette visite. Il préparait l'histoire qu'il allait raconter. Il avait beaucoup de plaisir à voir sa petite-fille suspendue à ses lèvres pendant qu'il parlait de ses voyages, des gens rencontrés, des aventures qu'il rendait encore plus extraordinaires en y mettant des détails oubliés ou simplement inventés. Jacinthe parlait peu, mais il savait qu'elle rêvait aussi de partir au bout du monde, de voyager, de se promener dans des villes mystérieuses. Et elle ne se contenterait pas du continent américain ; elle rêvait d'Asie, d'Orient, d'Afrique, ces endroits lointains aux parfums inconnus, sans repères.

Jacinthe entra avec son lourd sac d'écolière qu'elle déposa au pied du lit avant d'aller embrasser la vieille joue ridée de Gustave et de s'asseoir à ses côtés.

— Je t'ai parlé de San Francisco ?

— Oui, deux fois. Une fois avec le Chinois qui t'a appris des prises de kung-fu, la maîtrise de soi et le perfectionnement de son art et l'autre… ah oui, les hippies qui te voulaient comme gourou dans leur commune. Ça doit pas faire longtemps de ça. Les hippies, il y en avait pas quand je suis née.

— Pas longtemps ? Mais tu sais, les hippies, ça a commencé en Allemagne, au XIXᵉ siècle. Le culte du corps, la gymnastique, le nudisme. Ça s'appelait alors des naturistes. Dans les années cinquante, j'aurais pu être un *nature boy* en Californie, être végétarien, faire du yoga, me promener nu au soleil. Une sorte de Tarzan des plages.

Jacinthe rit en imaginant Tarzan sans liane, courant avec Cheeta sur la plage, les fesses à l'air. Non, ça ne collait pas. Mais c'était drôle quand même.

— Pourquoi tu ris ? C'est ça qui a inspiré les hippies comme on les connaît maintenant. Le retour à la nature, la communauté des biens, le partage de tout, son amour, ses talents, ses idées. Je pense que j'aurais pu faire un bon gourou aussi. Être assez intelligent pour faire sortir le meilleur de chacun et éviter les luttes de pouvoir et les affrontements d'ego. Mais l'appel de la route a été plus fort. Je peux pas rester en place trop longtemps. C'est pour ça que je suis parti vers l'est. Et là j'ai traversé le Nevada. Le désert du Nevada avec ses serpents mortels et ses illuminés. La fameuse Death Valley qui porte bien son nom, la vallée de la mort.

— C'est pas là qu'il y a Las Vegas?

— Oui, et cette ville est la reine de la perdition. Les gens qui vont là sont pas dans leur état normal et ils font des choses qu'ils ne pensaient jamais faire. Ils se soûlent et se réveillent mariés ou dans les bras d'une guenon. Parfois, ils ont même marié la guenon.

— Une vraie guenon?

— Je te l'ai dit, c'est une ville de perdition. Mais quand tu sors de cet enfer du jeu, c'est le désert partout autour. Tu peux pas y échapper. Et le désert, ça pardonne à aucun homme. C'est là que tu sais si Dieu t'en veut ou pas. C'est pour ça aussi qu'il y a plein de *preachers* qui vont là et répandent la voix de Dieu. Les gens accourent de partout pour guérir. Je me rappelle un *preacher*, il avait des yeux de feu et il guérissait avec du venin de serpent.

— Du venin? Mais ça tue d'habitude.

— Ben oui, ça tue. Arrête de m'interrompre. Lui, il piquait pas ses fidèles avec du venin. Ils seraient tous morts et il aurait pas fait d'argent avec eux. Non, il se servait des serpents pour faire sortir le venin qui empoisonnait l'âme des gens.

Jacinthe se taisait, attendant la suite. Elle trouvait ça très beau de pouvoir faire sortir le venin des âmes.

Tout le personnel de l'hospice connaissait maintenant l'identité de Gustave, à commencer par Florence. Ça lui avait fait un choc de revoir le père d'Alice dont elle gardait si peu de souvenirs. Le vieil homme semblait si inoffensif. Et il avait toujours un bon mot pour elle, une boutade pour la faire sourire. Elle ne lui parlait pas d'Yvonne, lui non plus. Il ne parlait jamais de son passé à Sainte-Victoire, ni de sa famille, à part Jacinthe. Et aucun pensionnaire de l'hospice ne parlait d'avenir.

Florence passa devant la chambre 202 et sourit. Aujourd'hui, une histoire de désert. Hier, c'étaient les bayous de Louisiane et leurs gros alligators mangeurs d'hommes. Avant ça, les hippies avec toutes ces belles filles à moitié nues dont la tête flottait dans les nuages à la recherche d'amour et de paix. Ceux qui travaillaient sur l'étage s'arrêtaient souvent devant la porte 202 pour écouter un bout de l'histoire, et ils revenaient parfois après le départ de Jacinthe pour demander des précisions, satisfaire une curiosité.

Gustave était un conteur fort recherché. Les autres patients le boudaient, trouvant qu'il mentait ou exagérait. Aucun être humain ne pouvait vivre autant d'aventures en une seule vie. Gustave souriait simplement de leur contestation. Devant des attaques plus directes le traitant de vantard, il répondait que si tous ces vieux de la ville avaient pu vivre une vie plate sans qu'il ne leur arrive quoi que ce soit, le contraire pouvait aussi exister. Il fallait bien qu'il y ait des êtres humains qui vivent vraiment.

Florence entra dans la chambre au bout du corridor. La décoration était dense comme une forêt vierge. Des bibelots, des photos encadrées, mais surtout des tissus aux couleurs pastel qui recouvraient tout, les fauteuils, le dessus de la commode, les abat-jour, les coussins, le lit, sans parler du drapé compliqué des rideaux. La chambre ressemblait à un emballage de bonbon, géant et vaporeux. Florence ne pouvait s'empêcher de toucher ici et là, de palper les douces textures, de les lisser du plat de la main. Cela lui rappelait l'époque où elle choisissait les tissus pour les vêtements qu'elle faisait confectionner par Arlette. Cela n'avait rien à voir avec les polyesters des uniformes et les matières synthétiques sorties des manufactures pour habiller tout le monde de la même façon dans un confort préfabriqué.

Germaine Gariépie était assise dans son fauteuil et lisait un roman avec une loupe, ses lunettes ne suffisant plus à la tâche. L'arrivée de Florence la mit en joie. Elle referma son livre et tendit un petit verre de cristal finement décoré.

Après avoir vendu maison et commerce, elle avait essayé d'emporter le plus de choses possible dans sa dernière demeure, remplaçant même le lit d'hôpital par un lit bateau en acajou. En échange d'un don substantiel, les religieuses avaient accepté cette entorse au règlement.

Florence sortit de sa poche un petit flacon contenant du sherry et en versa dans le verre. Germaine but une petite gorgée en fermant les yeux de plaisir. Quelle douceur apaisante dans la gorge. C'était meilleur que toutes ces pilules inutiles.

— T'es ma préférée, Florence. T'adoucis mes vieux jours et t'es bien la seule. Les vieilles folles autour, elles ont peur de moi. J'ai gardé trop de secrets. J'en ai pas livré la moitié. Il y avait des choses dont il valait mieux ne pas parler. Mais t'en fais pas, Florence, je vais mourir avec.

Florence lissait le couvre-lit sans vraiment écouter Germaine. Elle avait accepté d'acheter pour elle du sherry qu'elle lui livrait à petites doses. Au point où en était rendue la vieille femme, cela ne pouvait qu'adoucir sa mort. Germaine tendit son verre de nouveau et Florence la resservit. Germaine la fixait de ses yeux opaques.

– Tu sais, pour ton aîné, je suis allée à la pouponnière, mais j'ai toujours gardé le secret. Personne ne le saura jamais. Tu peux dormir tranquille.

Le cœur de Florence se serra. Germaine savait-elle qui était le père biologique de Félix? Comment aurait-elle pu apprendre la chose, même en allant le voir à l'hôpital? La vieille commère n'arrêtait pas de dire qu'elle gardait des secrets, mais elle les dévoilait l'instant d'après.

Germaine avalait doucement le sherry. Cela la rendait toujours aussi heureuse. C'était d'ailleurs son seul plaisir maintenant. Elle n'avait plus personne pour lui rendre visite. À la fermeture de son commerce, les autres commères s'étaient tues, isolées et abandonnées.

Florence la regardait sourire dans le vague. Qui pourrait bien croire les divagations de cette femme sénile? Personne. Non, Florence n'avait pas à s'en faire. Alors, pourquoi ressentait-elle cette angoisse au creux de l'estomac? Pourquoi la peur commençait-elle à lui gruger le ventre?

Tous les feuillets d'examens avaient été déposés sur le bureau de la religieuse enseignante. Les filles avaient hâte de s'en aller, mais elles restaient assises bien droites, les mains posées sur leur pupitre, écoutant le petit discours annuel adressé aux finissantes : « L'avenir de la société repose entre vos mains, mesdemoiselles. Vous devrez faire en sorte que tout ce que vous avez appris entre ces murs serve à améliorer le monde, à répandre le savoir et la science, à amener l'ignorant vers la lumière. »

Marie regarda par la fenêtre. Répandre le savoir, devenir un pilier de la société, façonner l'avenir du monde. Ça faisait beaucoup de choses sur les épaules de ces jeunes filles. Mais Marie ne se sentait aucunement alourdie par un tel fardeau. Elle n'avait pas l'intention d'amener l'ignorant vers la lumière en jouant les institutrices. Le soleil était resplendissant. C'était cette lumière-là qu'elle avait envie de retrouver.

Ne plus revenir dans ce bâtiment de briques aux vieux planchers grinçant, ne plus avoir à saluer ces cornettes au regard sévère, ne plus avoir à obéir à une horloge pour tout faire. Mais le plus urgent était de se débarrasser de cet uniforme trop chaud, de sentir le soleil sur sa peau, de libérer ses longs cheveux.

La cloche retentit. Toutes les étudiantes se levèrent en même temps dans un bruit de pupitres et de chaises couvrant les derniers encouragements de l'enseignante. Marie ramassa quelques effets personnels et jeta un dernier coup d'œil à la classe. C'était fini. Elle n'y remettrait jamais plus les pieds. Elle avait passé douze ans de sa vie entre ces murs à apprendre à être curieuse de tout. Elle devait passer maintenant à autre chose.

Le choix était assez limité. Soit elle restait à Sainte-Victoire et se trouvait un travail, ou bien elle partait faire de plus longues études à Montréal. Marie n'était pas déchirée entre ces deux choix, elle avait tranché depuis longtemps et assez facilement. Elle voulait poursuivre ses études. Encore fallait-il convaincre ses parents d'y mettre les fonds nécessaires!

Les cris de joie fusaient de toutes parts. La cour de l'école était remplie de filles qui couraient par petits groupes, libérées de cours pour l'été ou pour la vie. Marie avait de la difficulté à partager cette joie. Elle était heureuse de l'arrivée des vacances, de la fin des cours, mais elle savait que c'était aussi la fin d'une vie, du moins d'une façon de vivre.

Elle avait envie de prendre son envol, mais une peur la tenaillait, celle de faire du rase-mottes. Elle refusait de céder à la médiocrité, à la banalité. Pas question de faire comme les autres. Elle détacha quelques boutons de sa blouse et enleva ses bas qu'elle glissa dans son sac. Elle roula aussi la taille de sa jupe pour la raccourcir. Elle se sentait déjà mieux.

Au lieu de prendre l'autobus scolaire pour rentrer chez elle, Marie marcha vers l'hôpital d'un pas régulier. Elle connaissait chaque maison sur ce parcours qu'elle avait fait si souvent : la maison-boutique de Thérèse, la maison voisine des Gagnon où habitaient Jacinthe et Luc et puis en face, celle de son grand-père. Elle se promit de s'y arrêter au retour. Elle y rejoindrait sa mère pour le repas du soir de Maurice et elles rentreraient ensemble dans leur banlieue tranquille.

La dernière journée d'école, la dernière journée d'une vie routinière. La première journée d'une autre vie aussi. Marie était contente même si un peu d'angoisse persistait face à sa mère.

Elle devrait lui parler, ce soir serait le mieux. Cela faisait des jours qu'elle se répétait la même chose sans arriver à trouver le bon moment. C'était ça, le problème, il n'y avait pas de bon moment.

La masse jaunâtre de l'hôpital des Saints-Anges apparut au bout de la rue. Des immeubles résidentiels avaient poussé tout autour depuis quelques années, donnant un aspect de grande ville à ce petit quartier en périphérie.

Marie poussa la porte d'entrée principale. Elle aimait l'odeur de désinfectant et les planchers bien cirés qui renvoyaient le reflet de ceux qui marchaient dans le corridor. Elle salua d'un signe de tête la réceptionniste qui lui sourit et elle regarda l'heure à la grosse horloge murale. Elle arrivait juste à temps. Elle prit le corridor à sa gauche et frappa à la troisième porte de droite. Elle tourna la poignée au moment où le mot «entrez» résonnait.

Madeleine rangeait les derniers papiers de la journée. En acceptant le poste d'infirmière-chef, elle avait aussi dû accepter le fait que la paperasse prenne plus de place que les humains dans son travail. Ce qui ne l'empêchait nullement de faire de nombreuses tournées sur les étages pour prendre le pouls de son hôpital, parler avec le personnel et les patients.

Depuis vingt ans, ce lieu était devenu un foyer pour elle, l'endroit où elle passait le plus clair de son temps. Elle vivait dans un petit appartement tout près, discrètement. Elle avait eu quelques amants occasionnels et toujours de passage. Le plus récent en date commençait à s'attacher et elle savait qu'elle devrait bientôt le quitter. Ce serait plus difficile avec celui-là. Il l'émouvait encore après plus d'un an de liaison.

Sans mari, sans enfants, elle avait pour elle ses patients. Et aussi la visite régulière de Marie. Elle la voyait plus souvent que ses neveux et nièces qui fuyaient l'hôpital comme s'ils avaient peur d'y attraper la peste.

Ses deux frères, Pierre et Robert, avaient repris le commerce familial et étaient des électriciens reconnus pour leur compétence. Ils s'étaient mariés à un an d'intervalle et avaient une vie familiale sans histoire avec chacun deux enfants.

Michel, son plus jeune frère, qu'elle ne voyait pas souvent, était marin à bord des gros navires de croisière qui jetaient l'ancre en

Floride et dans les Antilles. Il aimait la mer autant que les femmes des ports. Il n'était pas marié et restait bel homme. Madeleine le soupçonnait d'avoir vu passer plusieurs femmes dans son lit. Au moins, il n'avait pas fait comme leur père Henri, alimentant les commérages en trompant ouvertement son épouse devant la population de Sainte-Victoire.

Marie entra et Madeleine l'accueillit avec le sourire. Elle avait d'abord cru que Marie voulait devenir infirmière, mais elle avait rapidement constaté que la jeune fille avait une approche plus scientifique qu'émotive de la maladie. Elle n'avait pas d'états d'âme face à une personne souffrante, pas de compassion particulière. Les gémissements et les pleurs n'avaient pas sa sympathie, bien au contraire. Cela l'agaçait rapidement. Mais elle cherchait les moyens de guérir, de réparer ce qui s'était brisé, de trouver des solutions.

Madeleine savait maintenant que cette curiosité et ce désir de soigner de Marie lui étaient venus à cause de son frère. Même avant qu'il ne sache lire, Félix recevait régulièrement de sa mère des livres liés à la guérison, à l'anatomie, à la médecine. Madeleine en connaissait la raison, mais elle n'en avait jamais parlé à personne. Et elle n'en parlerait pas non plus.

Marie se souvenait encore d'avoir feuilleté un livre d'anatomie illustré de beaux dessins aux couleurs vives et d'être devenue amoureuse du cœur avec ses oreillettes, ses ventricules, ses valves, son aorte. Elle n'avait pas cinq ans.

Quelques années plus tard, quand un ami de son père avait rapporté de la chasse un cœur de chevreuil, elle l'avait ouvert et examiné avec curiosité aux côtés de Félix qui regardait ailleurs pour ne pas vomir. À l'école, elle était la première au cours de biologie à endormir une grenouille pour lui ouvrir le ventre.

Elle avait même sauvé (elle aimait bien cette expression, « sauvé ») un des canards domestiqués du vieux Onésime Beauchemin. Il avait un abcès à la patte. Félix et son père tenaient solidement la pauvre bête effrayée pendant qu'elle ouvrait la peau avec une lame de rasoir passée à l'alcool. Elle avait découpé les tissus pour détacher la boule de chair blanchâtre, puis elle avait refermé la plaie en y fixant un joli pansement. Le canard n'avait rien compris de ce qui lui était arrivé, mais il avait cessé de boiter peu après. Ce prodige avait confirmé la passion de Marie.

À chacune de ses visites, Madeleine prenait plaisir à faire une dernière tournée des étages avec elle. Elle trouvait l'excitation et la curiosité de Marie contagieuse. Mais aujourd'hui, Marie était plus tendue. L'année scolaire terminée, elle devait décider de son avenir. Madeleine connaissait ses projets d'études universitaires.

— Tu en as parlé à tes parents?

— Pas encore.

— N'attends pas la veille des inscriptions. Personne n'aime être acculé au mur.

— Je me suis déjà inscrite à deux collèges. J'attends leur réponse. Je suis première de classe, je suis forte en chimie et en biologie, je devrais être acceptée.

— Alors, tu…

— J'ai imité la signature de mon père.

Madeleine la regarda et se retint de sourire. Elle avait fait la même chose quand elle s'était enrôlée dans l'armée en 1942. Elle était à peine majeure à l'époque. Mais la guerre donnait de bonnes raisons pour justifier les urgences. La vie d'une jeune fille talentueuse aussi, sans doute.

— Je connais un peu Gaby, c'est un homme droit et il a horreur des tricheurs. Tu ferais mieux de lui parler avant qu'il le découvre. Je pense qu'il pourrait d'ailleurs être ton meilleur allié. Il t'a toujours fait confiance.

Marie serra des dents à la seule pensée d'affronter sa mère.

— Ma mère… À ses yeux, c'est Félix le médecin. Moi, je suis secondaire.

– Une famille peut avoir deux médecins, il n'y a pas de loi contre ça. Florence comprendra.

Madeleine faillit ajouter qu'elle n'aurait pas le choix, de toute façon. Elle ne voulait pas forcer la main à Florence, qu'elle aimait bien, mais elle ne voulait pas voir l'horizon de Marie se rétrécir à cause de lubie de sa mère d'avoir un fils médecin.

Marie se sentait bien chaque fois qu'elle parlait avec Madeleine, tout semblait plus simple, presque facile. Dire tout bonnement : « Maman, je veux faire un DEC en sciences pures et entrer en médecine à l'université. Non, je ne veux pas aller au cégep en techniques infirmières, même si c'est à côté. Je veux aller au Cégep du Vieux Montréal ou de Rosemont. Ils ont un hôpital tout près. »

L'angoisse ne l'avait pas quittée de la journée, une sensation de lourdeur qui collait à son estomac, de tiraillements aussi. Florence brassait machinalement la soupe du repas. Presque tout ce qu'elle faisait était machinal, se lever, préparer les lunchs, s'occuper des patients, de son père. Heureusement, Gaby s'occupait davantage des devoirs et des leçons de Léon et de Sylvie depuis que Maurice était malade. Les pauvres petits auraient vu leurs notes baisser sans lui.

Et il restait Marie qui s'enfermait pendant des heures dans sa chambre ou au sous-sol, qui fuyait toute discussion. Gaby venait de téléphoner pour dire qu'elle n'était pas rentrée de sa dernière journée de cours. Florence avait essayé de le rassurer en lui disant que leur fille devait fêter ça avec des amies. Mais pourquoi ne pas les avoir avertis? Florence soupira. Elle avait eu envie de lui dire «parce que c'est comme ça, elle a l'âge de ruer dans les brancards». Mais elle n'avait rien dit, sachant que Gaby s'en faisait toujours pour les enfants.

La porte de la cuisine s'ouvrit et Marie entra.

– Ah! C'est toi! Tu as fêté la fin de l'école? Tu dois être contente. Ne plus avoir à retourner là. J'ai parlé à Alice. Il y a une place de stagiaire qu'elle te réserve, mais tu dois lui téléphoner demain matin sans faute, sinon ça sera annoncé dans les journaux. Tout le monde va se jeter dessus.

Marie lança son sac d'école sur la table.

— Maman, tu penses sérieusement que les gens vont se jeter sur un travail aussi ennuyant que de ranger des dossiers dans un bureau d'assurances?

— Il n'y a pas de sot métier, comme on dit. C'est mieux que de changer des couches à des vieux.

— Alors, demande l'emploi, si c'est si extraordinaire. Je préfère l'hôpital.

— Tu veux devenir infirmière parce que tu as soigné un canard? Si tu aimes mieux ça, il faut t'inscrire au cégep.

— Pas infirmière, maman.

Florence tenait le bol de soupe vide et essayait de le remplir. La louche tremblait entre ses doigts. Elle sentait le regard de Marie dans son dos et ça faisait mal. Florence n'était pas dupe, elle savait que sa fille rêvait de faire médecine. Mais les cours universitaires coûtaient cher. Comment auraient-ils les moyens d'envoyer leurs deux enfants faire cinq ans d'université? Et Florence ne pouvait pas sacrifier Félix. Impossible!

— Tu penses vraiment que tu es prête à faire deux ans de cégep et cinq ans d'université? Tu vas sortir de là à plus de vingt-cinq ans.

— Même plus si je me spécialise.

— C'est pas une vie, ça, étudier tout le temps. Tu vas avoir des enfants à trente ans.

— T'avais trente-sept ans quand Sylvie est arrivée.

— Pis je peux te dire que c'est plus difficile qu'à vingt ans.

Marie avait envie de sortir, de quitter cette cuisine et sa mère qui répétait toujours la même chose. Elles avaient eu cette conversation plus d'une fois.

— C'est ma vie, maman.

— Sois pas égoïste, pense aussi à Félix.

— Qu'est-ce qu'il a à voir là-dedans? Arrête de penser à notre place. Il va faire sa vie et moi, la mienne. Que ça te fasse plaisir ou non.

Marie avait élevé la voix et elle s'en voulait. Elle monta à la chambre de Maurice pour se calmer un peu. Il avait tout entendu. Il lui fit signe de s'approcher, il n'avait plus beaucoup de force pour parler.

– Tu vas avoir l'argent qu'il faut, c'est mon cadeau d'adieu, madame docteur.

Marie lui sourit et l'embrassa. Il caressa ses longs cheveux. Comme c'était doux! Même Angélina n'avait pas les cheveux aussi doux. Si, une fois, le premier été de leur mariage. La journée était très chaude. Maurice était allé au puits. Angélina l'avait rejoint en riant. Il lui avait lancé de l'eau. Tout le seau y était passé. Elle avait tordu ses longs cheveux mouillés. Il les avait caressés. Ils étaient si doux.

Florence les retrouva enlacés. Elle eut l'impression que Marie étreignait un cadavre, tellement Maurice avait encore maigri. La médecine était peut-être sa place dans la vie, après tout. Avoir le courage de surpasser la douleur et de défier la mort. Florence aurait espéré une vie plus facile pour elle. Mais qui avait une vie facile?

Le coffre de l'auto était plein : vêtements, literie, vaisselle, radio, table tournante, disques. Félix avait dû mettre des caisses de livres sur le siège arrière. Il était content que son père soit venu le chercher seul, le trajet se ferait en toute tranquillité. Si sa mère était venue aussi, il aurait dû répondre à mille questions et donner des détails sur une dernière année de collège qu'il aurait voulu sans histoire, mais qui ne l'était pas.

Il repensait à Geneviève, que Claude était allé visiter à l'Institut psychiatrique Albert-Prévost. Elle était en observation depuis une semaine. Claude en était revenu bouleversé. Il l'avait à peine reconnue, pâle, le regard brumeux de trop de médication. Elle frottait ses mains sur ses cuisses sans arrêt et souriait. Claude n'était même pas certain qu'elle l'ait reconnu vraiment.

Félix avait bu avec lui une partie de la nuit, pour le consoler, pour s'engourdir, pour se réconforter mutuellement. Il avait encore un léger mal de tête. Mais il commençait à se détendre aux côtés de Gaby qui regardait la route en souriant, fier d'être avec son aîné.

— Si t'as faim, on peut s'arrêter en route dans une brasserie.

Félix étira ses longues jambes et appuya sa tête sur le dossier. Il n'avait pas faim et il ne tenait pas plus que ça à boire une bière, mais il savait que son père s'offrait très peu de ces sorties entre hommes. Surtout depuis quelques mois où il jouait les papas poules en rentrant du travail.

— Pourquoi pas ! Maman nous attend pas pour dîner ?

Gaby hésita. Il savait bien que Florence était en train de mettre la maison sens dessus dessous pour l'arrivée de Félix. Un léger retard lui laisserait plus de temps pour se préparer. Et il lui avait bien dit avant de partir qu'il y aurait probablement beaucoup de circulation à Montréal, la fin des classes, le départ des vacances... Elle comprendrait. Surtout que Félix devait avoir faim. À son âge, on a toujours faim.

— Il faut être là pour le souper par exemple. Un gros barbecue avec plein de monde. Il y en a là-dedans que t'as pas vus depuis longtemps.

Gaby quitta l'autoroute pour prendre une route secondaire. Avant d'arriver à un village, il ralentit. Un grand bâtiment de pierre abritait la brasserie annoncée à coups de néon rouge. Gaby entra dans le vaste stationnement et arrêta sa voiture près de la porte. Félix regarda les livres sur le siège arrière. Gaby rit.

— T'en fais pas, c'est pas ici qu'on va te voler ça.

Il ouvrit la porte et laissa son fils passer. Il n'en revenait pas de le voir aussi grand, comme s'il poussait chaque jour telle une jeune plante assoiffée de soleil. La salle était à moitié remplie et les serveuses s'activaient auprès des clients qui s'étaient presque tous regroupés vers le fond de la salle.

Gaby choisit une table un peu éloignée et commanda tout de suite deux *drafts*. La serveuse ne mit que quelques minutes à venir déposer deux bocks de bière ornés d'un joli collet de mousse blanche devant les deux hommes. Félix leva sa bière à la santé de son père. Ils prirent une gorgée en se souriant.

Gaby fixait les mains de son fils. Elles étaient blanches avec de longs doigts fins aux ongles carrés et plats. De belles mains. Il était fier que son fils n'ait pas d'huile ou de cambouis sous les ongles, pas de corne sous les doigts, pas de nœuds aux jointures. Des mains de professionnel, de quelqu'un qui travaillait avec sa tête et non ses bras.

Après avoir pris une gorgée de bière, Gaby retira ses mains de la table. Il avait beau les laver plusieurs fois par jour, elles restaient brunâtres; ses ongles, même frottés à la brosse, gardaient une teinte sombre. C'étaient des mains d'ouvrier, des mains de travailleur.

Gaby n'avait pas honte de ce qu'il faisait, mais il était très heureux que son fils n'ait pas à passer par là, qu'il n'ait pas à se soumettre à des patrons bornés qui ne connaissaient rien au fonctionnement de l'usine, à des contremaîtres souvent stupides, à des conditions de travail exigeantes et parfois dangereuses, à des luttes continuelles pour obtenir des salaires décents. Il se battait depuis des années avec son syndicat. La lutte était longue, mais il n'était pas le seul à vouloir la poursuivre. Depuis que Michel Chartrand était à la tête de son syndicat, Gaby sentait que le vent commençait à tourner. Il était temps.

On avait cessé de parler de communisme quand on parlait des syndiqués, mais il fallait aller plus loin que ça. Gaby sentait qu'il devrait encore se battre. Il ne serait pas seul, mais il ne voulait pas de son fils à ses côtés. Non, son fils se ferait appeler «monsieur» et aurait les mains propres.

Thérèse avait attendu cette journée si longtemps qu'elle croyait ne jamais la voir arriver. Elle l'avait anticipée comme un grand bonheur, une joie, une délivrance et, pourtant, elle avait mal dormi, s'attendant à une mauvaise nouvelle. Les mauvaises nouvelles s'étaient entassées dans sa vie depuis quelques années et étaient devenues, à présent, la seule réponse aux événements. Tout finissait mal, malgré les bonnes intentions et les promesses.

De l'annonce de sa maladie à sa mutilation, du verdict de Raymond à sa longue absence, tout lui donnait raison. Dieu l'avait abandonnée après des années de prières et d'obéissance. Et Thérèse lui avait tourné le dos. Elle l'avait fait discrètement d'abord, trop malade pour aller à la messe du dimanche, puis trop honteuse pour y subir les regards des vieilles femmes qui chuchotaient dans son dos sur son état de santé et, enfin, assez solide pour rester ouvertement chez elle.

Elle avait perdu la béquille de la religion et avait décidé de ne compter que sur elle-même. Cela n'avait pas été facile, ce ne l'était toujours pas, mais c'était pour elle la voie la plus juste, la plus honnête. Elle avait abandonné un rituel, mais pas l'intégrité sur laquelle elle avait construit sa vie. Cela ne la réconfortait pas pour autant. La peur n'avait pas disparu.

Thérèse restait là, étendue sur son lit, à surveiller le plafond comme si quelqu'un ou quelque chose allait apparaître. Elle ne savait pas trop ce qu'elle attendait pour se lever. Le soleil, peut-être. Elle entendit la porte de la cuisine s'ouvrir et se refermer doucement. Elle ramena la couverture sur elle en souriant. Il était de retour.

Louis arrivait à l'aube, discrètement. Il était entré dans la cuisine sur la pointe des pieds, habitué à revenir au petit matin après une semaine de travail. Il devait rouler une bonne partie de la nuit pour rejoindre Sainte-Victoire. Après le travail, il avait pris une bière avec les gars puis était allé faire ses bagages. Rien ne pouvait le retenir sur le chantier ce jour-là. Il avait marqué cette date d'une croix depuis longtemps. Il n'avait pas dormi beaucoup, mais il n'avait pas sommeil. Il se demandait comment était son père, comment il avait survécu à cette non-vie. Il écoutait la maison, tout était silencieux. Sa mère devait dormir encore. Il prépara du café.

Thérèse avait attendu un moment, puis elle était descendue le rejoindre enveloppée dans sa vieille robe de chambre. Il lui avait tendu une tasse de café fumant et l'avait regardée en silence. Sa mère avait vieilli de dix ans en quelques mois. Les cernes sous ses yeux s'étaient encore assombris, sa peau semblait fragile comme du papier de soie et ses cheveux avaient un aspect laineux qu'il ne lui connaissait pas.

— C'est pas avec cet air-là que tu vas le recevoir, j'espère ?
— Tu penses que je devrais l'attendre ici ?
— Je pense que tu devrais te maquiller, essayer de te coiffer et te choisir une jolie robe. On a encore du temps.

Thérèse sourit. C'était logique, c'était ce qu'elle devait faire, mais un étrange sentiment la prenait par moments, comme une marée de boue qui rembrunissait son cœur. Elle avait vu Raymond deux semaines auparavant. Il semblait anxieux, il trouvait que les journées ne passaient pas assez vite et il avait hâte de retrouver sa liberté. Et si la vie devenait impossible ici, si Raymond avait tellement changé qu'il ne pouvait plus s'adapter, si les gens l'écartaient de leur existence à cause de son passé ? Thérèse regardait sa tasse de café en y cherchant une réponse. Elle ne voyait pas que Louis la regardait depuis un moment.

– Hé ! C'est une belle journée, pourquoi tu fais cette tête d'enterrement ? Tu penses qu'après deux ans papa a envie de te voir comme ça ? On est supposés fêter, là, c'est pas le temps de jongler.

Thérèse occupa la salle de bain pendant un bon moment. Elle mit beaucoup de temps à se préparer. Le travail était long et ardu, car il fallait essayer de dissimuler deux ans de chagrin et un avenir incertain. Les crèmes, les fards, le parfum furent appelés à la rescousse. Le résultat sembla satisfaire Louis qui sourit à sa mère en la voyant. Elle grimaça.

– Je pense que j'ai trop mis de parfum.

– On roulera les vitres baissées. Allez, tu ne veux pas qu'il nous attende tout de même?

Thérèse se tortillait les mains de nervosité. Elle laissa échapper un « Oh » et remonta en courant dans sa chambre. Elle avait oublié de mettre le petit collier de perles que Raymond lui avait offert. Elle essaya de l'attacher, sans succès. Elle redescendit rapidement et le tendit d'une main tremblante à son fils. Louis attacha le collier au cou de sa mère. Ses doigts tremblaient aussi un peu.

Le trajet n'était pas très long jusqu'à la prison régionale. La vieille bâtisse grise entourée d'un long mur de pierre semblait endormie dans le paysage paisible. Au loin, quelques bungalows, et des enfants qui parcouraient les rues avec leurs bicyclettes multicolores. Louis arrêta l'auto près des grandes portes métalliques. Il coupa le moteur et regarda sa montre.

– Il ne devrait pas tarder.

Thérèse triturait le tissu de sa robe entre ses doigts. Et si on décidait de ne pas le laisser sortir? Louis mit sa main sur celles de sa mère pour la calmer. Un bruit de porte se fit entendre et Raymond apparut près de l'auto avec un sac de papier brun sous le bras. Thérèse sortit de la voiture en trombe et se jeta dans ses bras.

Raymond la serra très fort et enfouit son visage dans son cou pour ne pas montrer ses yeux trop brillants. Il avait attendu ce moment depuis des mois — deux ans moins un jour, ferme, comme avait dit le juge. Ceux qu'on avait appelés «ses complices» avaient écopé de peines un peu moins sévères, même s'ils avaient des antécédents judiciaires. Raymond en avait voulu à son avocat qui l'avait sacrifié par incompétence. Il s'en était surtout voulu à lui-même d'avoir accepté ce petit boulot minable.

Après l'opération de Thérèse, il avait refusé de faire de longs trajets en camion. Il voulait être à ses côtés plus souvent et rentrer chaque soir à la maison. La grosse compagnie pour laquelle il travaillait n'avait pas beaucoup de courtes distances. Il était allé travailler pour une petite compagnie locale, mais le travail était sporadique.

Et puis, un compagnon de travail qu'il connaissait peu lui avait proposé de régler ses problèmes financiers pour un bon moment. Le salaire de plusieurs mois pour quelques heures de travail. Raymond savait bien qu'une telle proposition était trop belle pour être honnête. Mais il s'était dit qu'il ne faisait pas grand mal à attendre trois gars, assis dans une auto avec le moteur en marche. Le mal était arrivé après, avec les sirènes des voitures de police.

Louis regarda ses parents et trouva la vie injuste. La plupart des couples ne s'aimaient pas vraiment et vivaient ensemble par convenance, par habitude, par intérêt ou simplement par paresse. Eux s'aimaient et la vie cherchait des moyens de les séparer, d'abord l'épouvantail de la mort, puis la perte de liberté.

Louis aurait aimé se faire vacciner contre une telle vie. Ne pas aimer, ne pas s'attacher, lui semblait être la seule solution. Il n'avait pas eu beaucoup de petites amies. Et quand ça commençait à aller trop bien et que la fille faisait des projets communs, ne serait-ce qu'une destination de vacances, il se faisait plus distant, quand il ne disparaissait pas tout simplement. Il aimait travailler sur des chantiers à l'extérieur de la ville. Ses possessions tenaient dans un grand sac de voyage et cette situation le satisfaisait pleinement. Il était ainsi immunisé contre l'amour et la douleur qui venait avec.

La porte était verrouillée et un écriteau mentionnait bien *fermé pour la journée*, mais les clientes poussaient la porte à deux ou trois reprises pour s'assurer de la véracité des mots écrits au stylo sur un papier ligné.

— Est peut-être encore malade. Le cancer, ça pardonne pas.

— C'est bien parce qu'elle fait des bons prix, sinon j'irais ailleurs.

— Il paraît qu'il sortait aujourd'hui.

— En tout cas, elle est mieux de continuer à vendre du linge, y'est pas près de se trouver du travail.

— Il va faire comme son garçon et s'en aller en dehors.

— Pauvre femme, elle va se sentir ben toute seule.

Thérèse aurait eu envie d'ouvrir la fenêtre de sa chambre qui donnait au-dessus de la porte de la boutique et de verser une chaudière d'eau sur les commères qui semblaient se relayer. Elle leur avait donné deux ans de sa vie, six jours par semaine, et voilà qu'elles se plaignaient encore. Elle voulait les chasser, au moins de son esprit.

Ils venaient tout juste de se glisser par la porte arrière. Louis avait promis de revenir les prendre vers la fin de l'après-midi et ils étaient restés seuls dans la cuisine, intimidés et fébriles. Puis Raymond avait demandé à prendre une douche, il voulait se nettoyer de ces mois d'emprisonnement. Thérèse avait trouvé étrange qu'il demande la permission alors qu'il était chez lui. Avait-il changé à ce point?

Elle était montée dans la chambre et avait retiré ses bijoux, puis elle avait attendu, assise sur le bord du lit. Elle n'arrivait pas à se défaire d'un sentiment d'irréalité. Tout ça n'était que dans sa tête, le bruit de l'eau de la douche, la voix d'homme qui chantonnait. Elle rêvait encore.

Raymond entra dans la chambre, le corps ruisselant et la taille entourée d'une serviette. Il la regarda. Elle se leva et s'approcha de lui.

— J'ai de la misère à croire que c'est vrai, que t'es vraiment là, devant moi.

Elle tendit les mains et toucha sa poitrine de ses doigts. Puis elle s'approcha davantage. Il entoura sa taille de ses bras avant de l'embrasser. Cela faisait si longtemps. Il en avait rêvé toutes les nuits, mais lui aussi avait de la difficulté à croire que le cauchemar était terminé.

Il déboutonna la robe maladroitement. Un soutien-gorge rose en sortit. Depuis son opération, Thérèse portait en tout temps un soutien-gorge, même sous sa robe de nuit. Elle se débarrassa rapidement de sa robe, de son jupon, de ses collants, de sa culotte et recula vers le lit. Raymond passa la main dans son dos et essaya de dégrafer le seul vêtement qui lui restait. Elle se raidit.

— Non, tu sais bien…

— Plus maintenant. Tu n'as pas à me cacher ce que tu es. La vie a été dure avec nous, mais nous lui avons prouvé que nous nous aimons. Et je t'aime comme tu es… sans plastique.

Il baissa doucement les bretelles et embrassa les épaules de sa femme. Puis il se pencha et défit les agrafes une à une. Thérèse tremblait légèrement. Elle ne s'était jamais sentie aussi nue, aussi vulnérable. Raymond caressa avec une douceur étonnante les clavicules puis les côtes. Il passa ses doigts sur les longues cicatrices et y posa ses lèvres. Thérèse frissonna. Elle ne savait plus si c'était de peur ou de désir.

Il l'étendit sur le lit et elle colla son corps contre le sien. Ils restèrent soudés un long moment, puis Raymond la pénétra d'un seul mouvement. Elle l'entoura de ses jambes et oublia pour la première fois qu'elle n'avait plus de seins à lui offrir. Elle sentit la peau de sa poitrine frotter contre celle de Raymond. C'était une sensation nouvelle, enivrante. Le début du bonheur, peut-être ?

Le bungalow était devenu une maison de courants d'air. Les portes n'arrêtaient pas de claquer avec le va-et-vient de ceux qui entraient et sortaient. Sylvie apportait les serviettes de papier et les assiettes en carton pendant que Félix aidait Léon à installer des tables et des chaises pliantes dans la cour.

Marie occupait le comptoir de la cuisine. Elle mélangeait dans de grands pichets des cristaux de saveur avec de l'eau pour en faire des jus et de la limonade. Florence préparait à ses côtés les plateaux de hors-d'œuvre et de fromages coupés en cubes. Elle chantonnait de plaisir. Tout son monde était enfin réuni.

Marie comprenait que ce que fredonnait sa mère était sa joie de revoir, ou plutôt de ravoir, son cher Félix. Elle ne s'en offusquait pas. Elle serait bientôt libre. Elle partirait pour le collège ou pour Montréal, peu importait, elle ne resterait pas une autre année dans ce bungalow. Elle avait presque envie de chantonner avec sa mère, mais elle n'en ferait rien.

Félix était arrivé tard et Florence avait accepté cette histoire selon laquelle il avait eu faim, même si elle se disait qu'ils n'auraient eu qu'à rouler plus vite pour manger mieux à la maison. Le père et le fils s'étaient regardés en silence, presque gênés.

Florence n'avait pas cherché à pousser plus loin son questionnement. Il y avait parfois entre eux une complicité qui la dérangeait. Mais elle savait qu'elle en était un peu responsable.

N'avait-elle pas offert ce fils à Gaby dès les premières minutes après l'accouchement ? « C'est ton fils. » Elle l'avait tellement voulu que ça c'était produit. Félix et Gaby étaient très proches et elle avait l'impression qu'elle devait parfois forcer cette intimité pour reprendre ses droits de mère.

Gaby était devenu maître cuisinier avec son grand tablier rouge sur lequel le mot « chef » était écrit en grosses lettres blanches. Il avait allumé les briquettes depuis un bon moment, mais il les vérifiait régulièrement, attendant de les voir pâlir. Ses pots d'épices trônaient sur la petite table adjacente. Il vérifia ses ustensiles comme un chef d'orchestre s'assure que tous ses musiciens sont présents. Il était prêt.

Une voiture s'arrêta derrière la sienne dans l'entrée du garage. Gaby alla tout de suite vers Raymond qui sortait de l'auto. Il était visiblement content de revoir son ami d'enfance. Les deux hommes se tapèrent sur l'épaule et hésitèrent. Ils n'étaient pas habitués à montrer de l'affection fraternelle, et même s'ils avaient envie de se faire l'accolade, ils ne s'y résignaient pas. C'était juste bon pour les films français. Ils prirent plutôt une position de boxeurs prêts à frapper en souriant.

– Salut, champion ! Ils ne t'ont pas trop magané, je suis content.

– Ça fait du bien d'être libre de nouveau.

Florence était sortie de sa cuisine pour les accueillir. Elle remarqua le visage radieux de Thérèse. C'était une autre femme. La vie lui rendait enfin un peu du bonheur qu'elle lui avait enlevé. Elle remarqua aussi qu'elle avait de plus petits seins, ce qui lui donnait une silhouette normale, presque élégante même. À voir les yeux brillants de son amie, Florence comprit qu'ils avaient vécu à nouveau leur nuit de noces. Ils n'avaient pas eu besoin d'une chambre au Mount Royal cette fois-ci. Elle était heureuse pour eux. Ils le méritaient tellement.

Louis ne resta pas longtemps à regarder les retrouvailles de ses parents et de leurs amis. Il alla rejoindre Félix, qui abandonna la cour à Léon et à Sylvie, et descendit au sous-sol avec son ami d'enfance. Au menu, Jimmy Hendrix et un peu de pot pour se mettre dans l'ambiance.

Marie n'avait rien manqué de l'arrivée de la famille Côté. Elle se réjouit pour Thérèse de ses nouveaux seins plus normaux et elle alla rejoindre rapidement son frère et son ami. Elle n'avait pas vu Louis depuis plusieurs mois, depuis que Félix avait pris un appartement avec un autre étudiant. Presque un an déjà. Comme le temps passait. Elle s'approcha d'eux en souriant.

– Hé! Vous allez quand même pas fumer en soldats, les gars!

– Tu fumes, toi, la petite Marie?

– Tu sauras, Louis Côté, que je ne suis plus un bébé.

– Ça, ça se voit.

Louis lui tendit le joint et admira les seins qu'on distinguait bien à contre-jour à travers le tissu presque transparent de la robe indienne de Marie. Il détourna le regard dès qu'il sentit une érection poindre et se concentra sur les affiches au mur : Jagger, Hendrix, Morrisson, Joplin. Les couleurs fluo excitèrent sa rétine. Che Guevara avec son éternel béret à étoile sur fond limette le calma un peu. Il devait oublier la présence de cette enfant-fleur qui était devenue une jeune femme en si peu de temps, comme si elle avait été touchée par une baguette magique. Non, penser baguette n'était pas une bonne idée.

Marie tendit le joint à Félix.

— Il faut que j'y aille. J'ai encore un pichet de boisson des astronautes à faire. Tang, Tang. À tantôt.

— La boisson des astronautes?

— Ben oui. Tu te souviens pas? L'été passé, alors qu'on ne parlait que de cette mission de la NASA, on s'occupait de savoir ce qu'ils mangeraient. De la nourriture sèche et du jus en cristaux. Maintenant que Armstrong a marché sur la Lune, on boit des cristaux. C'est fou, non?

Elle sourit de toutes ses dents à Louis et se retourna vivement, laissant ses longs cheveux flotter un instant dans l'air. Louis ne put s'empêcher de la regarder monter l'escalier. Elle avait non seulement des seins mais aussi des fesses d'enfer. Cette robe était plus transparente qu'une robe de nuit.

— Elle a changé, ta sœur.

Félix avait remarqué rapidement le manège de Marie et le désir de son ami. C'était la première fois qu'il voyait sa sœur en femme et non plus en enfant. Elle s'était transformée et il venait aussi de le découvrir. Il repensa à Geneviève. Non, pas sa sœur. Elle ne serait jamais comme ça. Surtout pas avec Louis, un ami d'enfance, un frère.

— Fais attention, tu baves un peu, là.

Louis cligna des yeux et sourit. Il se sentit un peu gêné d'avoir ainsi montré son attirance. C'était sans doute beaucoup mieux que ce soit la sœur de Félix. Il pourrait résister à cette fille. Une gamine qui était comme sa sœur.

— Fais-toi z'en pas, j'y toucherai pas.

— De toute façon, comme je connais ma sœur, c'est elle qui va choisir. Et le pauvre gars n'aura aucune chance, crois-moi. Elle va le manger tout cru.

Louis se dit que ce serait un homme chanceux celui qui se ferait dévorer par elle.

Ernest était revenu la veille de son périple dans le bas du fleuve et en Gaspésie. Le voyage avait été satisfaisant, sans plus. Il avait réussi à faire signer pas mal de contrats, mais il avait découvert que faire autant de route le fatiguait plus qu'avant. Il avait souri de soulagement en arrivant à Sainte-Victoire au milieu de la soirée. Il était content de retrouver enfin sa famille. Réjane lui avait gardé son repas favori au chaud, il pouvait enfin se détendre. Jacinthe l'avait embrassé, contente de le revoir. Il avait serré dans ses bras sa petite fille qui grandissait trop vite. À chaque retour, il la trouvait vieillie. Luc était sorti comme d'habitude. Ernest avait décidé de ne plus s'en faire avec son fils, qui n'était plus un gamin.

Enfin la maison, la famille, le repos. Mais le répit avait été de courte durée pour Ernest. Il n'avait même pas réussi à manger calmement.

Alice était dans tous ses états. À peine un baiser de bienvenue et elle était partie sur un long compte-rendu des semaines précédentes. Luc rentrait au petit matin et découchait même parfois, sans dire où il avait passé la nuit, bien sûr. Il venait simplement prendre une douche et changer de vêtements pour repartir au garage, selon ses dires. Alice s'était rendue au garage dans la journée. Luc n'y était pas. Le propriétaire avait bredouillé que Luc était allé acheter des pièces de carburateur pour lui, qu'il ne serait pas de retour avant une heure. Mais Alice avait bien vu à ses yeux fuyants que Luc faisait tout sauf acheter des pièces. Il faisait quoi? Ça restait un mystère qu'il fallait découvrir. Mais ça ne semblait pas honnête du tout.

Ernest avait soupiré à ce compte-rendu qu'il croyait terminé. Mais Alice avait continué, lui racontant que Jacinthe n'en avait que pour son grand-père, le visitant tous les jours. Le vieux fou lui racontait ses voyages imaginaires qu'elle croyait entièrement vrais. Des histoires à dormir debout, des aventures pas possibles. Tout y passait, comme s'il était décidé à trouver une nouvelle anecdote pour chaque État américain. Jacinthe revenait de là avec des idées folles dans la tête. Elle était impressionnable et tous ces mensonges pouvaient lui monter à la tête.

Ernest s'était montré assez impassible jusque-là. Quand Alice lui avait téléphoné en Gaspésie pour lui annoncer l'arrivée-surprise de Gustave, il avait simplement essayé de la calmer. Il avait ensuite parlé à Réjane et tout semblait être rentré dans l'ordre. C'était le cas pour Réjane, mais pas pour Alice. Gustave était devenu le bouc émissaire de tous ses problèmes. Sa famille se dispersait, ses enfants l'inquiétaient, sa charge de travail au bureau augmentait, Réjane se fatiguait plus rapidement, Alice devait aussi prendre en main les repas, le ménage, et elle ne pouvait attendre beaucoup d'aide de Jacinthe qui passait trop de temps avec le vieux fou.

Ernest rêvait depuis un bon moment de ce retour, de se sentir enfin chez lui, de manger autre chose que des *club sandwichs* et des *hot-chicken*, de dormir auprès de sa femme, la main posée sur sa fesse dodue. Mais le rêve avait vite tourné au cauchemar. Alice était tendue comme un arc, parlant sans cesse de mille et un problèmes et lui demandant d'arbitrer toutes ces querelles qui n'en étaient pas vraiment. Elle avait enlevé le couvre-lit, tiré les draps, rangé ses vêtements et ceux d'Ernest dans la garde-robe. Ernest s'était assis sur le bord du lit et l'avait regardée, découragé. Elle s'était tournée vers lui.

— Et tu dis rien?

– Pour ça, il faudrait que tu arrêtes de parler.

– C'est ça, traite-moi de commère.

Il s'était levé et avait tendu les bras vers elle. Il voulait la serrer contre lui, la calmer avec des caresses. Ils ne s'étaient pas vus depuis des semaines. Mais elle l'avait repoussé pour s'enfermer dans la salle de bain. Il s'était couché et s'était endormi. Le bavardage et la route l'avaient épuisé totalement.

Au petit matin, Alice avait été la première levée pour préparer le petit-déjeuner. Elle ouvrait et refermait les portes d'armoires avec vigueur. Ernest n'avait eu d'autre choix que de se lever à son tour. L'atmosphère était si lourde qu'il avait eu envie de repartir aussitôt. Même les serveuses des restaurants les plus minables avaient plus de charme qu'Alice déposant les assiettes sur la table. Ernest lui avait saisi le poignet.

— Tu vas arrêter de t'en faire, Alice ! Ça suffit ! Arrête de vivre à la place des autres.

— C'est facile pour toi, t'es jamais là.

— Je suis là tout l'hiver et tu me le reproches. Je suis absent tout l'été et tu me le reproches. Essaie donc de passer vingt-quatre heures sans faire un seul reproche. Essaie, tu vas peut-être aimer ça.

Et c'est là qu'Alice avait craqué. Elle s'était mise à sangloter et Ernest avait enfin pu la serrer contre lui. Il était content de retrouver la chaleur de son corps. Elle s'était finalement abandonnée dans ses bras. Ils étaient remontés doucement dans leur chambre et avaient fermé la porte. Le lit avait grincé un peu. Alice avait réalisé que son homme lui manquait par-dessus tout. Ernest redécouvrait le corps de sa femme à chaque fois qu'il revenait chez lui, mais cette fois-ci, c'était encore mieux. Le plus grand plaisir du retour était de pouvoir caresser les beaux gros seins d'Alice.

Réjane tricotait machinalement au salon et elle avait soupiré d'aise. Enfin, un peu de calme dans cette maison. Luc était rentré à l'aube sur la pointe des pieds et dormait profondément. Jacinthe aussi dormait encore. Réjane avait profité de ce silence inhabituel pour aller à la cuisine se préparer une tasse de thé. Elle l'avait savourée en regardant les rayons de soleil se glisser sur les armoires de la cuisine.

Deux heures plus tard, la maison était transformée. Pour la première fois depuis bien longtemps, toute la famille déjeunait en même temps. Luc avait bel appétit, il s'était rasé et avait mis une chemise propre pour plaire à son père. Il savait que sa mère avait dû se plaindre de lui et il s'était promis de ne pas faire de vagues. Même son patron le lui avait suggéré. Il ne voulait pas voir le grand Ernest débarquer dans son garage pour l'engueuler. Il voulait que son commerce garde une façade respectable.

Jacinthe mangeait en silence, jetant des sourires à son père. Elle avait décidé de ne pas parler de Gustave devant sa mère pour éviter les querelles. Son grand-père avait plus d'une fois mentionné qu'il avait hâte de connaître Ernest, mais Jacinthe se disait qu'elle ferait mieux de ne pas provoquer sa mère aujourd'hui. Gustave attendrait que la poussière retombe.

Réjane souriait dans le vide, heureuse de voir tout son monde réuni et surtout d'avoir enfin un homme dans cette maison. Cela allait la distraire un peu de la douleur de voir Maurice mourir à petit feu dans la maison d'en face. Elle ne souhaitait cette mort à personne, même pas à Gustave.

Alice beurrait des toasts avec lenteur, un rythme que ses proches ne lui connaissaient pas. Elle sentait encore les bras d'Ernest autour de son corps, son haleine chaude dans son cou, son sexe palpitant. Comment avait-elle pu passer la soirée à se plaindre ? Ernest lui avait tellement manqué. Et à voir tout son monde réuni autour de la table, elle savait qu'elle n'était pas la seule à s'être ennuyée.

Ernest respirait calmement, dégustant chaque bouchée. Faire enfin l'amour à sa femme l'avait complètement détendu. Tous ceux qu'il aimait étaient autour de lui. Il savourait pleinement le moment, comme il avait appris à le faire dans ses nombreux déplacements. Il s'était toujours dit que le paysage qu'on ne regarde pas disparaît au tournant de la route.

Encore imprégnés du calme de ce début de journée, Ernest et Alice arrivèrent avec Jacinthe chez Florence et Gaby. Luc avait promis de les rejoindre plus tard. Réjane avait préféré rester auprès de Maurice. Ces fêtes bruyantes avec les jeunes et la musique étaient trop fatigantes. Ce n'était plus de son âge.

Alice avait apporté un énorme gâteau aux carottes, sa spécialité, qu'elle n'avait pas faite depuis longtemps. Elle trouvait la journée choisie pour le barbecue géniale. Le retour de Félix, d'Ernest, de Raymond. Il y avait de quoi fêter.

Ernest serra la main de Raymond, même si cela le rendait mal à l'aise d'être devant un ancien prisonnier. Il avait beau se dire que Raymond avait été plus naïf que voleur dans cette affaire, il avait l'impression que le crime pouvait être contagieux. Il chassa l'image de son fils de sa tête. Non, pas lui. Il n'avait pas été élevé comme ça.

Jacinthe ne resta pas longtemps avec les adultes. La musique venant du sous-sol indiquait où se trouvaient les gens vraiment intéressants. Elle rejoignit Félix, Louis et Marie qui étaient écrasés sur des fauteuils gonflables. Une pipe à eau trônait sur une table basse, des pochettes de disques circulaient de main en main. Félix salua Jacinthe et lui dit de se servir dans le frigo.

Jacinthe prit une bière et s'assit. Elle choisit le fauteuil le plus près de Félix. Elle le trouvait changé, encore plus beau que dans ses souvenirs. Il avait quelque chose de différent dans le regard, dans la manière de croiser les jambes. Il était devenu un homme, un vrai. Il avait même peut-être déjà fait l'amour. Elle se sentit rougir. Ses mains étaient moites et elle but une grande gorgée de bière pour se donner du courage. Elle attendait pour parler, un geste, un regard.

Louis ne quittait pas Marie des yeux et celle-ci faisait semblant de ne pas s'en apercevoir, bougeant ses jambes nues au rythme de la musique. Félix se tourna enfin vers Jacinthe. Le cœur battant, elle prononça le mot magique : Nevada.

Elle se mit à raconter l'histoire de Gustave dans le désert, de sa rencontre avec un *preacher* maître de serpents, de ses fidèles qui venaient de loin pour se faire déposséder du mal. Elle racontait bien, ménageant des silences, changeant le ton de sa voix. Louis se montra bientôt intéressé et délaissa le corps de Marie qui l'ensorcelait. Marie l'écouta aussi tout en faisant semblant de ne pas y être intéressée. Après quelques minutes, ils étaient tous suspendus à ses lèvres. Même Marie avait arrêté de suivre la musique et s'était avancée sur son fauteuil pour ne rien perdre des paroles de la jeune fille.

C'était une histoire comme on en voyait dans les films, mais cela avait l'air si vrai dans la bouche de Jacinthe que chacun entendait le bruit du vent dans les buissons secs, le sable crisser sous les pas, sentait la chaleur dure et cuisante, voyait la lumière aveuglante inonder le paysage et celui-ci se gondoler comme dans un mirage. Au moment où le *preacher* brandissait un serpent venimeux au-dessus de la tête d'une femme qui se contorsionnait avec de l'écume à la bouche, Léon descendit au sous-sol. Jacinthe s'arrêta net.

Tous les visages se tournèrent vers Léon qui put palper la tension. Il ouvrit la bouche, mais aucun mot n'en sortit. Il se glissa au bas des marches, s'assit le plus silencieusement qu'il put sur un gros pouf et attendit. Jacinthe tourna la tête vers Félix et reprit son récit : la femme caressait le serpent que le maître tenait à bout de bras, sa main tremblait, son cœur battait dans ses oreilles. Puis le serpent à sonnette fit bouger sa cascabelle. Félix la regarda, curieux.

– C'est quoi, ça?

Jacinthe avait le cœur qui bondissait de joie. Enfin une question de Félix. Elle lui expliqua qu'on appelait cascabelle l'assemblage des grandes écailles mal fixées sur la queue du crotale. Le bruit qu'elles font en s'entrechoquant lui a donné son nom de serpent à sonnette, le plus dangereux serpent d'Amérique. Mais la femme n'avait pas peur, elle venait de trouver la lumière, elle était guérie.

Tout le monde restait suspendu aux lèvres de la conteuse. Léon regarda Jacinthe et se demanda de quoi elle parlait. Il profita de cette pause pour faire le message dont il avait été chargé par Gaby.

– On commence à manger, papa veut vous voir en haut.

Jacinthe sourit, fière du silence qui avait accueilli son histoire, et déclara qu'elle avait faim.

Les groupes s'étaient formés. Gaby était le maître du gril, Raymond et Ernest l'assistaient, une bière à la main. Ils parlaient baseball. Les Expo avaient gagné cinquante-deux parties et perdu cent dix fois à leur première année au parc Jarry. Mais les trois hommes refusaient d'y voir une prédiction pour l'année en cour. Ils étaient plutôt prêts à parier qu'avec Gene Mauch comme gérant, leur équipe gagnerait au moins soixante-dix matchs cette année. Ils aimaient le rouquin Rusty Staub, le nom de Coco Laboy les amusait et ils encourageaient le lanceur québécois Claude Raymond, un des leurs.

Florence était assise plus loin sur une chaise de jardin et parlait avec Alice et Thérèse. Les discussions étaient légères, frôlant presque l'insignifiance, et elles avaient la grande qualité de ne soulever aucune controverse, aucun sujet délicat, pas de prison, pas de vieillard en foyer, pas de cancer, pas de mort annoncée. Il était plus agréable de parler des vedettes de la télévision, de s'amuser de la mode qui devenait encore plus colorée, des hommes qui portaient de plus en plus la grosse moustache tombante, la chemise serrée et le pantalon si ajusté qu'il en devenait indécent. Elles riaient en essayant d'imaginer leur homme là-dedans.

La seule personne qui ne savait plus quoi faire dans la cour arrière du bungalow était Sylvie. Même Léon l'avait abandonnée pour rejoindre les autres au sous-sol. Elle aurait préféré passer la soirée chez sa meilleure amie à jouer à habiller ses Barbie. Quand elle vit Félix remonter avec les autres, elle courut vers lui. Elle l'avait à peine vu depuis son retour. Il la prit dans ses bras, la fit tourner en disant qu'elle avait tellement grandi qu'il pouvait difficilement la soulever, puis il la déposa par terre. Le tour de manège, très rapide, était maintenant terminé.

Tout le monde se regroupa autour des grandes tables. Les parents d'un côté continuaient leur conversation, les jeunes s'étaient regroupés plus loin. La nourriture abondante circula d'une table à l'autre et chacun se servit.

Sylvie alla s'asseoir près de Jacinthe, espérant plus d'attention. Mais Jacinthe ne la vit même pas, elle n'en avait que pour Félix qui était assis à ses côtés. Elle cherchait à frôler son bras, à le faire parler de ses études à Montréal. Félix évitait tous ces sujets en parlant de Gustave, des voyages qu'il aimerait bien faire lui aussi. Ce devait être merveilleux de rencontrer tous ces gens si différents, de voir ces paysages si loin des siens. Jacinthe était encore plus fascinée. Il voulait voyager, il était un jeune homme extraordinaire.

Marie semblait occupée à jouer les indifférentes tout en tournant autour de Louis. Tendre la main vers le même plat en même temps, vers le même pichet de jus, vers le pot de moutarde. Et Louis entrait dans son jeu. Tout en parlant avec Léon de sport, il frôlait à la moindre occasion le bras ou la jambe de Marie. Leur jeu ne semblait duper que leurs parents occupés à se retrouver et à échanger.

Sylvie soupira. Ce repas était ennuyant. Et les grandes personnes étaient bien compliquées.

Les assiettes de carton s'empilaient dans le grand sac-poubelle, tout le monde avait mangé plus que nécessaire, et le soleil commençait à descendre doucement derrière les arbres. Félix avait placé les boîtes de son devant les fenêtres du sous-sol et Gaby avait mis de la musique de *crooner*. Les adultes dansaient sur le patio, retrouvant un peu de leur jeunesse. Leurs enfants assis plus loin les regardaient en les trouvant vieux et ennuyeux. Des couples enlacés qui faisaient presque du surplace étaient pour eux une vision de fin de soirée. Avant minuit, un peu de Rolling Stones ou de Janis Joplin aurait ranimé l'atmosphère qui devenait de plus en plus soporifique à mesure que le ciel s'obscurcissait.

Une pétarade de motocyclette réveilla tout le monde. Adultes et enfants quittèrent la cour pour voir se qui se passait. Luc arrivait sur la grosse moto de son patron, un modèle Harley-Davidson turquoise tout frais sorti de l'usine. Il s'amusa à donner les gaz pour s'assurer que tout le monde remarque sa présence.

Luc était suivi d'une Jaguar bleu acier décapotable dont la peinture métallisée brillait comme des millions d'étoiles sous les réverbères de la rue. Édouard Turcotte aimait faire des entrées remarquées et celle-ci l'était amplement. Même les voisins s'étaient avancés sur leur parterre pour voir qui arrivait. Il sortit de la rutilante voiture sport avec élégance, ses vêtements de coupe impeccable reprenant leur forme immédiatement. Il souriait comme une vedette de cinéma et suivit Luc qui rejoignait ses parents dans la cour illuminée de lanternes chinoises.

Ernest avait mille questions à poser à son fils. Pourquoi son patron l'avait-il laissé utiliser sa moto toute neuve et que faisait-il avec l'héritier Turcotte? Mais il savait que ce n'était pas le moment, que cela aurait humilié Luc. Alice se disait la même chose en prenant le bras de son mari, comme si elle avait besoin de soutien devant son fils.

Luc, fier comme un coq, fit les présentations, même si tout le monde connaissait déjà le fils de l'industriel Turcotte, l'homme fort de la ville, dont l'ancienne usine de munitions fabriquait maintenant des turbines. Le jeune homme se montra poli et distant face à ce groupe de petites gens assemblés dans cette petite cour arrière de ce petit quartier.

Luc serra le bras de Marie en la présentant à Édouard, question de bien marquer son territoire. C'était sans compter sur la rapidité de Marie à se dégager d'une étreinte non désirée. Mais Luc, habitué à ces refus répétés, sourit en passant légèrement la main sur ses longs cheveux comme un propriétaire de pur-sang caressant la crinière de sa bête rétive.

Louis serra les dents devant ce petit gros mal élevé. Il n'avait jamais aimé Luc et cela remontait à sa petite enfance quand ils jouaient dans le carré de sable derrière la maison. Luc était le premier à envoyer une pelletée de sable au visage de son voisin, à le jeter par terre ou à hurler et à pleurer pour le faire accuser d'un méfait. Cette situation avait isolé Luc et rapproché Louis et Félix qui le boudaient, refusant de jouer avec lui. Maintenant encore, Luc essayait de devenir leur ami, de les inviter à prendre une bière, à regarder un match de hockey. Sans succès.

L'atmosphère avait changé. Plus personne ne dansait. Le disque terminé, Gaby ne remit pas de musique. Les adultes s'étaient assis sagement sur leur chaise en se demandant quoi faire et quoi dire. Édouard accepta une bière et se tint près de Jacinthe et de Marie, les deux seules jeunes et jolies filles de la cour. Jacinthe chercha Félix des yeux. Il était avec Louis, admirant la Jaguar rutilante stationnée derrière la moto enfin silencieuse.

Édouard trouva rapidement Marie plus séduisante, ne serait-ce que parce qu'elle le regardait à peine. Il connaissait bien ce regard indifférent qui réclamait en fait de l'attention. Il l'avait observé plus d'une fois. En fait, il y avait pour lui deux sortes de femmes. Celles qui vous mangeaient des yeux en espérant quelques miettes de votre présence ou de votre puissance, cet espoir pouvant aller jusqu'à vouloir se marier ou simplement vous faire payer double tarif pour un peu de sexe. Et il y avait les autres qui jouaient les snobs, regardaient ailleurs, mais s'arrangeaient toujours pour être dans votre champ de vision. Elles voulaient faire monter la cote comme ces filles de familles aisées qui s'offraient pour un mariage haut de gamme, apportant en dot leurs bonnes manières et une coutellerie en argent. Il avait été attrapé par l'une d'elles, ou plutôt ses parents l'avaient été. Le mariage venait d'être annoncé. Mais, ce soir, il était venu s'encanailler avec des prolétaires et il avait trouvé une jolie chaussure à son pied.

– Ça te tente de faire un tour?

La question était directe et sans équivoque. Marie sourit pour toute réponse et le suivit à son auto. Édouard ouvrit la portière du passager et Marie s'assit en drapant sa longue robe indienne autour de ses jambes. Édouard contourna l'auto pendant que les trois garçons le regardaient en silence, tétanisés par son empressement. Marie envoya un petit signe de la main à Félix, et la Jaguar démarra en trombe.

Florence arriva au moment où la voiture tournait le coin de la paisible rue de banlieue.

– Ton ami est déjà parti?

Luc réalisa que la question lui était adressée. Il n'eut pas le temps de répondre. Florence cherchait Marie et elle comprit que sa fille venait de partir en Jaguar. Elle se tourna vers Félix et lui reprocha de ne pas être intervenu.

– Mais, maman, qu'est-ce que tu voulais que je fasse? Il ne l'a pas enlevée, ils sont partis faire un tour.

– Un tour! Dans le boisé de la comtesse, je suppose.

Les garçons pensèrent en silence au boisé. Ce vaste terrain avait déjà été la propriété d'une riche veuve anglaise que tout le monde avait surnommée «la comtesse» à cause de son snobisme et de sa façon de parler à ses domestiques. Cela remontait au début du siècle, mais le nom était resté bien après la mort de la veuve et le partage des terrains. Le boisé de la comtesse était un des derniers coins de forêt laissés sauvages par le développement immobilier. Des sentiers le traversaient, empruntés par des chasseurs de lièvres à l'automne et par des amoureux le reste de l'année. Tous les jeunes garçons allaient y faire un tour au moins une fois au cours de leur adolescence pour essayer d'y surprendre des amoureux. Les plus chanceux y voyaient un sein ou une paire de fesses à travers les vitres embuées d'une automobile arrêtée entre deux arbres.

Gaby vit immédiatement au visage de sa femme que quelque chose n'allait pas. Florence voulut se faire rassurante.

— Elle est juste partie essayer l'auto sport. Tu sais comment elle aime conduire.

— Il l'a laissée conduire?

— …

Gaby serra les poings.

— Il a beau être le fils du boss, s'il la touche, je l'étrangle de mes mains.

Édouard prit l'autoroute et fit un peu de vitesse avec son joujou. Il adorait la sensation du vent qui tourbillonnait autour de lui, de la puissance du moteur qui lui obéissait d'un simple mouvement du pied. Il se sentait le maître absolu de ce bijou métallique, fleuron de l'industrie britannique. Marie aimait la sensation de vitesse et la réponse rapide du moteur. Elle demanda à Édouard si elle pouvait essayer son auto.

– Conduire ma Jaguar ? Ça va pas ? Personne n'y touche, même pas le chauffeur de mon père. Ce bébé est à moi tout seul, ma jolie.

Édouard sortit tout de suite de l'autoroute ; après tout, il n'était pas là pour faire plaisir à cette fille. Il prit la route qui menait à la campagne et bifurqua vers le boisé de la comtesse. Marie le regarda, déçue du manque d'imagination du jeune homme. Elle s'attendait à mieux.

– On ne peut pas dire que tu es très original. Va pas trop loin dans les bois, tu vas abîmer ta belle mécanique.

Édouard n'aima pas le ton moqueur de sa voix. Il s'arrêta à l'orée du bois, juste avant que le sentier principal ne devienne trop étroit. Il coupa le contact. Aussi bien en finir tout de suite. Il posa la main sur le genou de Marie, puis il remonta doucement la cuisse. La main de Marie l'arrêta là. Une coriace ! Ce serait encore plus amusant.

Il se pencha et approcha son visage. Marie était coincée entre la portière et le levier de vitesse. Elle ne pouvait détacher son regard des lèvres luisantes du jeune homme. Il les posa sur sa bouche et elle eut l'impression d'embrasser un poisson. C'était visqueux et la langue pâteuse qui en sortit lui fit rejeter la tête en arrière.

Heureusement, la Jaguar n'était pas la voiture la plus appropriée pour s'embrasser. Ils étaient tous les deux coincés dans leur siège. Mais Édouard n'était pas sans ressource. Il sortit une couverture de l'arrière du siège.

— Tu veux qu'on se promène?

— J'ai accepté de me promener en auto, pas à cheval sur une couverture. Tu sauras, Édouard Turcotte, que je ne suis ni à vendre ni à louer. Et je ne serai pas le prix de consolation pour le futur marié. Une Jaguar ne donne pas tous les droits. Ramène-moi.

Il la regarda en souriant. Mais pour qui se prenait-elle?

— Et si je refuse?

— Je peux rentrer à pied, mais n'oublie pas que plusieurs personnes m'ont vue partir avec toi. Les gros titres scandaleux des journaux ne laisseront pas ton père indifférent. Et qui sait? Tu perdrais peut-être même ta fiancée fortunée.

— L'argent ne m'intéresse pas.

— Normal, tu en as. Mais ton père est un homme très discret, il n'a jamais aimé la publicité, surtout la mauvaise.

— Du chantage?

— De bons conseils, tout simplement.

Cette fille était impossible à vivre. Il n'y avait rien à tirer de mademoiselle J'ai-réponse-à-tout. Des tonnes d'ennui pour une petite partie de fesses. Il n'avait pas besoin de ça. Édouard mit le moteur en marche. Il valait mieux se tenir à distance d'une fille aussi compliquée, une prolétaire qui se prenait pour une reine. Le trajet du retour se fit en un temps record et dans un silence éloquent.

Marie reconnut sa banlieue puis sa rue tranquille. Elle se sentit soulagée, mais fit tout pour ne pas le montrer. Elle avait beau avoir fait sa baveuse avec Édouard, elle avait mesuré à quel point elle était vulnérable. Il était assez costaud pour faire ce qu'il aurait voulu d'elle. Et les cris dans le bois de la comtesse n'alertaient personne. Elle frissonna de dégoût. Violée par un poisson... ouach.

La Jaguar s'arrêta devant le bungalow familial. Marie en sortit avec le sourire comme si elle revenait d'une jolie balade. Édouard repartit sur les chapeaux de roue sans saluer personne.

La soirée se poursuivait sur le patio. Les tables avaient été nettoyées et le barbecue fermé. Les adultes sirotaient un dernier verre en admirant les étoiles, ne semblant trouver aucun sujet de conversation. Sylvie s'était endormie sur une chaise et Gaby avait posé une couverture sur elle. Léon faisait tourner des guimauves sur le petit feu que Félix et Louis avaient allumé dans la cour. Des pierres avaient été posées en rond dans l'ancien carré de sable des enfants pour en faire un foyer en plein air. Félix avait sorti sa guitare et chantait des ballades sous le regard admiratif de Jacinthe. Luc et Louis prenaient des gorgées de bières en se regardant de travers. Tout le monde attendait Marie sans se le dire, et son arrivée donna le signal du départ.

Luc partit le premier en faisant pétarader la moto empruntée pour impressionner Marie. Sans succès, évidemment. Il se demandait quelle prochaine surprise pourrait l'épater. Marie n'eut aucun regard pour lui. Alice en fut gênée alors qu'Ernest retenait sa colère. Son fils était un balourd. Il salua tout le monde et partit à son tour avec Alice et Jacinthe qui s'arrêta un moment devant Félix pour le remercier de ses chansons. Elle trouvait dommage de le quitter déjà.

Félix invita Louis à dormir au sous-sol. Celui-ci accepta avec plaisir, il voulait laisser ses parents en tête-à-tête. Raymond prit les clés des mains de son fils. Conduire à nouveau, après deux ans d'absence, lui paraissait étrange. Thérèse lui sourit et s'installa sur le siège passager. Raymond prit le volant et tout le monde le regarda partir. Louis sourit.

— À cette vitesse-là, il va encrasser le carburateur.

Gaby alla coucher Sylvie et Léon suivit. Florence aurait aimé parler avec sa fille, mais Marie se déclara fatiguée et alla s'enfermer dans sa chambre. Elle n'avait pas envie de parler de ce gros poisson stupide qui avait la chance d'avoir un père assez riche pour lui offrir une auto qu'il ne méritait même pas. Et comme Louis passait la nuit à la maison, elle le verrait le lendemain matin pour le petit-déjeuner.

Félix et Louis n'avaient pas sommeil. Félix raconta encore une fois sa rencontre avec John Lennon. Louis l'avait entendue de nombreuses fois et il put lui prêter une oreille distraite en pensant à Marie. Il aurait aimé savoir ce qui s'était passé avec Turcotte, mais il ne pourrait jamais le lui demander. Marie se moquerait de lui, de sa jalousie. Elle était libre et cela ne le regardait pas. Le pire était qu'elle avait raison, ça ne le regarderait jamais. Pas question de s'attacher. Il devait tenir la promesse qu'il s'était faite à lui-même.

Les oreilles de Louis accrochèrent au mot nymphomane. Félix avait changé de sujet de conversation. Il avait aussi baissé le ton de sa voix pour parler d'une certaine Geneviève. Louis écouta plus attentivement le récit de son ami. Félix se vida le cœur. Louis se demandait pourquoi il n'avait jamais rencontré ce genre de filles. Qui n'aurait pas aimé avoir une nymphomane dans son lit, au moins pour une nuit?

En fait, il en avait rencontré une dans l'autobus qui l'amenait avec un groupe de travailleurs manifester à Québec contre la loi 63. Les gars étaient partis seuls et ils étaient presque tous revenus accompagnés d'une fille. Louis avait rencontré une petite blonde banale mais enthousiaste dont il ne se rappelait pas le nom. Sa première phrase avait été «je prends la pilule». Louis ne se souvenait pas des autres paroles prononcées. La fille et lui s'étaient embrassés pendant tout le trajet et elle l'avait chevauché avec ardeur. Ces longues jupes avaient beaucoup d'avantages.

Comme Louis se remettait à penser aux jambes de Marie, Félix arrivait au récit de la maladie mentale. Louis déchanta et comprit les tourments de son ami. Ils parlèrent longtemps dans la nuit, d'amour, de sexe, de liberté.

Ils dormaient profondément au petit matin quand Florence et Gaby se levèrent pour la routine du dimanche. Florence avait abusé du punch et Gaby n'était pas habitué à boire autant de bière. Ils ouvrirent difficilement les yeux et virent la cuisine en désordre. Florence regarda l'heure.

— On va être en retard… J'en peux plus de courir. On ira à la messe de onze heures.

— Pis on ira manger chez le Chinois après.

Florence regarda Gaby, étonnée. Il souleva les épaules.

— Disons qu'on fête le retour de Félix. Pis on ira à la plage ensuite.

Florence n'en revenait pas. Gaby n'irait même pas présenter son aîné à toute sa famille, après des mois d'absence.

— Ta mère…

Gaby était lui aussi fatigué de cette routine, la messe, le poulet rôti, les chaises pliantes sur le carré de gazon, les conversations neutres et insipides. Il en avait assez d'être le fils de sa mère, le frère, l'oncle. Il avait une famille bien à lui et il avait l'intention de fêter ça aujourd'hui.

— J'irai la voir cette semaine en finissant de travailler.

Florence caressa la nuque de son mari.

— Alors, on a un peu de temps devant nous.

Et elle l'entraîna dans leur chambre. Gaby se réjouissait déjà de la décision qu'il venait de prendre. La routine du dimanche matin venait d'être complètement bouleversée et personne ne s'en plaignit.

C'était un dimanche différent et merveilleux. Vers la fin de l'après-midi, Gaby et Florence quittèrent la plage avec Sylvie et Léon. Ils avaient fait le plein de soleil et de détente. Une vraie journée de vacance confirmée par les mets chinois du midi. Louis avait promis de ramener Marie et Félix dans sa voiture pour le souper.

Louis voulait prolonger cet après-midi à admirer Marie dans son bikini. Il avait même eu l'honneur de lui mettre de l'huile à bronzer sur le dos et les épaules. Il se jura de ne jamais oublier cette sensation délicieuse de ses doigts glissant sur la peau lisse et ambrée, le doux vallon entre les omoplates, la belle ligne des vertèbres, la rondeur des épaules, les petits cheveux collés à la nuque. Louis aurait pu passer des heures à répéter ces gestes, mais il n'oubliait pas que Marie était la sœur de Félix. Et puis, il devait respecter la promesse qu'il s'était faite à lui-même de ne pas s'attacher. Le problème était qu'il devait se le répéter tous les jours avec elle.

Le trio s'amusait beaucoup, riant, courant sur la plage, se jetant à l'eau bruyamment. Marie jubilait d'avoir à ses côtés ces deux beaux garçons à elle toute seule. Elle trouvait Louis particulièrement séduisant tout à coup. Comme il avait changé en quelques mois! Le travail physique avait développé sa musculature, lui donnant un torse élargi, des épaules et des bras forts.

Les fesses étaient pas mal non plus dans le maillot de bain, les cuisses étaient solides.

Félix, en revanche, était pâle comme un drap, mais son corps élancé le rendait élégant. Les filles admiraient son visage aux traits réguliers, ses belles mains, son long torse et ses jambes musclées par la bicyclette. Et il ne se gênait pas pour regarder ouvertement les belles filles qui étaient moins nombreuses qu'il ne l'avait espéré.

Beaucoup de familles venaient à la plage de la Pointe. En éliminant les vieilles de l'âge de sa mère et les enfants, il ne restait que quelques adolescentes timides et une ou deux femmes, de jeunes fiancées de toute évidence à voir les regards langoureux qu'elles coulaient à leur compagnon. Il y avait bien une vieille de trente ans au moins qui le regardait avec attention, mais Félix avait décidé de l'ignorer, même si elle avait un corps plus séduisant que bien des jeunes filles. Il sentait qu'il devait y avoir un mari pas très loin et il ne voulait pas se battre pour un regard.

Il décida d'aller se baigner. Il nagea un moment vers le large puis s'arrêta en faisant du surplace. Marie et Louis entraient dans l'eau pour le rejoindre. Félix sentit quelque chose passer près de lui et crut qu'un gros poisson le frôlait, puis il vit une tête souriante faire surface. C'était son admiratrice. Elle replongea et il sentit qu'elle frôlait son maillot de bain qu'elle baissa d'un geste vif. Une main lui caressa les fesses et disparut. Félix regarda autour de lui. Personne. Il remonta son maillot, gêné.

Marie et Louis approchaient en nageant et en riant. Félix vit un peu à l'écart la femme sirène sortir de l'eau. Elle était une merveilleuse nageuse. Son corps musclé était encore plus beau que lorsqu'elle était assise sur une serviette. Elle avait de longues jambes, un dos s'affinant à la taille, des fesses rebondies. Elle se dirigeait vers la partie privée de la plage, là où de vieux chalets semblaient inhabités.

Ils nagèrent tous les trois un moment, puis Marie voulut retourner sur la plage s'étendre au soleil. Louis l'accompagna avec plaisir. Il se disait que c'était peut-être la dernière occasion qu'il avait d'être seul avec elle. Il avait envie de lui remettre de l'huile à bronzer.

Félix en profita pour nager vers les chalets. Sa belle nageuse l'attendait, étendue sur le sable. Il n'y avait personne aux alentours. Il sortit de l'eau et la rejoignit. La femme se mit à genoux et lui sourit.

— Laisse-toi faire, mon bébé.

Il obéit avec plaisir. Elle fit glisser son maillot de bain et s'activa sur son sexe. Il n'avait jamais vu une bouche aussi gourmande. Même Geneviève n'avait pas ce talent, trop occupée à chercher son propre plaisir. Félix jouit, trop rapidement à son goût. La sirène le lécha un peu et enleva le haut de son maillot pour lui offrir ses seins. Ils étaient magnifiques, ni trop gros, ni trop petits. Et ils réagissaient facilement aux mains de Félix. Comment une femme de plus de trente ans pouvait-elle avoir un tel corps? Félix téta et lécha les mamelons. C'était divin. Il mit la main dans sa culotte de bikini. La femme l'arrêta d'un geste. Elle fit glisser sa culotte.

— Viens, je vais te montrer. Comme ça, tu séduiras toutes les femmes que tu voudras. Non, non, pas trop vite, regarde d'abord. Regarde bien comment est fait le sexe des femmes. Ce n'est pas une simple entrée à combler. Regarde. Si cette orchidée ne te plaît pas, alors contente-toi d'enfoncer des trous d'hommes.

Mais l'orchidée lui plut. Il ne l'avait jamais vue d'aussi près, trop occupé au va-et-vient qu'il pensait essentiel. Il regarda avec attention, c'était le plus beau cours d'anatomie auquel il ait assisté. Il caressa le clitoris du bout des doigts puis de la langue. La femme avait remis sa main sur son sexe qui se gonflait de nouveau. Il voulut la pénétrer, mais elle refusa.

— Non, mon joli. Ta langue, oui, ta queue, non. Après tout, on ne se connaît pas.

Il aurait pu passer des heures à ces jeux. Il sentit qu'il allait jouir à nouveau quand il entendit le bruit d'une voiture. Ils entrèrent rapidement dans l'eau où ils remirent leur maillot. La femme prit le visage de Félix entre ses mains et l'embrassa à pleine bouche. Puis elle plongea et s'éloigna rapidement. Félix venait de perdre sa sirène. Il nagea jusqu'à la plage et il la vit au loin. Enveloppée d'une serviette, elle ramassait ses affaires. Quand il sortit de l'eau, elle était déjà partie. Il s'arrêta, hébété. Il ne savait même pas son nom. Louis vint à sa rencontre.

— Qu'est-ce que t'as? Tu te sens bien?

— Tu savais que les sirènes existent?

— Wow! Le soleil t'a tapé fort.

— Tu ne me croiras jamais. Elle m'a sucé comme ça m'est jamais arrivé.

— Ça, c'est pas les sirènes, c'est les carpes.

— Je plaisante pas. T'as déjà vu une vulve de près, je parle pas en photo, mais en vrai?

— T'es vraiment sérieux? Raconte.

Mais Marie arrivait à leurs côtés et Félix se tut. Il raconterait plus tard. Il lui fallait maintenant reprendre contenance. Il se sentait encore tremblant d'émotion.

Cette journée de détente avait fait un bien immense à Florence et elle était d'humeur joyeuse. Quand elle vit le désordre dans le sous-sol, elle se sentit d'attaque et se mit à ranger. Félix avait laissé sa chambre à Léon et avait déménagé au sous-sol où Gaby avait construit une chambre pour lui. Il n'avait pas eu le temps de placer ses affaires, alors Florence défit ses valises et mit ses vêtements à leur place dans la garde-robe et la commode.

Elle laissa les livres empilés dans un coin et déplaça son gros sac d'école. Des papiers se répandirent par terre et elle les ramassa en désordre pour les mettre sur le bureau de travail. Un en-tête de lettre de l'Université de Montréal attira son attention. Elle prit le papier. C'était un formulaire d'inscription vierge. Pourquoi Félix n'avait-il pas rempli ce formulaire?

Florence s'inquiéta, puis essaya immédiatement de s'apaiser. C'était simplement un double, il avait pris plusieurs formulaires au cas où il ferait une erreur sur l'un d'eux. Mais pourquoi avoir conservé ce double devenu inutile? Elle entendit Félix et Marie qui arrivaient dans la cour. Et Gaby qui invitait Louis à manger avec eux. Elle devrait remettre la discussion avec son aîné à plus tard.

Florence dut attendre la fin de la soirée et le départ de Louis pour questionner Félix. Celui-ci avait eu le temps de se préparer à faire face à sa mère. Il était allé changer de vêtements et il avait vu le formulaire bien placé sur son bureau dans sa chambre remise en ordre. Il s'en voulait de ne pas l'avoir jeté. Il ne savait même pas pourquoi il l'avait gardé. Quelle main mystérieuse lui avait fait retenir ce bout de papier compromettant ? Sa décision était pourtant prise depuis longtemps. Il devait maintenant en parler ouvertement.

Félix savait qu'il devrait affronter sa mère, mais il avait espéré le faire plus tard et la mettre devant le fait accompli. Il prévoyait des cris et des larmes. Il eut droit à un lourd silence après que Florence lui eut tendu le formulaire vierge.

Alors, il se mit à expliquer son choix. D'abord maladroitement, puis avec plus de ferveur. Il avait eu le temps de connaître le milieu universitaire, il n'avait pas envie de passer sa vie à étudier, à devenir ce qu'il n'était pas. Il n'éprouvait aucune attirance pour la médecine, les hôpitaux l'écœuraient, il ne supportait pas les malades qui se plaignaient, et ceux qui ne se plaignaient pas le laissaient indifférent, l'odeur des médicaments lui donnait la nausée, sans parler de merde et de vomissure. Sa mère ne disait rien. Il s'enflammait.

— C'est plus important d'aller manifester contre la guerre au Vietnam. Ça sauverait plus de vies.

— Parle-moi pas du *bed-in* au Reine Elizabeth.

Florence savait que la rencontre de Félix avec John Lennon et Yoko Ono dans leur chambre avait été marquante. Il en avait parlé pendant des mois. Les journalistes se pressaient nombreux autour du lit où étaient allongés John Lennon et sa femme, tous deux vêtus de blanc. Félix avait longtemps attendu dans le corridor du Reine Elizabeth et il avait eu amplement le temps de voir la suite de l'hôtel, sa moquette bourgogne et, des fenêtres du salon, la cathédrale Marie-Reine-du-Monde semblant accompagner le couple qui restait au lit dans la chambre attenante. Puis John l'avait regardé comme s'ils étaient seuls dans cette pièce. Félix s'était senti apaisé, heureux, confiant. Cet instant avait été magique, le souvenir de ce contact visuel lui donnait encore des frissons aujourd'hui.

L'idée de ce couple qui posait nu horripilait Florence. Qu'arrivait-il à son fils? L'envoyer au collège à Montréal avait été une mauvaise idée. C'était néanmoins pour lui la seule façon de se rendre à l'université. Et cela avait été la façon de ne pas y arriver. La grande ville avait pourri son fils. Et comment pouvait-il dire qu'il détestait les malades? Il était né pour être médecin comme... Ce n'était pas héréditaire, mais tout de même.

— Tu as décidé, comme ça, sur un coup de tête, de ne pas aller à l'université. Alors, dis-moi donc, Félix, pourquoi, ton père et moi, on s'est sacrifiés pour que tu fasses des études? On a tout fait ça pour rien? C'est ça? Tous ces sacrifices, ces heures de travail, ces économies du moindre sou, pour rien?

Félix sentait la culpabilité poindre, mais il était décidé à tenir bon.

— Maman, je ferai pas médecine.

— Alors, fais autre chose, mais va à l'université. Tu sais à quel point ton père a souffert de ne pas pouvoir aller à l'école plus long-temps. Il s'est sacrifié pour ses frères plus jeunes. Toi, t'as même pas à faire ça, t'as juste à étudier. Les sacrifices, c'est pour nous autres.

Marie était clouée au comptoir de la cuisine, près de la porte menant au sous-sol. Elle entendait tout ce qui se disait dans la chambre de Félix. Son frère était vraiment un idiot de rater une telle occasion.

— Va te coucher, Marie, il est tard.

Elle sursauta à la vue de son père. Gaby descendit l'escalier. Marie entendit sa mère sangloter. Puis la porte de la chambre se ferma.

Le facteur passait toujours à la même heure, sauf quand on attendait du courrier important. C'est ce que se disait Marie en surveillant l'homme qui glissait des lettres dans la boîte du voisin. Il avait au moins vingt minutes de retard. Dès qu'il entreprit de descendre le trottoir de ciment menant à la maison, Marie ouvrit la porte-moustiquaire et alla à sa rencontre. Il lui tendit un paquet de lettres et de circulaires en lui souhaitant une bonne journée.

Marie examina rapidement les lettres. Des factures, de la publicité, puis enfin une lettre à l'en-tête du Cégep de Rosemont. Elle entendit du bruit derrière elle et cacha la lettre sous le paquet. C'était Sylvie qui faisait sa curieuse. Marie saisit la belle occasion de se débarrasser d'elle : elle lui tendit le paquet de courrier en prenant soin de garder la lettre enfermée dans une circulaire annonçant une liquidation de vêtements.

— Tiens, va porter ça à la cuisine.

— C'est quoi, ça ?

— T'es pas encore assez grande pour porter ces choses-là.

— Je suis jamais assez grande pour rien. Quand est-ce qu'on va à la piscine ?

— Tout à l'heure.

— Depuis ce matin que tu dis « tout à l'heure ». C'est plate ici.

Marie soupira. Si l'été pouvait passer.

— Bon, va mettre ton maillot.

Sylvie entra en courant dans la maison. Depuis que les classes étaient terminées, Marie passait ses journées à s'occuper de sa sœur, et de Léon quand il ne partait pas avec ses amis. Félix était censé le surveiller, mais, depuis la querelle au sujet de l'inscription à l'université, il était de plus en plus souvent absent. Il partait à bicyclette pour des heures, il allait à la plage de la Pointe et se promenait un peu partout en ville. Il semblait chercher quelqu'un et Marie se demandait bien qui avait décroché son cœur. La seule personne à qui il se confiait était Louis qui venait plus souvent à la maison, du moins dès que son travail le lui permettait. Ils partaient tous les deux en auto et ne revenaient que tard dans la soirée.

Marie alla dans sa chambre et ouvrit la lettre en tremblant. Les premiers mots lui donnèrent envie de pleurer. « Nous avons le plaisir… » Elle était acceptée, elle pouvait commencer ses cours en septembre… Si ses parents signaient les papiers requis, s'ils acceptaient de payer les frais de scolarité, qui n'étaient pas plus élevés qu'au cégep près de Sainte-Victoire, mais surtout s'ils consentaient à voir leur fille vivre à Montréal. Elle devait attendre jusqu'au soir pour en avoir le cœur net.

La journée s'étira. Marie aurait aimé se confier, mais il n'y avait que les petites amies de Sylvie autour d'elle. Il n'était pas question qu'elle en parle à leurs mères commérant autour de la piscine municipale et échangeant des recettes de Jello. Elle pourrait en parler à Madeleine, mais celle-ci était toujours très occupée dans la journée. Elle pensa un moment à aller voir Jacinthe, elle savait que celle-ci passait beaucoup de temps avec son grand-père. Mais si Marie mettait les pieds à l'hospice, elle était certaine de tomber sur sa mère et c'était la dernière personne qu'elle voulait voir en ce moment. Et Félix qui n'était même pas là quand elle aurait eu besoin de lui !

La chaleur était infernale dans l'usine, malgré les grandes portes ouvertes et la ventilation à plein régime. Gaby n'était pas fâché d'entendre la sirène annonçant la fin de la journée de travail. Il s'essuya les mains avec sa guenille et décida de ne pas passer par les lavabos pour rentrer directement à la maison prendre une bonne douche. Avec cette canicule, elle serait la bienvenue. Même si les vacances approchaient, il les sentait encore bien loin et la fatigue le gagnait.

Il était préoccupé par la querelle entre Félix et Florence, et l'insistance de cette dernière. Il avait rêvé lui aussi de voir son fils médecin, mais il se résignait au choix de son aîné. Il ne pouvait, et ne voulait pas, vivre à sa place. Il ne voulait pas non plus le voir gâcher sa vie. Félix semblait si sûr de lui, de ses choix. Mais il était jeune, il avait le temps de changer d'idée.

Gaby gara la voiture dans l'allée asphaltée et regarda les bicyclettes appuyées sur le mur de brique du bungalow. Félix et Léon n'étaient pas encore rentrés. Sylvie accourait déjà de la cour arrière. Il la prit dans ses bras et frotta son nez sur le sien, un jeu d'enfant qui se continuait. Elle était encore toute mouillée de sa baignade. Elle grimaça.

— Oh! Tu pues! s'exclama-t-elle.

Il la chatouilla et elle repartit vers la cour en riant. Marie s'avança vers lui en ne sachant que faire de ses mains, les tortillant, les posant sur les hanches, à la taille, les laissant pendre le long de ses cuisses, les croisant. C'était mauvais signe. Quelle tuile lui tomberait-il encore sur la tête ? C'était ça, les enfants, des problèmes à régler les uns après les autres, des reproches à faire et des encouragements à distribuer. Et ça ne s'arrêtait jamais. Il regarda ses mains sales et se dit qu'il avait bien fait de ne pas passer aux lavabos, cela lui donnerait quelques minutes de répit avant d'affronter ces nouveaux problèmes.

— Je vais prendre une douche. Il fait trop chaud.

Marie ne dit rien, mais le suivit dans la maison. Elle restait collée derrière lui comme si sa vie en dépendait. Gaby se résigna à lui demander ce qui se passait. Elle lui répondit d'une voix mal assurée.

— J'ai reçu une bonne nouvelle.

— Ça va nous changer, pour une fois.

— Enfin, elle est bonne pour moi, mais...

Gaby s'arrêta devant la porte de la salle de bain et se tourna vers sa fille. Marie souriait, nerveuse.

— J'ai été acceptée au cégep en sciences... à Montréal.

— Pourquoi tu t'es pas inscrite au cégep ici, c'est à une demi-heure de route ?

— Ils ne donnent pas le programme en sciences pures. Je veux pas faire techniques infirmières, je veux avoir mon DEC pour... entrer en médecine à l'université. Surtout maintenant que Félix ne veut pas y aller, je me suis dit que je pourrais prendre sa place, enfin que vous auriez assez d'argent pour m'y envoyer... C'est long, je sais, mais c'est vraiment ce que je veux.

— Tu veux quoi ?

— Maman t'en a pas parlé ?

— Elle m'a dit que tu t'intéressais aux malades, que tu voulais devenir infirmière.

Gaby regarda sa fille avec douceur. Il avait tout compris.

— Mais tu veux devenir médecin, c'est ça ?

Marie acquiesça. Elle avait du mal à respirer, elle sentait que toute sa vie dépendait de cet instant. Ses doigts tremblaient et elle se dit que c'était mauvais signe. Un chirurgien dont les mains tremblaient pouvait tuer beaucoup de gens. Elle prit une grande respiration et ses doigts se calmèrent, mais pas les battements de son cœur.

Gaby la regarda et fut ému. Sa grande fille, sa fierté, voulait faire ce travail difficile et accaparant, passer sa vie auprès de la souffrance et de la mort. Était-ce l'influence de Florence ou de Félix? Peu importe, elle semblait y tenir tellement. Il lui sourit.

— Si tu sens que c'est vraiment ta place, alors vas-y. On se débrouillera. Je prendrai un autre travail s'il le faut, et une deuxième hypothèque. Tu auras terminé avant que ce soit le tour de Léon.

Madeleine avait raison, Gaby était son meilleur allié. Marie lui sauta au cou, tellement heureuse qu'elle ne trouva rien d'autre à dire que « merci ».

— Laisse-moi me laver, maintenant.

Le repas pris sur le patio était particulièrement joyeux. Florence était restée auprès de Maurice, et Gaby devait aller la chercher un peu plus tard. Il s'occupait des grillades en se disant que le problème des études de Marie n'en était pas vraiment un. Il était plutôt fier d'elle, de son intelligence et de son entêtement. Marie préparait les salades et les accompagnements en chantonnant. Avec son père comme allié, elle était certaine d'étudier à Montréal en septembre. Une pression immense venait de la quitter.

Félix était content pour sa sœur et il espérait que cela serait un baume pour leur mère. Après tout, elle aurait ce qu'elle voulait tellement, un médecin dans la famille. Et il serait libre de faire sa vie comme il l'entendait. Il désirait voyager, rencontrer d'autres civilisations, explorer les forêts vierges et les déserts. Il se sentait si à l'étroit dans sa petite ville. Les récits de Jacinthe n'avaient pas aidé. L'envie de partir était encore plus forte.

Même à Montréal, il avait réalisé qu'il voyait tout le temps les mêmes gens, empruntait les mêmes parcours, mangeait aux mêmes endroits. Même la baise et la bière du samedi soir étaient prévisibles. En fait, il n'avait qu'un seul problème, celui de savoir quel genre de travail lui permettrait de voyager autant et de vivre aussi librement.

Être médecin lui aurait ouvert les portes de l'aide internationale, mais les études étaient trop longues, le parcours trop balisé, l'aventure se résumant parfois à réussir à ne pas se faire tuer par des rebelles quels qu'ils soient ou à ne pas être pris en otage.

Léon ne comprenait pas pourquoi on fêtait le fait que sa sœur aille encore à l'école à son âge. C'était quoi, cette idée d'aller à l'université alors qu'on était si vieux ? Il y avait tellement de choses à faire en dehors de l'école, des choses drôlement plus intéressantes que de faire des devoirs et apprendre des leçons. Heureusement, il ne devrait pas aller à l'école si longtemps pour devenir joueur de hockey. Il jouerait avec les plus grands : Jean Béliveau, Henri Richard, Yvan Cournoyer. Dans son beau chandail rouge, il battrait les méchants Bruins une fois pour toutes. Et il porterait à bout de bras la coupe Stanley. Ses parents en pleureraient de joie. Et ça leur aurait coûté moins cher que des études de médecine.

Sylvie était simplement contente de voir enfin sa sœur de bonne humeur après un après-midi d'indifférence. Et puis elle pouvait coller Félix qui s'occupait d'elle en mettant les couverts. Il prenait même des nouvelles de ses Barbies.

Le soleil se couchait lentement. Gaby regarda ses enfants réunis autour de la table. Il se trouva chanceux. Il avait une belle famille. Il se leva pour aller chercher sa femme. Il caressa la tête de Marie en passant. Il tenait à l'encourager.

Même si elle se préparait à affronter sa mère à son retour, Marie était contente de ne pas être là lorsque Florence apprendrait la nouvelle. Gaby trouverait les mots pour calmer sa femme.

La santé de Maurice se détériorait rapidement. Il avait de plus en plus de difficulté à manger, le moindre effort pour ouvrir la bouche lui coûtait. Il ne rêvait que d'en finir avec cette vie qui n'en était plus une et de retrouver Angélina. Le problème était, se disait-il, qu'Angélina était probablement encore jeune là-haut et que lui était devenu un vieillard décrépit. Mais Dieu avait dû faire les choses au mieux. Maurice serait jeune de nouveau une fois rendu au paradis ou Angélina aurait vieilli aussi.

Il préférait la première version. Et il passait ses journées à imaginer sa rencontre avec la femme de sa vie qui serait désormais la femme de son éternité. Ils gambaderaient en se tenant la main dans les champs de fleurs, se baigneraient dans des ruisseaux paradisiaques, écouteraient les chants divins des oiseaux, s'embrasseraient longuement à l'ombre des arbres fruitiers.

Il retrouvait parfois le goût des lèvres d'Angélina sur les siennes et se disait qu'elle venait déjà le visiter pour l'inviter à passer de l'autre côté. Comme il avait hâte d'y être! Mais son corps s'acharnait à respirer. Il se demandait parfois qui était la femme qui essuyait sa bouche, caressait son front, puis il reconnaissait Florence et s'endormait de nouveau pour rêver de son paradis.

Épuisée, Florence entendit les pas de Gaby dans l'escalier. Il faisait chaud et Maurice respirait mal. Il restait un long moment en apnée, puis il prenait une grande goulée d'air comme un nageur qui refait surface. La fin était très proche. Devait-elle passer la nuit avec lui ? Les malades mouraient souvent à l'aube, comme s'ils étaient trop fatigués pour entreprendre une autre journée. Elle sortit de la chambre et alla à la rencontre de son mari. Elle ne voulait pas parler devant son père.

— Il ne passera pas la nuit.

— Ça fait trois jours que tu dis ça. Tu as besoin de repos, rentre à la maison. On va appeler une infirmière pour te remplacer.

Florence sortit sur le perron pour prendre un peu d'air. Gaby massa délicatement ses épaules et elle sourit, reconnaissante. La rébellion de Félix lui faisait encore mal. Gaby ne savait plus s'il devait attendre un peu pour lui parler de Marie. Attendre était courir le risque de passer pour un traître, de se faire accuser de lui avoir joué dans le dos. Il se décida finalement à lui présenter la chose comme une bonne nouvelle.

— Tu sais, il va y avoir un médecin dans la famille, après tout.

— C'est Marie qui fabule encore ?

— Elle est acceptée au cégep pour septembre.

— Acceptée ? Comment ça, acceptée ? Elle disait qu'elle ne voulait pas y aller pour devenir infirmière.

— Le cégep à Montréal, en sciences pures.

— Quoi ? En sciences !

— Les sacrifices qu'on était prêts à faire pour Félix, on les fera pour elle. Et peut-être que Félix, après un an de congé, changera d'idée et ira lui aussi à l'université. Je veux que tu arrêtes de t'inquiéter.

— Pourquoi elle ne m'a pas dit qu'elle s'était inscrite ? Elle nous ment depuis combien de temps ? Et l'envoyer à Montréal, toute seule, ça ne devrait pas m'inquiéter ?

— C'est plus comme dans notre temps. Les filles aujourd'hui font comme les garçons, elles travaillent, elles ont des professions.

— Et elles peuvent tomber enceintes.

— Ou prendre la pilule.

— C'est toi qui dis ça, son père ?

Gaby se demandait pourquoi Florence avait si peur pour leur fille aînée, pourquoi elle ne lui faisait pas confiance. Marie était fonceuse, presque brutale parfois, mais Gaby était certain que sa fille avait des talents immenses.

— Je veux le bonheur de mes enfants. Et je ne veux pas les étouffer comme ma mère l'a fait avec mes frères pis moi. Je suis certain que c'est pas ce que tu veux non plus. Pour l'argent, on va s'arranger.

Florence savait qu'il avait raison. Elle n'en voulait pas à Marie de vouloir aller à l'université. Au contraire. Elle aimait cette audace. Ça ne l'empêchait pas d'avoir peur pour elle, d'avoir peur pour ses propres émotions. C'était bien beau des études, mais un jour, un homme lui arracherait le cœur. Peut-être aussi que les sciences lui serviraient de bouclier. Comment savoir ? Pas en la protégeant comme Julienne.

— Papa m'a dit qu'il me laissait la maison. Avec l'argent de la vente, on pourra envoyer les enfants à l'université.

— Alors, il n'y a plus de problème.

— Tu sais, il raconte n'importe quoi parfois. Il n'a peut-être rien changé de son testament et tout sera divisé entre ses trois enfants. Ce qui serait le plus logique.

— Peu importe. On va laisser partir Marie… et Félix. C'est le plus beau cadeau qu'on peut leur faire.

La voix de Gaby se cassa un peu à ces mots. Il les prononçait sans gaieté de cœur. Il ne voulait pas voir partir ses enfants, mais il les voulait épanouis, même si pour y arriver, ils devaient être loin de lui. Florence passa son bras autour de sa taille et se blottit contre lui.

Après un moment de silence, elle remonta voir Maurice pour lui annoncer qu'une infirmière viendrait lui tenir compagnie pour la nuit. Elle toucha son front qui était frais. Il semblait ne plus respirer. Elle prit son pouls et ne sentit aucun battement.

Mais cela faisait déjà quelque temps qu'elle avait de la difficulté à trouver son pouls trop faible. Elle se pencha pour sentir son souffle. Rien. Était-il en apnée? Elle prit un miroir et le plaça sous son nez. Encore rien. Elle lui prit la main.

Gaby attendait sur le perron et commençait à trouver que Florence tardait à redescendre. Il monta lentement à la chambre de Maurice. Il entendait Florence parler de Marie, de Félix, de tours de bicyclette avec les enfants assis dans le grand panier avant, de promenades sur la plage alors que les petits marchaient à peine, tenant la main de leur grand-père pour rester debout sur leurs petites jambes.

Gaby osait à peine avancer. De l'embrasure de la porte, il vit Florence assise sur le bord du lit en grande conversation, la main de Maurice dans la sienne. Elle se tourna vers lui. Elle pleurait. Il s'approcha d'elle et la serra dans ses bras.

Un courant électrique était passé dans la maison, animant ses habitants. L'annonce de la mort de Maurice avait bousculé la routine de tout le monde. Félix épaulait sa mère pour régler les détails des funérailles. Il ne savait pas trop ce qu'il devait faire sinon être à ses côtés un peu comme un garde du corps. Même si les obsèques avaient été planifiées depuis longtemps, même si la mort de Maurice était attendue, un climat d'étonnement régnait. C'était finalement arrivé, vraiment?

Marie avait mis ses contestations de côté. Elle n'avait pas osé demander à son père s'il avait parlé de son entrée au collège. Même Sylvie avait compris que le temps était au silence et elle allait volontiers chez ses petites amies pour quitter le climat de monastère de la maison. Léon essayait de se montrer utile, attentif aux demandes des autres, de sa mère surtout. Gaby réalisa qu'il n'avait pas grand-chose à faire d'autre que de passer ses soirées au salon funéraire à serrer des mains d'un air compassé.

La plus éprouvée était Florence. Elle s'était attendue quotidiennement à cette mort, elle l'avait même appelée parfois quand elle voyait son père souffrir. Mais elle ne pouvait lutter contre ce sentiment de vide, de dépossession. Elle ne servait plus à rien. Fini la routine de passer soigner son père après ses heures de travail. Fini le silence de la maison si familière. Fini le vieux poêle où elle faisait réchauffer la soupe. Fini le lieu chargé de souvenirs d'enfance.

Elle avait téléphoné à ses frères le soir même. Denis avait promis d'arriver le lendemain en fin de journée, le temps de mettre ses affaires dans les mains de son homme de confiance. Il se chargeait d'appeler ses fils pour leur annoncer la nouvelle, mais il ne parla pas de Laurette. Florence non plus.

Florence avait réussi à parler à Roger avant qu'il ne parte travailler de nuit. Il débarqua le lendemain matin avec ses valises, décidé à rester dans la petite maison de bois peint. Lucie le rejoindrait dans la soirée.

Roger n'avait pas vécu dans cette maison depuis plus de vingt ans. Les choses n'avaient pas vraiment changé, à part le mobilier du salon et les matelas. Il monta ses valises et reprit sa chambre. Elle lui parut plus petite que dans ses souvenirs avec simplement un lit étroit, une petite chaise et une commode. En déposant les deux valises par terre, il n'y avait plus d'espace pour ouvrir les tiroirs de la commode. Il eut envie de prendre l'ancienne chambre de Florence, plus grande, mais il savait que Denis la prendrait, avec ou sans son accord. Il décida de fuir la querelle. Ce n'était pas le moment.

Il avait quelques heures devant lui et il en profita pour passer en revue les objets de valeur qu'il pourrait s'approprier. Il trouva peu de choses, pour ne pas dire rien. De la vaisselle dépareillée, une coutellerie usée, des photos de gens qu'il ne reconnaissait pas. Il n'y avait rien à faire de tout ça. Et la quête de ses reconnaissances de dettes demeurait infructueuse.

Florence avait si peu confiance en lui qu'elle demanda aux enfants de passer régulièrement le surveiller.

Félix s'y rendit à bicyclette dans la journée. Jacinthe le vit arriver et traversa la rue, heureuse de pouvoir lui parler. Elle lui offrit ses condoléances et l'embrassa sur les joues en rougissant.

Elle lui proposa son aide. Félix était content de la voir. Il chuchota devant la maison :

— Peux-tu jeter un coup d'œil à la maison, surtout à mon oncle Roger ? Il a parfois les doigts longs.

— Je t'appelle si je le vois sortir avec les meubles.

Félix sourit. Jacinthe avait à peine quinze ans, mais elle avait une lumière dans les yeux, une intelligence qui lui plaisait. C'était toujours intéressant de parler avec elle.

Roger était tout heureux de cette visite. Pas de celle de Félix bien sûr. Ce grand et beau garçon le laissait plutôt indifférent, un peu jaloux aussi. S'il avait eu une gueule comme ça à son âge, il aurait fait des ravages parmi les filles de Sainte-Victoire. Ce qui lui plaisait était la visite de Jacinthe, une jolie fille au regard ardent, hélas un peu grande pour son âge.

Sous prétexte de la remercier lorsqu'elle lui présenta ses condoléances, il la serra contre lui, enfouit son nez dans son cou et caressa son dos jusqu'aux fesses. Jacinthe comprit rapidement et se dégagea d'un mouvement habile des hanches. Un vieux « mononcle cochon » ! Chaque famille semblait en posséder un, sauf la sienne. Elle avait quand même eu droit à la « matante folle ».

Félix se promenait dans toute la maison en photographiant mentalement l'emplacement des choses. Il repéra la montre de son grand-père sur le buffet de la salle à manger. Une vieille montre de gousset dont le motif floral gravé sur le métal avait été rendu lisse par les nombreuses années d'usage. Elle avait surtout une valeur sentimentale, mais Félix eut peur de la voir finir chez un prêteur sur gages pour quelques dollars et il la mit dans sa poche. Il était venu surveiller l'oncle voleur et il se servait lui-même. Mais ce n'était pas un vol, puisqu'il en parlerait à sa mère. La succession déciderait à qui irait cet objet.

Jacinthe le rejoignit rapidement, elle ne voulait pas rester en tête-à-tête avec Roger.

– C'est vrai qu'il a les mains baladeuses, mais c'est pas pour voler, c'est pour tripoter. Je devrais lui envoyer Réjane pour le surveiller, il en ferait des boutons. Pauvre grand-mère, elle pleure depuis hier soir. On ne sait plus quoi faire pour la consoler.

– Elle était très proche de Maurice.

– Je pense qu'elle en a toujours été amoureuse. En secret, bien sûr.

– Tu te rends compte, passer toute sa vie auprès de quelqu'un et ne pas lui avouer ses sentiments. Comment elle a fait?

Jacinthe baissa la tête. Elle avait peut-être fait comme elle, paralysée au moindre mot qui dévoilerait ses émotions.

Denis arriva le soir même. Il avait averti ses fournisseurs, son comptable, il avait planifié les jours à venir et confié la surveillance des distributrices à son bras droit qui lui avait offert à plusieurs reprises ses condoléances. Le jeune homme était nerveux et fier de ses nouvelles responsabilités. Il avait assuré son patron qu'il pouvait partir tranquille.

Denis entra dans la vieille maison et fut étonné de voir que rien n'avait bougé. Son père avait tout laissé en place comme si le changement était devenu inutile en vivant seul ou qu'il n'en avait pas les moyens. Denis repensa à la maison qu'il se faisait construire à Lévis, un mini-château à la hauteur de ses succès financiers. Avoir su que son père manquait d'argent à ce point, il aurait tout fait rénover à ses frais. La maison sentait le renfermé, les médicaments, la poussière.

Denis trouva son frère Roger assis au salon à boire une bière et à regarder la télévision. Ils se saluèrent.

— Ta femme est pas là ?

— Non, elle arrive par l'autobus de dix heures.

Denis ne savait déjà plus quoi dire. Il monta l'escalier pour installer ses bagages dans une chambre. Il nota que Roger lui avait laissé la grande chambre. Il redescendit.

— Pourquoi t'as pris ta chambre ? Tu vas être serré dans le petit lit avec Lucie.

Roger le regarda, surpris. Il ne savait quoi répondre même s'il avait envie de lui dire qu'il lui avait laissé la grande chambre pour éviter de se la faire voler. Denis se racla la gorge. Il attendait un mot de Roger qui restait muet.

— Change tes affaires de place. Tu vas être plus à l'aise dans la grande chambre. Pis elle est plus éloignée de celle de papa. Lucie va avoir moins peur.

Roger n'en revenait pas. Son frère se préoccupait même de Lucie et il se souvenait qu'elle avait peur des morts. Il se leva et se dépêcha de transporter ses bagages dans l'autre chambre avant que son frère ne change d'idée.

Denis appela sa sœur pour lui donner rendez-vous le lendemain matin et lui dire qu'il passerait la chercher. Il laissa son auto stationnée devant la vieille maison familiale et alla manger au restaurant en marchant.

Après tant d'années, le centre-ville de Sainte-Victoire avait à peine changé. Les enseignes s'étaient modernisées, les petits magasins étaient devenus des boutiques, la banque logeait dans un édifice moderne tout en briques ressemblant à un coffre-fort, le bureau de poste de style victorien avait été démoli pour faire place à un bunker gris et lisse comme on en voyait dans les grandes villes. Sainte-Victoire n'avait pas embelli pour autant. Sa modernité avait des touches monotones de béton et de briques.

Denis entra chez Lambert. Le restaurant n'avait pas changé malgré le papier peint aux couleurs vives et les tables en Formica orangé. La serveuse qui s'approcha de lui mâchait de la gomme. Denis avait l'impression de revenir dans le temps. Il repensa à Laurette, à sa famille de durs à cuire. Il n'avait vraiment pas envie de les rencontrer. En fait, il n'y avait personne qu'il avait envie de revoir à part sa sœur et ses neveux et nièces. Et encore, quelques heures suffiraient. Sa vie était ailleurs. Revoir d'où elle était partie ne l'amusait pas du tout. Il prenait conscience qu'il était sorti d'un trou. Et il comprit pourquoi il n'y était jamais revenu. Il avait peur de la contagion de la misère, de la petitesse.

Denis se levait très tôt. Roger, habitué à travailler de nuit, se couchait au matin alors que Lucie se levait pour aller travailler. Tous ces horaires se bousculaient dans la petite maison de bois rouge. Lucie prépara le petit-déjeuner et elle mangea en tête-à-tête avec Denis. Elle demandait comment allaient ses enfants, il prenait des nouvelles de sa vie à Montréal avec Roger. Ils appréciaient tous les deux la tranquillité de la maison, la conversation familière sans grief. Puis les marches craquèrent sous le poids de Roger qui descendait encore embrumé de sommeil. Denis se leva.

— Je vais chercher Florence. Je te prends en revenant.

— Je peux y aller à pied, c'est pas loin.

— À la vitesse où tu vas, t'arriveras pas pour midi. Je te prends dans trente minutes.

Roger avait envie de répondre « oui, sergent », mais il se contenta de hocher la tête. Et les ordres ne faisaient que commencer. Vivement l'enterrement qu'il retourne à Montréal.

Denis salua Gaby et les enfants. Florence connaissait la ponctualité de son frère et elle était déjà prête. Après avoir pris Roger, qui terminait de se raser à leur arrivée, ils rencontrèrent le directeur du salon funéraire. Maurice avait choisi un des cercueils les moins chers et Denis protesta.

– Mon père sera pas enterré dans une vulgaire boîte de bois. Pas question.

Florence tenta d'expliquer la décision de leur père. Il ne voyait pas l'importance de mettre son argent là-dedans, il préférait le laisser à sa famille. Denis la fit taire d'un regard.

– Je vais payer moi-même la différence de prix. Et la même chose pour la pierre tombale.

Le directeur funéraire fit un grand effort pour ne pas sourire. Il sortit un catalogue de faire-part, de cartes de condoléances avec photos bordées de noir et lettres argentées. Florence laissa son frère aîné s'occuper de tout cela. Il voulait tout payer, tout contrôler. Eh bien, qu'il le fasse !

Le salon funéraire ne désemplit pas de la soirée. De la famille éloignée, des petits-cousins et arrière-petits-cousins vinrent des campagnes reculées. L'annonce de la mort de Maurice à la radio avait amené tous ces gens que Florence connaissait à peine et parfois pas du tout.

Le salon bourdonnait de paroles échangées, de retrouvailles, de sourires retenus. Il était étrange de voir ces gens âgés, tout ridés, raconter des souvenirs d'enfance avec une lumière dans les yeux. Ils prenaient souvent Florence ou Denis à part pour leur dire « tu te souviens quand... »

Mais les enfants de Maurice ne savaient pas de quoi ils parlaient. Leur père avait été un symbole de stabilité, d'immobilisme même. Ils trouvaient étrange d'entendre des souvenirs de gamin faisant des mauvais coups à la ferme, de voleur de pommes, de destructeur de tarte.

Florence demanda plus de détails sur cette dernière anecdote. Maurice devait avoir une dizaine d'années. La famille était nombreuse et la mère cuisinait le samedi les tartes de la semaine, deux douzaines environ. Elle les avait mises à refroidir sur les marches de l'escalier menant au grenier, qui ne servait à peu près jamais. Mais Maurice avait fait un mauvais coup à un de ses cousins qui le poursuivait pour lui rendre la pareille. Il était monté au grenier par l'autre escalier et était redescendu dans la cuisine en courant, emportant avec lui plus de la moitié des tartes. Sa mère lui avait lavé les oreilles au savon noir.

Florence écouta le récit en souriant. Elle essayait d'imaginer son père en enfant de dix ans, sans pipe, sans casquette de tweed. Plusieurs personnes rirent à ce souvenir. Florence avait l'impression d'assister à une sorte de noce en noir.

Les seuls moments de tranquillité avaient lieu le matin. Gaby partait pour l'usine et Florence, en congé, promenait son âme en peine dans la maison, écoutant ses bruits familiers, admirant les pelouses avoisinantes une tasse de café à la main. Ce vide momentané la calmait. Elle se sentait déconnectée de tout, les funérailles, l'enterrement à venir. Tout lui semblait irréel. L'image du petit garçon les pieds dans les tartes lui revenait. Pourquoi n'avait-elle jamais essayé d'imaginer son père jeune, taquin, malicieux? Il avait toujours été vieux pour elle, comme s'il était né avec une pipe et une casquette. Serait-elle toujours vieille pour ses enfants? Probablement.

Les enfants se levaient tard et préparaient eux-mêmes leur petit-déjeuner. Ce matin-là, ils étaient tous dans la cuisine à se passer de main en main la confiture, le beurre d'arachide, le jus d'orange. Leur mère était descendue faire une brassée de lavage au sous-sol. Leurs têtes se tournèrent en même temps vers la grosse cylindrée décapotable qui ralentit puis s'arrêta devant la porte de la maison.

Le conducteur avait les cheveux gominés et une fine moustache noire comme un séducteur de film muet. Il portait un complet sombre et des verres fumés. La femme qui l'accompagnait portait une robe noire à fines bretelles et de grosses lunettes de soleil. Ses cheveux étaient cachés par un grand foulard à motifs rouge vif.

Elle vérifia l'adresse sur le bout de papier qu'elle tenait dans ses mains gantées de dentelle noire. L'homme s'empressa de descendre de l'auto pour en faire le tour et lui ouvrir la portière. Il était beaucoup plus petit que sa compagne, juchée sur de hauts talons.

Marie ne put s'empêcher de rire, puis elle reconnut la femme.

– Mais… c'est matante Laurette!

Sylvie courut vers la porte menant au sous-sol et cria à sa mère que «matante Laurette» était là. Florence avait les bras chargés de draps. Elle les fourra dans la laveuse et se retourna pour monter. Elle se ravisa et mit la machine en marche. Elle replaça machinalement ses cheveux en remontant l'escalier. Laurette avait osé venir malgré tout.

Marie essayait de mettre rapidement un peu d'ordre dans la cuisine. Elle fit signe à Sylvie d'aller s'habiller, mais la petite protesta.

– Je veux la voir.

– Tu es en pyjama.

– Et toi en jaquette.

– C'est une robe d'intérieur, tu sauras.

La sonnette de la porte retentit et les fit taire. Félix alla ouvrir, il avait eu tout juste le temps d'enfiler un t-shirt sur ses shorts. Il reçut deux gros baisers qui laissèrent des traces rouges sur ses joues. Léon, qui se tenait à ses côtés, eut droit au même traitement, ce qui le mit en joie. Il donna ensuite une solide poignée de main à l'homme pour montrer qu'il n'était plus un gamin. Florence arriva, suivie de ses deux filles. Ce furent les embrassades et les présentations.

Marie trouvait Louis Georges amusant avec sa moustache cirée. Il ressemblait à une caricature, mais il n'avait rien d'un comique, il était plutôt d'un charme vieillot rempli de politesse et de courtoisie. Voulant laisser les deux femmes seules, il demanda aux enfants de lui faire visiter la cour. Florence leur fit signe de sortir et les quatre se résignèrent à aller sur le patio. Louis Georges se montra curieux de tout, du barbecue, du carré de sable transformé en foyer, des balançoires, de l'essence des arbres. Il regarda Marie et lui montra un bout de terrain près de la maison.

— Ce serait un endroit idéal pour un jardin d'herbes.

— De l'herbe, il y en a partout.

Louis Georges sourit et lui prit la main qu'il tapota doucement.

— C'est vrai qu'on ne fait pas beaucoup ça au Québec. Il faut me pardonner, je viens du sud de la France. Je parlais d'un jardin de fines herbes. Du thym, du romarin, de l'estragon, du basilic ou de la simple ciboulette.

Il prodigua ses conseils de jardinier à Marie qui l'écoutait. Elle était fascinée par le ton de sa voix, la tournure chantante de ses mots, la façon qu'il avait de lui faire sentir les odeurs de ces plantes qu'elle ne connaissait pas, de lui montrer la lumière d'une région digne d'une carte postale. Des herbes! Quelle bonne idée!

Florence trouvait Laurette tout simplement resplendissante. Elle ne l'avait pas revue depuis des années, depuis son divorce en fait. Sa belle-sœur avait conservé sa taille fine, mise en valeur par sa robe ajustée, son regard était calme et serein, ses cheveux libérés du foulard étaient souples, couleur caramel. C'était une autre femme que celle que Florence avait vue quelques semaines avant son procès. Elle avait alors les yeux cernés, les joues creusées, les ongles rongés par les batailles quotidiennes avec Denis et ses avocats.

La guerre entre eux avait duré des années. Dès que les enfants partaient pour l'école, les attaques verbales commençaient. Denis la traitait avec mépris, l'accusant d'être une traînée et une femme de rien, parfois même devant les clients. Depuis que la vieille dame à la réglisse était morte, il n'avait plus personne pour surveiller sa femme et il sentait qu'il perdait le contrôle.

Laurette se vengeait en flirtant avec le premier venu, en portant des robes décolletées ou en ouvrant un bouton de plus à son chemisier pour le plus grand plaisir des clients. Son mari voulait être jaloux? Elle était décidée à lui en donner pour son argent! La guerre des nerfs les usait tous les deux et personne ne voulait s'avouer vaincu. Toute discussion était impossible. Cela avait duré des mois et des mois.

La haine devenait si palpable que même les clients ne s'amu-saient plus de la situation et délaissaient le commerce. Denis voyait son chiffre d'affaires baisser, sa femme le détester toujours plus et ses enfants l'éviter. Son comptable et ami lui avait alors proposé de mettre ses avoirs et son énergie ailleurs et de quitter le commerce de détail. Denis avait vendu son restaurant épicerie pour acheter des machines distributrices. Fini les clients qui arrivaient au petit matin pour boire leur café, ou qui achetaient des sandwichs le midi en lorgnant les seins de sa femme.

Denis avait déménagé sa famille dans une petite maison en dehors de la ville, une fermette loin des regards. Il partait toute la journée faire le tour de ses machines distributrices. Il les remplis-sait de sandwichs, de gâteaux, de friandises, de boissons gazeuses et de café. Il les réparait et il trouvait de nouveaux endroits où les implanter : école, hôpital, centre sportif. Il ne voulait même plus faire travailler Laurette. Une femme et sa fille faisaient pour lui des sandwichs qu'il allait porter dans ses machines tôt le matin.

Il était tout le temps occupé, passant ses soirées à rouler les pièces de monnaie qu'il avait récoltées durant sa tournée. Les enfants l'aidaient parfois dans cette tâche. C'était presque le seul moment qu'il passait avec eux, assis à la table de la cuisine, s'informant de leur travail à l'école tout en surveillant le compte exact des rouleaux de monnaie.

Laurette ne le voyait plus et ne s'en plaignait pas. Elle se cou-chait tard, au moment où il dormait profondément. Il se levait à l'aube pour son travail. Elle préférait cette situation, mais elle s'ennuyait à mourir, seule au bout du rang. Dès que les enfants partaient pour l'école, elle marchait jusqu'à la ferme du voisin. Denis avait refusé qu'elle passe son permis de conduire. Elle n'avait pas besoin de ça, puisqu'ils avaient une seule auto et qu'il en avait besoin tout le temps.

La voisine allait souvent à Québec visiter sa sœur malade et elle amenait Laurette. Celle-ci marchait dans la vieille ville et jouait les touristes quelques heures pour se divertir un peu. C'est là qu'elle avait rencontré Louis Georges et que sa vie avait complètement changé. Il était attentionné, délicat, sensible. Il frôlait son corps, le caressait, le vénérait. Laurette n'avait jamais rien vécu de pareil. Si elle avait apprécié la passion brute plus jeune avec Denis, elle aimait maintenant la passion douce. Ce petit homme s'avérait être un grand amant. Après quelques semaines d'amour effréné, Louis Georges était venu la chercher avec ses maigres affaires et ils avaient fui à Montréal. Ils voulaient repartir à neuf tous les deux, faire table rase de leur passé.

Florence se sentait mal à l'aise dans sa vieille robe d'intérieur. Sa belle-sœur était si élégante dans sa robe noire. Laurette avait enlevé ses gants de dentelle, dévoilant des ongles rouge vif et elle jouait maintenant avec eux.

— Il sera enterré demain, c'est ça? Je n'ai pas beaucoup connu Maurice, mais il n'a jamais été injuste avec moi.

— Mais il a toujours pris le parti de son fils.

— Ça se comprend, c'est son fils.

— Tu as des nouvelles de Roland et de Marcel?

— Ils viennent souvent me voir. Je leur parle presque tous les jours au téléphone. Roland vit avec sa petite amie depuis quelques mois. Marcel passe beaucoup de temps à New York, il enseigne la danse maintenant. Il ramène des gens un peu bizarres, mais ils sont tous très gentils.

— Ils ont dû croire que tu les avais abandonnés.

— Non, même tout jeunes, ils savaient ce qui se passait. Ils n'étaient pourtant que des enfants. Je leur avais dit que je partais avec Louis Georges, que la vie n'était plus possible avec leur père. Ils ont compris et m'ont simplement demandé de venir les voir de temps en temps. Ils étaient trop matures pour leur âge. J'aurais dû partir plus tôt, ils auraient eu une enfance.

— Ils en ont eu une, avec leur mère.

Laurette sourit, elle était fière de ses fils.

– Ils m'ont promis d'être là demain pour l'enterrement. Je ne peux pas y aller, tu comprends ?

Florence lui prit la main et la serra pour toute réponse.

Quand il avait retrouvé la trace de sa femme et de son amant, Denis leur avait rendu visite tard le soir. Louis Georges avait essayé de discuter comme on le fait entre gens civilisés, mais Denis l'avait repoussé comme un fétu de paille. Louis Georges avait atterri sur le tapis du salon. Laurette avait vite compris que son tour arrivait. Elle avait couru à la cuisine où elle avait pris un grand couteau qu'elle avait brandi devant elle à deux mains. Denis avait crié, elle avait hurlé et les voisins avaient appelé la police.

Laurette n'avait même pas cherché à se défendre en cour. Elle voulait simplement que tout s'arrête. Une interdiction légale la menaçait de prison si elle se trouvait sur la route de son mari. Denis avait obtenu sans peine une séparation légale, le divorce n'existant pas encore à cette époque. Il avait aussi eu la garde des enfants. Comme ils étaient déjà adolescents, Roland et Marcel avaient fait de nombreuses fugues pour voir leur mère. Denis avait fini par jouer les aveugles quand ses fils partaient pour tout un week-end sans donner de nouvelles. À leur majorité, ils avaient déménagé à Montréal pour vivre près de Laurette, mais ils allaient régulièrement visiter leur père. Les deux garçons maintenaient une cloison étanche entre leurs parents et ne parlaient jamais de l'un à l'autre.

– Je suis contente que tu sois venue. Tu sais que tu es toujours la bienvenue ici.

– Je sais, Florence. Je te remercie.

Roland cherchait un veston dans la garde-robe. En fait, il savait qu'il n'en avait qu'un, démodé. Il n'en portait jamais et celui qu'il avait gardé était pour les urgences. Enterrer son grand-père était probablement classé comme une urgence. Mais un veston de tweed en été était une interdiction.

— J'en ai un en lin, si tu veux.

Roland sursauta. Son frère Marcel aimait beaucoup lui faire ce genre de surprise. Il avait le don d'être silencieux. Il marchait avec la souplesse d'un guépard.

— Comment t'es entré ?

— Ta blonde m'a ouvert la porte de la cuisine avant de se glisser sous la douche. Je suis pas allé la reconduire, je te le jure.

Roland rit un peu, ça le détendit. Il savait bien que son frère ne lui volerait jamais sa petite amie. Il le regarda : Marcel était vêtu d'un pantalon beige serré et d'une chemise à fleurs déboutonnée jusqu'au sternum.

— Tu penses aller à l'enterrement comme ça.

— Arrête de me prendre pour un idiot. Tu sais que je suis plus intelligent que toi.

— Tout de même, la chemise à fleurs.

— Il fait chaud au cas où tu ne le saurais pas. Je vais mettre mon habit juste avant de prendre la route.

Roland sortit son unique veston et le regarda. Il ne pouvait pas porter ça.

— C'est quoi ton veston de lin?

— En fait, le veston de lin est beige. C'est pas très bon pour un enterrement. Mais j'en ai un marine, genre blazer. Je vais te le chercher.

Roland se dit qu'il devrait trouver autre chose. Il n'avait pas la même carrure que son frère. Il était devenu plus costaud depuis qu'il était monteur de ligne chez Hydro-Québec. Ses épaules avaient élargi. Il le sentait dans ses chemises. Marcel avait fait tout le contraire. Sa taille s'était affinée à enseigner la danse sociale. Le déhanchement sans doute.

Marcel habitait le logement du bas. Après quelques minutes, il était de retour avec trois vestons.

— J'en ai un que je trouve un peu grand pour moi. Il devrait te faire.

— Comment tu fais pour avoir autant de linge.

— Un bon jour, tu devrais venir passer une fin de semaine avec moi à New York. Tu trouves de tout pas cher. Si tu amènes ta blonde, prévois deux valises vides au départ. Elle va s'habiller comme une reine.

Roland sourit. Sa petite amie aimait magasiner avec son frère. Elle revenait toujours avec des vêtements qui lui allaient parfaitement. Il enfila le blazer marine. Il lui allait très bien même s'il était un peu serré aux épaules.

— Avec un pantalon gris foncé et une cravate sombre, ça fera l'affaire. C'est juste un enterrement. Personne nous connaît là à part notre père.

— C'est vrai que ça fait longtemps qu'on n'est pas allés les voir. Moi, je suis allé l'été passé voir tante Florence.

Roland le regarda, étonné.

— Pourquoi t'es allé la voir?

– Comme ça. J'avais envie de lui raconter mon voyage en Espagne avec le beau Miguel.

– Tu lui as parlé de Miguel? Ça va mettre papa en furie.

– Ben non, elle ne lui en a pas parlé, j'en suis certain. On a bien ri tous les deux. Le beau Miguel et sa famille castrante. On se cachait juste pour se voler un baiser à la sauvette. J'avais l'impression de jouer dans un mauvais film burlesque. Tu sais qu'il ne m'a jamais écrit. Juste une carte de Noël m'annonçant ses fiançailles avec une horreur constipée au nez d'aigle et aux cheveux de corbeau.

– C'est de moi que tu parles?

Marcel se retourna pour sourire à la blonde de son frère enveloppée dans une serviette.

– Mais non, ma chérie. Toi, tu es chanceuse de ne pas m'attirer sexuellement, sinon je t'aurais déjà enlevée à ce mâle en blazer.

– Alors, mâle en blazer, tu me laisses m'habiller? Ce serait ridicule d'arriver en retard à un enterrement.

Marcel sortit de la chambre.

– Je vais me changer. Je vous attends en bas dans quinze minutes.

Roland s'était approché de sa blonde.

– Dans vingt minutes. Je conduirai plus vite.

Roland enlevait déjà la serviette qui tomba par terre.

Ils étaient étendus sur le lit, le corps couvert de sueur, la tête dans les oreillers. Madeleine embrassa son amant sur la nuque. Il tourna la tête vers elle.

— Je ne veux pas. On en a déjà deux.

Madeleine lui caressa le dos. Elle avait décidé de le congédier en prétextant l'arrivée des vacances. Elle appelait ça le libérer pour qu'il puisse passer l'été en toute quiétude avec sa famille. Ce devait être sa dernière journée d'amour avec lui. Mais voilà que son amant était arrivé tendu et, avant même de l'embrasser comme il le faisait toujours, il avait parlé de sa femme, sujet tabou par excellence. Elle voulait un autre enfant, un troisième. Il n'en voulait pas. Il ne voulait plus d'elle non plus.

Madeleine avait essayé de le calmer en l'embrassant. Ils avaient fait l'amour, mais une ombre planait au-dessus d'eux. Et ils étaient maintenant figés dans les draps humides.

— Comprends-la, elle essaie de sauver votre mariage.

— Elle ne veut rien sauver du tout. Elle veut m'avoir à ses pieds. Comme si un autre enfant allait me menotter à elle. J'aurais dû me douter qu'elle était une poule pondeuse quand je l'ai rencontrée. Elle m'a tout de suite dit qu'elle voulait des enfants. Et moi, l'idiot, j'ai été flatté d'être choisi comme mâle reproducteur.

Madeleine ne savait pas comment lui dire qu'il devait retourner auprès de sa femme, qu'elle ne voulait plus être son amante.

En fait, ce n'était pas qu'elle ne voulait plus, c'est qu'elle se sentait à chaque fois glisser davantage vers un attachement dangereux. Son regard s'attarda le long de sa colonne vertébrale. Ses yeux s'arrêtèrent sur le haut de la fesse droite. Il avait une tache de naissance, dorée, toute petite. Elle était comme les nuages, on la voyait différemment selon l'éclairage. Madeleine avait envie de se pencher et de l'embrasser pour lui dire adieu.

Elle avait presque dix ans de plus que lui, elle ne lui offrirait jamais d'enfants et si leur liaison se savait à Sainte-Victoire, elle devrait probablement démissionner. Rien de bon ne pouvait sortir de leur union à long terme.

— Je ne veux plus être entre vous deux. Ta place est avec elle et les enfants.

Il se retourna sur le lit. Avait-il bien entendu ? Elle le congédiait. Ses propres sentiments n'avaient donc pas d'importance ? Il devait obéir à sa femme et à sa maîtresse. Mais il était quoi dans cette histoire, un mâle reproducteur, un étalon ?

— Tu ne veux plus de moi ?

Madeleine avait les larmes aux yeux et elle se tourna pour sortir du lit. Il la prit dans ses bras.

— Tu n'as pas le droit de me quitter. Je ferai tout ce que tu voudras. Je lui ferai même un enfant si tu le veux. Mais je ne peux pas me résigner à me passer de toi. Tu es ce que j'ai de mieux dans la vie, de plus libre, de plus vrai.

— Mais il y a tes enfants.

— Je ne serai pas un meilleur père parce que je ne fais plus l'amour avec toi. Au contraire. Si tu me quittes, je divorce.

Madeleine sourit, sa menace s'était retournée contre elle. Elle découvrait, pour son plus grand malheur, qu'elle était très attachée à cet homme marié. Il lui manquerait beaucoup.

— Et tu me fais du chantage.

— Je te fais tout ce que tu veux.

Il caressa ses seins et la ramena vers lui.

— On va être en retard.

— Ils attendront. Ce sera notre première fois.

Madeleine l'embrassa. Toutes ses bonnes résolutions venaient de s'évanouir.

Ernest essayait de nouer sa cravate devant le miroir de la chambre, mais il avait les doigts comme des boudins. Il détestait porter des vêtements de deuil. Cela lui rappelait son premier habit noir. Il avait huit ans et il enterrait ses parents. Alice vint lui porter secours. Ils entendaient tous les deux sangloter Réjane dans la chambre à côté. Alice chuchota.

– Je ne sais plus quoi faire, une vraie fontaine.

– Tu penses qu'elle en était vraiment amoureuse?

– Amoureuse ou non, c'est pas facile de voir partir un ami de longue date. Et elle n'a que quelques années de moins. Elle sait bien que son tour...

Alice ne put continuer, un sanglot s'étrangla dans sa gorge. Elle avait l'impression d'assister à une répétition. Le prochain enterrement serait celui de sa mère. Elle se retourna et Ernest remonta la fermeture éclair de sa robe.

– Et ton père aussi.

Alice frissonna.

– Tu veux aller le voir, c'est ça?

Ernest hésitait à parler. Cela faisait des jours que Jacinthe lui demandait d'aller au moins dire bonjour à son grand-père. Après tout, il était aussi le père d'Alice.

– C'est Jacinthe. Elle veut absolument que je le voie. Et je sais que tu ne veux même pas mentionner son nom... Je sais plus quoi faire. Ça ferait tellement plaisir à Jacinthe.

– Et toi... as-tu envie de le voir, de le connaître ?

– Pas vraiment. J'ai pas eu de père parce qu'il est mort. Mais s'il m'avait abandonné comme ça, je sais pas si j'aurais envie de lui pardonner. En même temps, je sais pas ce que j'aurais fait à sa place.

– Compare-toi pas à lui. Toi, tu as pris tes responsabilités, tu t'es occupé de moi, des enfants. Tu n'as jamais été aussi lâche...

Ernest embrassa Alice dans le cou.

– Je n'irai pas.

Alice sourit des paroles de son mari. S'aimer encore après toutes ces années, n'était-ce pas extraordinaire ? Elle avait eu beaucoup plus de chance que sa mère.

– Peut-être que Jacinthe a raison. La mort rôde autour de nous et on se chicane pour pas grand-chose. Pour un passé qu'on peut pas changer.

La porte de la chambre de Réjane s'ouvrit. Alice ouvrit la porte de la sienne pour rejoindre sa mère. Luc était déjà avec sa grand-mère et il l'aidait à descendre l'escalier. Ernest fut surpris de voir son fils en chemise blanche et cravate noire. Il était méconnaissable. Il se pencha vers Alice.

– Qu'est-ce qui lui arrive ? Il est bien sage tout d'un coup. Il est en amour ?

– Ça se peut. Qui, penses-tu, va certainement être là aujourd'hui ?

– Marie ? Non, pas Marie. Il va se faire planter pas à peu près. Ils sont pas faits pour être ensemble.

Alice se souvint de l'embarras de Florence qui ne savait pas comment refuser l'emploi de stagiaire qu'elle avait offert à Marie.

– Je sais, rien n'est assez beau pour elle. Elle a même réussi à virer de bord le fils de Turcotte. Elle est aussi bien d'aller se chercher un chum ailleurs. Il n'y a pas un gars assez extraordinaire pour elle ici.

Ils descendirent au salon rejoindre Réjane et Luc. Jacinthe les attendait habillée tout de noir. Alice trouvait qu'elle en faisait trop, mais elle se doutait que Félix lui plaisait. Ses yeux brillaient dès que son nom était prononcé et le rouge lui montait aux joues. Mais qu'avaient donc les aînés des Valois pour plaire autant ?

Une longue procession se mit en branle pour suivre le cor-
billard jusqu'à l'église tout près. Florence était heureuse qu'il y
ait autant de gens qui se soient souvenus de Maurice. Ses amis
étaient presque tous morts, mais leurs enfants étaient là en grand
nombre.

Réjane avait insisté pour dire adieu à Maurice en assistant à la
messe. Alice la soutenait. Quand le cercueil entra dans l'église,
Réjane pleura davantage et Alice la prit dans ses bras, la berçant
comme une enfant. Ernest était à ses côtés avec Luc et Jacinthe
qui cherchait Félix du regard. Luc eut peine à reconnaître Marie
avec sa robe noire et ses cheveux attachés qui la vieillissaient, lui
donnant des allures de veuve italienne.

Thérèse et Raymond étaient aussi présents. Ils se tenaient la
main et fixaient le cercueil. Thérèse se disait que les souffrances
de Maurice étaient enfin terminées. Pendant des mois, elle avait
fixé la fenêtre de sa chambre allumée tard dans la nuit. Elle l'imaginait à chaque fois en proie à de grandes souffrances. Puis elle se
consolait en se disant qu'il avait au moins évité toute mutilation.
Louis était assis à ses côtés. Il fit un petit signe de tête à Félix et à
Marie pour les encourager à passer à travers cette pénible journée.

Même Henri et Élise s'étaient déplacés. Henri avait eu une
attaque qui l'avait laissé à moitié paralysé et il ne sortait presque
plus. Ils avaient emménagé dans un immeuble avec ascenseur

et Élise s'occupait de tout, malgré son âge et son arthrite. Elle refusait d'être aidée, prétextant que ça lui permettait de ne pas s'ennuyer. Les funérailles étaient devenues leurs seules sorties, mais ils recevaient tous les dimanches la famille d'un de leurs enfants.

Madeleine allait les voir tous les jours et elle était à leurs côtés à l'église. Elle était particulièrement tendue ce jour-là et la mort de Maurice n'avait rien à y voir. Elle n'avait pas réussi à congédier son amant. Elle en arrivait à s'imaginer en amante vieillissante. Elle savait que la séparation viendrait un jour, c'était aussi inévitable que la mort. Mais chaque moment de bonheur volé repoussait justement la mort. Et elle n'avait plus la force de résister à ses sentiments.

Tous les frères de Gaby étaient là avec leurs femmes et leurs enfants. Julienne regarda le cercueil longuement. Elle avait l'âge de se dire que son tour serait sans doute le prochain. Elle avait parfois de fortes douleurs au bras gauche, mais elle refusait de voir un médecin. Elle n'avait besoin de personne pour lui dire qu'elle était vieille et qu'elle allait mourir. Maurice avait au moins eu la chance de faire ça chez lui, doucement, sans le va-et-vient d'inconnus qui vous lavaient, vous retournaient, vous nourrissaient, vous enveloppaient de draps sur un lit d'hôpital.

Florence fut surprise de voir Brigitte Dauphinais pour qui elle avait été tutrice pendant quelques mois. La petite fille était maintenant maman d'un petit garçon et enceinte de plusieurs mois. Elle était accompagnée de sa sœur Suzanne, la femme d'André Robidoux.

Leur frère Bertrand était aussi présent avec sa jeune femme. Il avait fait jaser récemment en épousant une jolie blonde de dix ans sa cadette. Il avait repris le magasin familial de chaussures au décès de ses parents et il prospérait comme son père l'avait fait. À la différence de celui-ci, Bertrand était resté longtemps célibataire, menant une vie de *playboy* sans perdre de vue les affaires.

Alfred et Adrienne Dauphinais avaient vécu en amoureux et ils étaient morts ensemble dans un accident de la route. Florence se disait que cette mort subite valait bien des agonies. Ils n'avaient pas eu le temps de vieillir, de voir leur santé et leurs forces les quitter et aucun d'eux n'avait eu à vivre un douloureux veuvage.

Rita était aussi à l'église, avec Arlette. Celle-ci portait une petite robe noire magnifique de simplicité qui lui allait comme une seconde peau. Elle venait tous les ans passer une semaine ou deux avec sa mère et offrir une robe du soir à Irène Turcotte. Même si Irène ne subventionnait plus Rita, celle-ci n'avait jamais oublié sa bienfaitrice et lui rapportait une tenue toute parisienne. En retour, Irène ne manquait jamais de visiter l'atelier de Rita quand elle allait à Paris et de lui acheter des vêtements.

À chacun de ses retours à Sainte-Victoire, Rita essayait de persuader sa mère de venir vivre en France avec elle et sa famille. Les petites grandissaient loin de leur grand-mère qui prenait de l'âge. La mort de Maurice avait sans doute secoué Arlette, car Florence avait remarqué une pancarte annonçant que la maison de la couturière était à vendre.

À la sortie de l'église, Florence, Denis et Roger reçurent les condoléances des gens. Une longue file de personnes à qui serrer la main, avec qui parler un peu du défunt, les paroles d'encouragement à écouter. Puis ils se dirigèrent vers le cimetière. Florence avait l'impression de marcher pareille à un automate, s'accrochant au bras de Gaby comme à une bouée. La mise en terre fut le moment le plus pénible.

Il faisait un soleil magnifique, les oiseaux chantaient dans les arbres et Florence ne pouvait pas croire que son père était dans cette boîte aux poignées chromées et au laquage impeccable. Elle cherchait à retrouver son visage, celui de l'époque où il était en bonne santé et elle n'y arrivait pas. Elle entendit Marie soupirer à ses côtés. Elle prit la main de sa fille, voulant lui donner du courage.

Marie ne savait plus quoi faire. Elle restait là, immobile, regardant son père qui fixait le cercueil qu'on descendait dans la terre. Elle aurait voulu pleurer, la disparation de Maurice la peinait, mais elle n'avait qu'une envie : quitter cette robe noire qui la faisait transpirer sous le soleil.

La cour du bungalow était remplie de monde. Félix ne reconnaissait plus l'endroit que des traiteurs engagés par Denis avaient transformé en décor hollywoodien avec de longues tables sous des tentes de toile blanche. Il ignorait l'identité de la moitié des gens qui lui offraient leurs condoléances. Il avait cependant reconnu ses deux cousins Roland et Marcel.

Ils se ressemblaient tellement tous les deux, tout le portait de Denis, du moins physiquement. Mais ils avaient hérité des yeux magnifiques de leur mère. Quand ils parlaient, leur voix était étonnamment douce et pondérée. Ils semblaient détachés de tout, même en mangeant un petit sandwich. Roland avait à son bras une jolie fille qui avait l'air un peu perdue parmi tous ces inconnus. Ils formaient un beau couple. Marcel regardait souvent autour de lui et semblait trouver tous ces gens particulièrement ennuyants. Ses yeux s'allumèrent seulement quand ils se posèrent sur Félix. Mais ce ne fut que pour un bref instant.

Et puis, il y avait la tante Lucie que Félix aimait bien. Elle s'approcha de lui dans sa robe noire très courte. Elle avait remonté ses cheveux comme Marie et portait de lourds bijoux de pacotille. Elle avait beau avoir la quarantaine, elle s'habillait et se comportait comme une petite fille. Elle n'avait pas la classe de Laurette, ni un Français à ses côtés pour l'inciter au bon goût, mais elle était touchante dans sa tentative de plaire.

Félix trouvait étrange que Lucie dessine encore ses sourcils au crayon et porte du rouge à lèvres écarlate comme c'était la mode à une autre époque. Elle s'approcha de lui. Elle venait de filer son bas et semblait désemparée. Félix lui offrit son bras comme un gentleman d'un autre âge et la conduisit vers Marie qui se tenait avec Louis et Jacinthe près de la remise de jardin.

— Tante Lucie aurait besoin d'une paire de collants. Tu dois en avoir à lui prêter.

Marie regarda son frère avec étonnement.

— Ils seront probablement trop longs.

Félix lui fit les gros yeux et Marie, tout sourire, prit le bras de Lucie comme son frère l'avait fait.

— Venez, j'en ai plusieurs paires, mais la plupart sont de couleur.

Lucie la suivit dans sa chambre avec ravissement. Elle admira la décoration qu'elle trouva très… bleue. Marie avait tout choisi dans les teintes de bleu, du plus pâle au plus sombre pour créer un étrange univers entre le ciel, la mer et la nuit étoilée. Selon l'éclairage venant de la fenêtre le jour ou des lampes la nuit, l'atmosphère changeait complètement, passant de la mer tranquille des vacances à la nuit tropicale mystérieuse. La seule note discordante était un poster des Beatles derrière la porte. Lucie réalisa qu'il faisait face à la tête du lit quand la porte était fermée.

Marie fouilla dans ses tiroirs et trouva tout au fond une paire de bas transparents oubliés depuis longtemps. Lucie remonta sa jupe et enleva ses collants. Elle ne portait pas de petite culotte et Marie put voir qu'elle se rasait le pubis.

— Pourquoi vous faites ça?

— Quoi?… Ah! ça? Les jeunes filles plaisent toujours plus que les vieilles.

Marie eut envie de la corriger et de parler plutôt de petite fille. Pourquoi voulait-elle passer pour une enfant devant un homme avec qui elle vivait depuis vingt ans?

— Mais vous êtes mariée depuis longtemps.

— Justement. Il ne m'a jamais trompée, sauf en pensée peut-être.

— Pour penser, il devait penser. Il tripotait toutes mes amies quand j'étais petite, tellement qu'on le fuyait quand on le voyait arriver.

Lucie s'immobilisa, les bas à la main.

— Et tu n'as rien dit?

— C'était pas méchant, il posait une main sur une fesse et s'arrêtait là, pétrifié. C'était plutôt ridicule. S'il avait essayé d'aller plus loin, il aurait connu les poings de mon père. Et ma mère lui aurait probablement arraché les yeux.

Marie riait en racontant ça, imaginant son oncle se faisant tabasser par ses parents. Mais Lucie semblait plutôt angoissée, enfilant les bas sans quitter des yeux ses souliers sur le plancher. Roger s'était assagi depuis quelques années, mais elle savait bien que le loup, même vieux et édenté, ne perd pas l'envie de la chair fraîche. Lucie mit ses souliers et remercia rapidement Marie avant de partir à la recherche de son mari.

Le terrain n'était pas si grand que cela et elle ne voyait Roger nulle part. Elle se déplaçait entre les petits groupes, essayant de ne pas avoir l'air désemparée. Les gens la saluaient et elle leur répondait à peine, s'excusant d'être pressée. Elle rentra finalement dans la maison.

Toutes les portes des chambres étaient ouvertes et il y avait beaucoup de gens qui circulaient un peu partout. Lucie descendit finalement au sous-sol et découvrit Roger assis sur un fauteuil gonflable. Sylvie chantait accompagnée par la musique pop de la radio, une lampe de poche lui servant de micro. Roger avait un sourire béat accroché au visage. Lucie s'assit à ses côtés et lui prit la main. Le visage de Roger s'assombrit un instant. Puis il lui sourit.

— T'es toujours là au bon moment.

— Il faut bien que je te sauve de toi-même et de tes démons.

Il se pencha sur la main de sa femme et l'embrassa.

– Je sais pas ce que je ferais sans toi.

– Des bêtises.

– Je t'aime, tu sais.

– Je le sais. C'est pour ça que je suis restée.

La maison se vida en fin d'après-midi. Florence se sentait épuisée et elle savait que tout n'était pas encore réglé. Elle prit Lucie en aparté et l'amena dans sa chambre. Elle ferma soigneusement la porte. Lucie commençait à s'inquiéter. Que lui voulait sa belle-sœur? Sylvie s'était plainte, ou Marie l'avait fait. Roger lui avait pourtant juré qu'il ne s'était jamais rien passé. Est-ce qu'il aurait commencé à lui mentir?

Florence sortit d'un tiroir un carnet d'épargne de la caisse populaire et le tendit à Lucie qui ne bougea pas.

— Papa ne voulait pas que les autres le sachent. Le compte est à ton nom et tu n'as pas à donner un sou à Roger là-dessus. Tout est à toi.

Lucie regardait le livret et ne comprenait pas pourquoi c'était elle qui recevait de l'argent. Elle le prit pour s'assurer qu'il était bien réel.

— Mais Roger est son fils et il ne lui a rien laissé.

— Il n'a rien laissé à Denis non plus et celui-ci n'a rien dit. Il est assez riche et papa savait qu'il n'avait pas besoin d'une vieille maison à mettre en vente. Il savait aussi que Roger a toujours besoin d'argent. Mais tu sais qu'il a reçu des milliers de dollars au fil des ans. Nettement plus que la valeur de la vieille maison.

Lucie se raidit. Roger lui avait dit que tout le monde mentirait pour ne pas lui laisser d'argent.

– Mais il n'y a aucun papier pour le prouver. Roger est certain qu'il peut contester le testament et qu'un juge va lui donner raison. Il dira que son père ne savait pas ce qu'il faisait en changeant son testament, que tu l'as forcé… Je sais que c'est ridicule. Mais il veut aller en cour.

Florence commençait à sentir que sa patience était mise à l'épreuve. Son frère était prêt à l'accuser d'avoir profité de son père. Quel menteur !

– Écoute, Lucie, dis-lui d'économiser les frais d'un avocat. Les reconnaissances de dettes datées et signées de sa main existent.

– Tu les as vues ?

– Je les ai… en sécurité. C'est pour ça qu'il ne les a jamais trouvées, même s'il a viré la maison à l'envers. Ne me prends pas pour une idiote, Lucie. Je vous ai vus faire le grand ménage. Papa l'avait prévu.

– Roger ne voudra jamais me croire.

– On va lui parler. Et garde cet argent pour toi.

Lucie regardait encore le carnet d'épargne avec étonnement.

– Il y a des fins de mois difficiles. Ça risque de finir dans le petit cochon de toute façon. Mais je suis touchée que ton père ait pensé à moi. Moi qui le trouvais injuste envers son fils. Je vais faire comme lui et sortir l'argent au compte-gouttes. Roger peut pas garder un sou. Il arrête pas de m'acheter des bébelles inutiles avec de l'argent qu'il n'a pas. L'appartement déborde de tous les gadgets annoncés à la télé.

– Roger a toujours refusé de grandir. Un grand enfant.

– Ouais… un enfant qui veut que ce soit Noël tous les jours. C'est à moi de veiller sur lui maintenant.

Lucie glissa le carnet d'épargne dans son sac à main. Elle savait qu'il ne resterait pas caché longtemps peu importe où elle le dissimulait. Roger aimait fouiller partout, ne serait-ce que pour chercher de la petite monnaie. Lucie repassait les différentes cachettes possibles dans son appartement. Elle ne trouva que la boîte de tampons hygiéniques que son mari ne touchait jamais.

Florence retrouva Denis qui surveillait le démantèlement des tables dans la cour. Il lui sourit, satisfait.

— Je pense que papa aurait été fier de cette journée. J'ai retrouvé des gens que je pensais morts.

— Il a toujours été fier de toi, tu le sais. Tu lui en veux de pas t'avoir laissé d'argent?

— Il m'en avait parlé avant de mourir. Je fais plus d'argent que je peux en dépenser. T'as besoin plus que moi de l'argent de la maison. J'en reviens pas comme Félix a grandi. C'est pas long que ça devient des hommes. Et Marie, je l'ai pas reconnue tout de suite. Elle me disait qu'elle veut aller elle aussi à l'université. Au moins, tes enfants veulent s'instruire. Les miens se sont mis à travailler trop vite.

— Ils ont bien réussi aussi. Ils travaillent, font des bons salaires. Roland a même une blonde très gentille.

— Mais Marcel en aura pas de sitôt.

— Pourquoi tu dis ça?

— Tu le sais, Florence. Marcel est pas comme les autres. Pis je reviendrai pas là-dessus.

Florence savait ce que pensait son frère et elle n'avait pas envie de le contredire. Les doutes de Denis étaient des certitudes pour elle.

Marcel lui avait déjà confié qu'il préférait les garçons. Elle n'avait pas à le juger. Il restait son neveu préféré. Il était drôle, touchant, sensible. Et il avait une façon si amusante de raconter ses histoires. Il lui avait parlé de ses aventures en Espagne et elle avait tellement ri. Toutes ces intrigues pour un baiser, une caresse, un frôlement. Elle avait eu l'impression de retourner vingt ans en arrière quand elle se pâmait aussi pour un baiser. Elle savait bien que Marcel s'était montré pudique. Il n'avait pas raconté ses nuits qui devaient être plus excitantes. Elle trouvait dommage que le monde soit si dur envers les gens comme lui.

Mais le problème immédiat était Roger.

— Il va falloir parler à Roger. Il veut aller voir un avocat pour contester le testament. Il dit que les billets n'existent pas parce qu'il a remboursé les dettes.

— Il a toujours été menteur, celui-là. Tu les as ici?

Florence fit signe que oui. Denis entraîna sa sœur vers la maison.

— On va régler ça tout de suite. Je dois repartir demain de toute façon. Les affaires, ç'a besoin d'être surveillé.

Roger et Lucie attendaient Denis au salon pour qu'il les ramène en auto à la vieille maison. Sylvie regardait une émission pour enfants à la télévision et Gaby rangeait un peu la cuisine avec Léon.

Denis alla directement vers Roger, un conseil de famille devait avoir lieu immédiatement. Roger n'y tenait pas.

— Ça peut pas attendre?

— Tu regarderas Bobino une autre fois.

Sylvie se retourna et regarda son oncle Denis.

— C'est pas Bobino.

Mais sa mère lui fit signe de se taire et la petite reporta son attention sur le téléviseur. Denis alla s'asseoir à la table de la cuisine pendant que Florence se dirigeait vers sa chambre. Gaby entraîna

Léon sur le patio où se trouvaient encore Félix et Marie. Il sentait que ça exploserait bientôt.

Roger n'eut d'autre choix que d'aller retrouver son frère à la table. Florence les rejoignit avec une grande enveloppe de papier qu'elle ouvrit. Une centaine de petits papiers pliés en sortirent. Roger blêmit. Son père lui avait dit de ne pas s'inquiéter, il lui avait même juré qu'il avait brûlé ces papiers et que sa dette était effacée. Mais Maurice l'avait plutôt toujours détesté, Roger en avait maintenant la preuve. Il avait préféré Florence, Denis, même Gaby était mieux que lui. Et ils avaient des enfants, eux. Alors que lui, il ne pouvait même pas engrosser sa Lucie. Même son sperme ne valait rien. Il était maudit depuis sa naissance. Son père aurait dû refermer la porte du fourneau au lieu de le tenir au chaud pour le sauver.

Denis regarda son frère dans les yeux.

– Écoute-moi bien, je me répéterai pas. Si tu veux nous faire des ennuis, je vais me payer les meilleurs détectives pour enquêter sur toi et les meilleurs avocats pour te mettre à la rue. Ta vie va être un enfer. Dis-toi bien que t'as eu plus que ta part, même celle que tu méritais pas.

Denis remit soigneusement les billets dans la grande enveloppe.

– Je vais les garder dans mon coffre-fort. Mon notaire, à ma mort, les détruira. La vie va être meilleure pour toi si tu te tiens tranquille.

Roger n'avait qu'une envie : quitter cette maison, cette ville et même cette famille. Il connaissait assez bien Denis pour savoir qu'il ne plaisantait pas. Il se leva sans un mot et rejoignit Lucie au salon. Elle avait tout entendu. Elle savait qu'elle ne reverrait pas la famille Hébert de si tôt. Elle aurait aimé remercier Florence, dire adieu à Denis, à Gaby et aux enfants. Mais elle ne fit rien de tout ça. Roger prit le téléphone et appela un taxi.

La vie reprenait son cours avec sa routine quotidienne. Les journées étaient plus courtes depuis que Florence ne faisait plus de détour par la vieille maison. Au lendemain de l'enterrement, des offres d'achat étaient rapidement arrivées, mais elles étaient toutes ridiculement basses. Il fallait bien que le deuil profite à quelqu'un. Florence n'avait pas envie qu'il profite aux autres. Elle les avait toutes refusées. Elle n'était pas pressée de vendre cette maison chargée de souvenirs, même si elle savait qu'elle aurait besoin de cet argent bientôt.

Elle avait l'impression que tout le monde s'était ligué contre elle. Même Denis l'avait félicitée pour les études de ses enfants. Gaby et Félix avaient encouragé Marie qui s'était entêtée au point de menacer de quitter la maison si elle n'avait pas ce qu'elle voulait. Florence savait que sa fille était capable de le faire et elle avait finalement accepté qu'elle aille étudier à Montréal. Elle ne désespérait pas que Félix entre aussi à l'université sous l'influence de sa sœur. Le goût lui en viendrait peut-être.

Mais toute cette vie prévisible lui pesait. Elle ressentait une solitude que les soins apportés à Maurice lui avaient cachée. Elle avait l'impression d'être déjà morte. Elle avait des enfants, un bon mari, une maison, même deux, une auto, un travail, quoi faire de plus, que désirer d'autre ? Même les films romantiques qu'elle aimait tant dans sa jeunesse ne l'émouvaient plus. Et elle ne s'émut pas davantage quand elle vit Gaby arriver avec une tente-roulotte. Cette chose allait pourtant bouleverser sa vie.

Gaby reculait difficilement dans l'entrée asphaltée du bungalow. Il n'était pas habitué à conduire avec une grosse boîte métallique accrochée à son auto. Il réussit à éviter les plates-bandes de justesse et s'arrêta sous l'abri d'auto. Il réalisa que ce n'était pas un bon endroit pour ranger le cadeau familial, il ne pouvait pas l'ouvrir ainsi. Il avança pour libérer de nouveau la tente-roulotte et sortit avec fierté.

Léon l'avait vu de loin et il était déjà à ses côtés, sa bicyclette lancée sur la pelouse. Sylvie était arrivée de la cour arrière pour voir ce que son père ramenait. Florence, elle, était figée à la fenêtre de la cuisine, un chaudron à la main. Gaby la regarda, étonné. Elle lui sourit machinalement et sortit le rejoindre, ne sachant pas quelle attitude adopter. Elle cherchait à comprendre ce que Gaby essayait de faire.

Quand il était nerveux ou simplement enthousiaste, Gaby parlait rapidement. Cette fois-ci, les mots se bousculaient à une vitesse folle.

– C'est Gérard, un gars avec qui je travaille. Il vient de s'acheter une belle grosse roulotte, pis il avait plus besoin de sa tente-roulotte. Il l'a utilisée juste trois ans. Elle est comme neuve. Viens, je vais te montrer. Regarde, c'est facile à ouvrir. Pis là, il y a deux grands lits et si tu tires ça, ça fait de la place de plus pour dormir. On peut y loger tout le monde. Et il me l'a vendue pas cher, en plus. Tout est propre, sa femme est une maniaque, il l'appelle «madame Net». Il m'a aussi laissé des accessoires de camping. Avec une grosse roulotte, il a plus besoin de ça. C'est comme voyager avec son propre hôtel, sa douche, son lavabo, ses toilettes. Mais, pour nous, la tente-roulotte fera bien l'affaire.

Pendant que Léon et Sylvie étaient déjà à l'intérieur de la nouvelle maison de vacances, Florence se demandait ce qui avait poussé Gaby à faire cet achat, alors qu'il parlait d'économiser pour les études des enfants.

– Et qu'est-ce qu'on va faire avec ça?

– Partir en vacances. La semaine prochaine.

– Oui, je sais que les vacances sont la semaine prochaine. Mais tu veux aller où avec ça?

– En Gaspésie.

– En Gaspésie? Aussi loin que ça?

Léon sautait déjà de joie, suivi de Sylvie qui n'avait aucune idée de la distance, mais qui savait que c'était très, très loin. Gaby attendait une réaction de la part de Florence, mais cela ne venait pas. Elle regardait la tente-roulotte comme un objet étrange, une sorte de soucoupe volante. De petits bonshommes verts en seraient sortis qu'elle n'aurait pas été surprise. Gaby lui prit la main. Son enthousiasme avait tiédi.

– Ça va faire du bien à tout le monde de se retrouver tous ensemble, en famille, loin d'ici, du deuil, des habitudes.

Florence acquiesça. Elle en avait grandement besoin. Heureusement que Gaby était là pour penser à toutes ces petites choses qui lui rendaient la vie plus douce.

La nouvelle de l'achat de la tente-roulotte fit le tour du quartier et Marie en entendit parler avant même d'arriver à la maison. En fin d'après-midi, elle allait souvent à bicyclette le long du fleuve. Elle n'avait pas de but précis sauf celui de ne pas être en tête-à-tête avec sa mère. Elle avait sauté de joie quand Florence avait accepté qu'elle aille étudier à Montréal, mais c'était un soulagement plus qu'une véritable joie. Elle était soulagée de ne plus avoir à se battre.

Le climat était devenu frisquet avec sa mère. Et cette acceptation n'avait pas vraiment réchauffé leur relation. Dès que sa mère revenait du travail, Marie était contente de ne plus avoir à s'occuper de Sylvie. Elle veillait à laisser la maison en ordre et elle filait à bicyclette. Faire le vide en elle ou se remplir les poumons d'air, elle hésitait encore entre ces deux définitions de sa promenade.

Marie tournait le coin de la rue quand la mère d'une petite amie de Sylvie lui envoya la main en lui disant qu'ils allaient bien aimé ça. Marie n'eut pas le temps d'ouvrir la bouche pour demander « quoi ? » qu'elle vit la maison de toile montée sur une boîte métallique beige et brune. Elle pensa d'abord que cette chose était stationnée chez le voisin. Mais, avec découragement, elle reconnut son père et sa mère, figés devant le monstre.

Elle avait souhaité des vacances familiales comme celles des années précédentes : quelques jours au chalet d'un vague cousin Valois à se baigner et à faire du canot. Et voilà que cette année tout changeait. Elle devrait suivre la famille dans des terrains de camping, fraterniser avec des demeurés qui mettaient des flamants roses sur leur terrain, délimitaient leurs petits espaces avec des pots de fleurs en plastique et s'assoyaient le soir avec une bouteille de bière pour veiller sur le gazon, parler fort et faire des farces plates. La honte !

Félix arriva peu de temps après Marie. Contrairement à sa sœur, il s'amusa de la chose. Un voyage en Gaspésie en famille, pourquoi pas ? Ça changerait le mal de place. Il commençait déjà à sérieusement s'ennuyer. Il avait cherché pendant des jours sa belle sirène. D'abord à la plage, puis dans les marinas, les abords du fleuve. Il se disait que si elle nageait si bien, elle devait aimer se trouver près de l'eau. Il se promenait si souvent aux mêmes endroits que les gens avaient commencé à le regarder bizarrement, comme un rôdeur dangereux.

Félix n'avait jamais revu sa sirène. Probablement une étrangère de passage qui avait regagné sa ville après s'être amusée avec lui. Il aurait aimé que l'amusement continue. Il sentait qu'il aurait pu apprendre beaucoup avec elle. Une telle occasion ne se présenterait pas tous les jours. Être séduit par une femme expérimentée le flattait. C'était différent d'une fille de son âge qui jetait son dévolu sur lui et attendait mer et monde du romantisme.

Il y avait bien Jacinthe qui tournait autour de lui, se retrouvant souvent sur son chemin comme par hasard, mais il hésitait. Elle était gentille, intelligente, mais ce serait certainement du sérieux avec elle et il n'avait pas envie de cela. Pas tout de suite, en tout cas. Et puis elle avait presque cinq ans de moins que lui. Une gamine surveillée par ses parents. De gros problèmes en vue.

Le voyage en Gaspésie serait une pause bienvenue. Il y verrait plus clair au retour. Et il pourrait peut-être y rencontrer son ancien coloc Claude qui avait parlé de passer son été à Percé.

Les jours qui suivirent furent occupés par les préparatifs. Marie en faisait le minimum. Elle avait empilé sur une chaise les vêtements qu'elle comptait emporter et sortit un vieux sac à dos que Félix n'utilisait plus. D'un simple coup d'œil, elle vit que la pile de vêtements n'entrerait jamais dans le sac. Plutôt que de mettre de côté certains vêtements, elle préféra aller chercher un autre sac. Léon refusa de lui prêter le sien, Félix n'en avait qu'un qu'il comptait utiliser et Sylvie avait une petite valise de poupée. Marie prit une taie d'oreiller et y plaça ses vêtements qui n'entraient pas dans le sac à dos. Elle était maintenant prête à partir. Elle pouvait donc se balader à bicyclette pour fuir le bungalow.

Elle faisait presque toujours le même circuit. Elle passait souvent devant la maison de son grand-père comme pour s'assurer que la pancarte «à vendre» était toujours là, que son grand-père était bel et bien mort. Tout semblait irréel. Marie ne manquait jamais l'occasion de regarder aussi vers la boutique de Thérèse. Elle n'avait pas revu Louis depuis les funérailles. Il avait été solidaire de leur deuil, puis il avait disparu, ce qu'il faisait souvent. Elle l'aperçut qui sortait de la boutique de sa mère. Elle vit d'abord son visage de profil et réalisa qu'il avait un peu le nez et la bouche de John Lennon, chose qu'elle n'avait jamais remarquée auparavant. Elle le trouva séduisant avec ses muscles bronzés. Elle traversa la rue rapidement avant qu'il ne se sauve à nouveau.

— Ça te tente de faire un tour de canot dans les îles ?

Louis en resta bouche bée. Elle lui souriait dans ses *hot pants* roses. Il avait envie de fuir à toute vitesse, mais il en était incapable. Ses jambes refusaient de bouger, tout son corps était devenu un bloc solide. Il réussit difficilement à ouvrir la bouche.

— Là, tout de suite ?

— Pourquoi pas ? Il fait beau, tu ne travailles pas, je suis en vacances et je me sens comme une condamnée à mort. Je pars dans deux jours faire du camping en famille. Et l'atrocité doit durer trois semaines. Tu te rends compte ? Un peu de temps passé à ramer entre les îles sera mon repas du condamné.

Elle le regardait avec une moue enfantine. Elle joignit les mains, suppliante, et battit des cils. Louis ne pouvait faire autrement que de lui sourire. Marie rit franchement en le remerciant et rangea sa bicyclette derrière la boutique.

Elle le rejoignit dans sa Duster mauve qu'il venait tout juste de s'acheter. Il démarra en trombe pour l'impressionner et se trouva tout de suite ridicule de faire crisser ses pneus comme un gamin qui fait le tour du parc le vendredi soir pour épater les filles. Marie enleva ses sandales et mit ses pieds nus sur le tableau de bord. Elle avait les jambes bronzées et ses ongles d'orteils étaient vernis de rose.

Louis faisait des efforts pour garder les yeux sur la route. Cette journée avait bien débuté pour lui. Sa mère lui avait annoncé que Raymond avait retrouvé son travail de camionneur, et voilà que la fille qu'il trouvait tellement de son goût depuis quelques semaines l'invitait pour une promenade en canot qu'il n'aurait jamais osé lui proposer. Tout allait trop bien. Il n'était pas habitué à un enchaînement de bonnes nouvelles et il commençait à se méfier. Mais la vue des orteils bougeant au rythme de la musique diffusée par la radio vint à bout de ses appréhensions. Il s'en faisait sans doute pour rien. Il s'était juré de passer sa vie en étant léger comme l'air, c'était la meilleure journée pour le prouver.

Le fils de l'oncle Onésime avait construit un grand quai devant sa maison et il y avait amarré quelques chaloupes qu'il louait aux vacanciers et aux touristes pendant l'été. Louis alla le voir et lui demanda s'il pouvait utiliser le canot dont il se servait pour aller dans les marais.

— Le petit vert ? C'est plus versant que la bonne verchères, mais si tu y tiens, il est à toi.

Louis sortit son porte-monnaie, mais le cousin de son père mit la main pour l'arrêter.

— Pas pour toé, p'tit Louis. Allons!

Il regarda Marie qui était déjà assise sur le quai, les pieds dans l'eau.

— Amuse-toi bien, mon gars.

Louis se sentit gêné et voulut lui dire que ce n'était pas ce qu'il pensait, que c'était une amie d'enfance, mais il se ravisa. Se défendre d'une intention condamnait souvent plus que le silence. Il alla prendre le canot posé à l'envers sur l'herbe et le traîna jusqu'au quai. Marie ramassa les rames et, quelques minutes plus tard, ils glissaient sur l'eau du fleuve vers les îles. Un paquebot fit de longues vagues qu'ils prirent en souriant, puis ils bifurquèrent vers le chenal qui menait à un chapelet de petites îles pour la plupart inhabitées.

Il y avait tellement d'embarcations à moteur qui circulaient les fins de semaine, et souvent à grande vitesse, que ramer était un sport risqué pour les canotiers. Mais le milieu de la semaine était le temps idéal. Les m'as-tu-vu et les j'ai-un-plus-gros-moteur-que-toi étaient absents.

Marie et Louis profitaient de la tranquillité des lieux, glissant entre les îlots. Ils s'aventuraient dans d'étroits chenaux où les arbres faisaient au-dessus d'eux une voûte végétale illuminée par les rayons de soleil passant entre les feuilles, comme un ciel vert étoilé. Le silence n'était brisé que par les chants d'oiseaux et le bruit des pagaies dans l'eau.

Marie vit une petite baie sablonneuse entre deux grands arbres légèrement voûtés. Elle la pointa du doigt à Louis qui fit aborder le canot sur le sable couleur caramel. Aussitôt débarquée, Marie fonça derrière les arbres. Louis entendit le bruit d'une fermeture éclair, puis du liquide coulant sur des feuilles. Il sourit et tira le canot sur la berge. Il s'assit sur le sable, le bout des orteils dans l'eau. Marie le rejoignit.

Ils restèrent un long moment silencieux, assis côte à côte. Les orteils de Marie creusaient le sable et remontaient pour le jeter à côté. Ce jeu retint bientôt toute son attention. Louis regardait les orteils bouger et il se mit à faire de même. Bientôt, ce fut une bataille de pieds lanceurs de boue. Ils riaient comme des enfants, puis le pied de Marie se glissa sur celui de Louis et sa jambe se colla à la sienne.

Les rires cessèrent. Louis leva les yeux vers Marie. Elle approcha sa bouche. Ému, en déséquilibre, il s'appuya sur un coude pour ne pas tomber complètement sur le dos. Marie posa ses lèvres sur sa bouche et chercha sa langue. Louis la renversa. Sa main remonta le long des *hot pants* jusqu'au milieu des seins. Ses doigts s'accrochèrent à l'anneau métallique et il fit glisser la longue fermeture éclair qui s'ouvrit jusqu'au pubis. Le spectacle était magnifique et il vit que ses mains tremblaient. Il devait arrêter tout de suite. Félix ne lui pardonnerait pas, ses parents non plus. Il leva les yeux vers le visage de Marie qui lui souriait.

– Tu es sûre?

Pour toute réponse, Marie prit sa tête entre ses mains et la plaqua sur son ventre. Elle avait vu cela dans un film et avait trouvé que c'était un très beau geste.

Bien des garçons l'avaient embrassée, mais elle n'avait permis à aucun de voir ses seins, encore moins de les lécher comme Louis le faisait en ce moment. Elle ne savait pas si Louis avait eu beaucoup de petites amies, mais un garçon de son âge qui travaillait souvent à l'extérieur avait dû connaître des aventures. Elle était contente d'avoir choisi un homme avec un peu d'expérience pour la première fois. Sa mère lui avait tellement répété que la première fois était importante. Et voilà que cela lui arrivait. Enfin!

Son esprit se libéra de tout et elle ne fut bientôt plus qu'une boule de sens exacerbés. Tout son être était sollicité par les mains, la bouche, la peau de cet homme qu'elle connaissait depuis toujours sans vraiment savoir qui il était. L'ami d'enfance de son frère, le fils de l'amie de sa mère, du meilleur ami de son père. Tout ça était des définitions qui ne tenaient plus. Il était maintenant son amant. Elle n'en revenait pas. Elle avait finalement un amant.

Louis garda les yeux fermés longtemps. Il ne pouvait pas croire que c'était Marie qui vibrait entre ses bras, la petite Marie de son enfance, la sœur parfois collante de son meilleur ami, la petite fille à protéger. Il retarda le plus possible le moment de la pénétrer, luttant dans sa tête, alors que son corps allait exploser. Elle écarta les jambes et s'accrocha à ses épaules. Il leva la tête vers elle. Elle planta ses yeux dans les siens. Il remonta en elle doucement sans la quitter du regard. Elle ouvrit la bouche, mais aucun cri n'en sortit. Elle s'accrocha à lui, collant son corps contre le sien et ils creusèrent ensemble le sable frais.

L'après-midi tirait à sa fin. Ils avaient repris le canot et approchaient du quai. Louis clignait des yeux. Il avait encore en mémoire leurs corps haletants, étendus sur le sable, la tête de Marie appuyée au creux de son épaule. Un bruit de moteur les avait inquiétés, ils s'étaient serrés l'un contre l'autre, mais le bateau était passé par un autre chenal plus large.

Marie s'était levée doucement, son corps couvert de sable. Elle était entrée dans l'eau pour se baigner et il l'avait rejointe. Il avait vu du sang couler sur ses cuisses. Elle l'avait lavé rapidement, un peu gênée. Il se demandait pourquoi elle ne lui avait pas dit qu'elle était vierge. Elle avait joué les filles expérimentées et il n'en était rien.

Il avait eu envie de lui dire qu'il l'aimait, mais il avait peur de ces mots-là, et surtout peur de l'effrayer. Il avait l'impression que Marie était un oiseau qui ne pourrait plus chanter s'il était en cage. Alors, il s'était tu et l'avait embrassée. Le jeu des baisers avait duré un moment, puis ils étaient sortis de l'eau et ils avaient repris leurs vêtements, les enfilant lentement.

Louis contemplait maintenant les longs cheveux encore mouillés qui collaient sur le tissu rose, les fesses rebondies par le siège du canot, les bras dorés qui poussaient tranquillement la pagaie. Il voulait garder toutes ces images en tête pour avoir le plaisir de les revoir à sa guise. Alors qu'ils étaient tout près du quai,

Marie se retourna et le regarda. Le cœur de Louis se serra, il eut l'impression que c'était un triste sourire d'adieu qu'elle lui lançait.

Le retour en auto se fit plus lentement et en silence. Quand il vit apparaître la boutique de sa mère, Louis tendit le bras pour serrer la main de Marie. Elle la serra en retour, puis se dégagea doucement.

— Tu sais que je pars étudier à Montréal, en septembre?

— Je ne serai pas un obstacle dans ta vie, Marie. On s'est bien amusés et c'est fini.

Marie voulait dire à Louis qu'il était un amour d'été, et voilà qu'il semblait se contenter d'une aventure d'une journée. Elle l'avait déjà entendu dire à Félix qu'il ne voulait s'attacher à aucune femme. Cela l'avait incitée à le choisir comme premier amant, mais elle ne s'attendait pas à être congédiée si rapidement. Il avait pourtant été si tendre, si attentionné et, maintenant, il était si froid, si distant.

Louis arrêta l'auto. Il ne chercha pas à l'embrasser. Marie le regarda un moment, puis elle sortit sans un mot. Elle avait la gorge nouée et un goût amer dans la bouche après avoir connu une si belle exaltation. Tout avait été merveilleux comme dans un rêve. Elle s'était toujours imaginé la première fois comme ça, avec tendresse, plaisir et ardeur. Il l'avait prise et elle l'avait possédé pour leur plus grand bonheur.

Elle alla chercher sa bicyclette à l'arrière de la boutique. Quand elle revint dans la rue, la Duster mauve avait disparu. Elle regarda autour d'elle sans comprendre.

L'aube se levait et Léon avait les yeux grands ouverts. Il avait peu dormi, trop excité par ce premier grand voyage. Il avait passé en revue à plusieurs reprises son sac à dos tout neuf rempli de vêtements. Il était certain de n'avoir rien oublié, mais il continuait de le regarder dans la pénombre de la chambre, attendant le signal du départ : la chasse d'eau de la salle de bain.

La porte de sa chambre s'entrouvrit et Sylvie apparut, déjà habillée, sa Barbie à la main. Léon s'assit sur son lit et regarda son cadran.

— Il est trop tôt.

— Je sais. Je peux pas dormir.

Elle grimpa à ses côtés.

— Pourquoi t'es pas allée voir Marie ?

— Elle dort. Et je veux pas réveiller maman qui est fatiguée.

La petite se roula en boule sur le lit et serra sa poupée.

— C'est très loin où on va ? Tu es sûr qu'on va revenir après ?

Léon remonta le drap sur elle.

— Mais oui, ne t'en fais pas. Papa connaît le chemin.

Sylvie ferma les yeux et Léon vit, à son souffle régulier, qu'elle s'était déjà endormie. Assis sur le bord de son lit, il sentit la fatigue l'envahir.

Marie, dans la chambre voisine, aurait aimé dormir aussi. Elle avait entendu les pas de Sylvie et avait été soulagée de les entendre s'éloigner vers la chambre de Léon. Elle retournait dans sa tête son après-midi avec Louis. Tout avait été si merveilleux, le canot glissant sur l'eau, le soleil, la minuscule plage faite pour eux. Pourquoi Louis avait-il fui aussi rapidement? Avait-elle été si moche en faisant l'amour? Son corps était-il si rebutant? Quand ils s'étaient embrassés, tout semblait si magique, si facile.

Elle avait beau chercher, elle ne trouvait pas ce qu'elle avait pu faire pour le faire s'enfuir. Alors c'était peut-être ce qu'elle n'avait pas fait. Elle ne l'avait pas chevauché, elle ne lui avait pas chuchoté des mots cochons à l'oreille, elle ne l'avait pas embrassé partout, elle ne s'était pas exclamée d'admiration devant son pénis pourtant fort joli. Mais elle manquait de référence pour les comparaisons. Et comment aurait-elle pu comparer, et surtout pourquoi? Voilà le problème. Elle venait de le trouver. La comparaison.

C'était sans doute ce que Louis avait fait. Il avait couché avec plein de filles toutes plus habiles qu'elle. Il l'avait donc trouvée insignifiante, au mieux, ordinaire. Mais il aurait dû lui dire qu'elle était maladroite, lui enseigner comment s'y prendre, la guider gentiment. Il avait bien vu qu'il était le premier. Il ne l'aimait pas, de toute évidence. Elle s'était donnée à un homme qui ne l'aimait pas, même un tout petit peu. C'était si simple comme réponse et ça faisait si mal.

Elle tapota son oreiller de rage. Louis Côté était un trou du cul comme les autres. Elle pleura et s'endormit, épuisée.

Florence était habituée à se lever très tôt depuis des années et elle voulait que cette journée débute comme les autres, mais elle sentait un épuisement qu'elle s'expliquait mal. Depuis la mort de Maurice, quelque chose s'était brisé. Elle était fatiguée et ne réussissait pas à retrouver son énergie. Elle travaillait pourtant moins et passait ses soirées avec sa famille plutôt qu'à soigner son père et à entretenir une deuxième maison. Mais l'inactivité n'était pas un repos.

Elle ouvrit machinalement les yeux pour voir l'heure au cadran. Elle ne dormait plus depuis un long moment, mais elle avait gardé les yeux fermés dans l'espoir de se reposer. En fait, ce n'était pas l'heure, mais sa vessie qui dictait son réveil.

Elle glissa ses pieds dans ses pantoufles de ratine et alla à la salle de bain. Au moment de tirer la chasse d'eau, elle se retint. Elle savait que c'était le signal qui mettrait en branle toute la maisonnée.

Elle se regarda dans le miroir au-dessus du lavabo. Elle avait maigri, ses traits étaient tirés et ses cheveux, ternes. Pourquoi s'était-elle laissée aller ainsi ? À quarante-cinq ans, sa vie était faite, ses enfants presque tous élevés, elle n'avait plus personne à séduire. Même pas elle-même. Alors, sa vie était finie, déjà ? Elle pensa à Réjane qu'elle avait toujours connue vieille à la suite du départ de son mari. C'était donc ça, la vie qui l'attendait : se rider et se faner dans son salon ?

La porte de la salle de bain s'ouvrit et Gaby passa la tête dans l'embrasure.

— Ça va ? T'es malade ?

Elle tenta un mince sourire et tira la chasse d'eau. Au moins, il y avait Gaby, toujours fidèle au poste.

Elle descendit au sous-sol réveiller Félix qui aimait se lever tard. Elle savait qu'elle devrait le réveiller au moins deux fois avant qu'il ne se lève. Elle frappa à la porte avant de la pousser et, à sa grande surprise, Félix était déjà assis sur le bord de son lit.

— Ça va, maman, je vais monter dans deux minutes.

Elle remonta à la cuisine, étonnée. Son fils s'était-il réveillé tôt ou pas couché du tout ?

Félix passa la main dans ses cheveux et se gratta le crâne. Il se demandait ce qui était arrivé à Louis. Ils devaient se rencontrer la veille au soir pour prendre une bière, et même deux, pour souligner son départ, mais Louis ne s'était pas présenté à la brasserie. Félix avait téléphoné chez ses parents pour apprendre qu'il était parti travailler à l'extérieur, une urgence sur un chantier. Et Louis ne l'avait même pas averti. Ce n'était pourtant pas son genre. Dans quelle situation problématique s'était-il mis pour disparaître aussi vite ?

Félix était donc rentré tôt à la maison et il avait préparé son sac de voyage. Il ne savait plus si ce séjour en famille était une si bonne idée que cela. Son enthousiasme était retombé peu à peu. Ils se retrouveraient tous sous une même tente à vivre dans la promiscuité, alors qu'à la maison, il pouvait s'échapper régulièrement. Sa sœur l'avait compris avant lui.

Florence ouvrit la porte de la chambre de Léon et trouva ses deux plus jeunes endormis. Elle fut touchée de voir Sylvie tout habillée pour partir. Et Léon qui dormait en tenant la courroie de son sac à dos. Elle avait beau se sentir vieille et finie, au moins, ses petits avaient encore besoin d'elle. Elle les réveilla d'un baiser. Sylvie sourit.

– Ça y est, on part ?

– On déjeune d'abord.

Léon ouvrit les yeux pour dire qu'il avait faim.

Florence alla ensuite frapper à la porte de la chambre de Marie. N'obtenant pas de réponse, elle ouvrit. Marie dormait profondément, enroulée dans les draps. Son lit ressemblait à un champ de bataille. Florence dut la secouer à plusieurs reprises avant qu'elle n'ouvre les yeux.

– Ça va, ça va, je suis réveillée.

– Si t'es pas dans la cuisine dans dix minutes, j'envoie Léon te sortir du lit.

Marie fit un effort et se souleva sur un coude. Léon avait la fâcheuse habitude de lui ébouriffer les cheveux et il ne se gênait pas pour l'asperger d'eau à l'occasion. Florence sortit et Marie retomba sur son lit, se tenant le ventre. L'angoisse la prit subitement.

En revoyant ses ébats avec Louis, cherchant à comprendre pourquoi il l'avait quittée aussi brutalement, elle réalisait qu'ils n'avaient pris aucune précaution. Elle pouvait être enceinte. Et le collège où elle allait étudier ne l'accepterait certainement pas avec un gros ventre. Ce serait la honte. Sa mère, qui avait presque été obligée d'accepter de la voir étudier à Montréal, aurait raison de l'abaisser. Elle n'était pas mieux qu'une autre. Et elle ne pouvait même pas accuser Louis. C'était elle qui l'avait provoqué. Elle voulait qu'il soit son amant. Elle ne voulait pas connaître cette intimité avec un pur inconnu. Quelle façon stupide de gâcher sa vie !

Elle se leva et fouilla son bureau à la recherche d'un calendrier. Elle le regarda plusieurs fois et compta les jours en cherchant à se rassurer. Elle en aurait le cœur net très bientôt, mais l'attente serait interminable. Et Louis qui avait disparu comme s'il savait déjà tout ça.

Marie rejoignit tout le monde dans la cuisine. Gaby et Félix n'avaient pas attendu que le petit-déjeuner soit terminé pour mettre les bagages dans l'auto. Tout ce qui allait dans la tente-roulotte avait déjà été rangé la veille. Quand Gaby demanda à Marie où étaient ses choses. Elle répondit en mâchouillant mollement un bout de toast aux confitures. Son père revint avec son sac à dos et la taie d'oreiller remplie de vêtements.

– C'est ça ?

Marie fit signe que oui. Elle allait ajouter qu'elle devrait aussi s'habiller avant de partir, mais son père se tournait déjà vers sa femme en montrant la taie. Florence haussa les épaules. Elle n'avait pas le temps de chercher une valise.

Le temps s'accéléra encore davantage. Florence fit le tour de la maison pour s'assurer que tout était en ordre. Gaby fit de même. Les enfants étaient tous installés dans l'auto.

Gaby mit le contact, heureux de voir le moteur démarrer. Il cria un «C'est parti!» sonore en avançant dans la rue. Léon et Sylvie reprirent son cri d'enthousiasme.

Marie regarda la rue vide qu'elle quittait. Elle crut voir l'aile avant d'une Duster mauve arrêtée au coin de la rue. Non, elle rêvait encore, elle n'avait pas assez dormi. Et voilà, c'était parti.

Louis regarda s'éloigner la tente-roulotte emportée par les Valois. Il n'avait pas beaucoup dormi, revoyant Marie, ses yeux brillants, son corps souple, ses bras qui l'enserraient, sa bouche qui se fondait à la sienne, leurs corps imbriqués dans un même mouvement. Et puis ses yeux tristes. Il s'en voulait d'avoir été si brusque avec elle en la quittant.

Mais il valait mieux lui faire un peu de mal maintenant que de lui infliger encore plus de souffrance plus tard. Elle serait plus heureuse s'il gardait ses distances. Il ne savait pas trop pourquoi il était venu la voir partir. Il voulait s'excuser, mais il avait peur de se retrouver en face d'elle. Il avait peur de la désirer encore, de faiblir et de l'embrasser. Heureusement que personne ne l'avait vu.

Il trouvait dommage que Félix en fasse les frais. Il avait abîmé leur amitié en lui faisant faux bond la veille. Il savait qu'il aurait fini par se confier et il ne pouvait pas parler de Marie à Félix. Il lui expliquerait à son retour. Le temps arrangerait tout ça.

Marie avait l'impression de vivre avec une famille de gitans. Aller remplir un chaudron d'eau pour le souper, se brosser les dents à la belle étoile, devoir partager les toilettes avec de purs inconnus, laver ses petites culottes au lavabo, dormir empilés les uns sur les autres, elle n'appelait pas cela des vacances.

Gaby avait emprunté la vieille *station wagon* de son frère pour loger toute la famille, et Marie trouvait que cette vieille voiture, avec ses panneaux de bois égratignés, était une pure horreur. Léon avait fait tout le voyage assis sur la banquette arrière qui faisait dos aux autres sièges. Il aimait voir la route filer loin de lui et parfois, l'envie de faire des grimaces aux conducteurs devenait irrésistible. Sylvie avait fait la navette entre la banquette de Léon et celle de Marie, demandant régulièrement : « Quand est-ce qu'on arrive ? »

Félix avait pris le volant aussi souvent que son père. Il avait l'impression de conduire un gros divan confortable s'aplatissant dans les courbes. Marie n'avait presque pas pris le volant. Elle aimait pourtant conduire, mais pas cette grosse cylindrée bruyante qui risquait de rendre l'âme pendant le trajet.

Après trois jours de route, ils avaient finalement atteint Percé, qu'ils n'avaient même pas vu encore. Ils étaient arrivés tard, après le coucher du soleil, et ils avaient monté la tente à la lueur du fanal et des phares d'auto. Ils avaient battu leur record de vitesse. Ils commençaient à ressembler à de vrais romanichels expérimentés.

Marie dormait mal dans cet espace restreint et regrettait que Léon n'ait pas amené sa petite tente. Elle se glissa hors du lit étroit en prenant soin de ne pas toucher Sylvie qui était couchée à ses côtés avec sa Barbie qu'elle ne quittait plus, comme si elle avait peur qu'une d'elles ne revienne pas. Félix et Léon dormaient sur le matelas du dessus. Léon avait la fâcheuse habitude de laisser un bras pendre dans le vide et Marie dut faire attention à ne pas l'accrocher. Florence et Gaby étaient enlacés dans l'autre lit du bas, immobiles.

Marie remonta doucement la fermeture éclair de la porte et sortit dans l'air frais de l'aube. Elle essaya de s'orienter. Où étaient donc les toilettes communes ? Elle avança sur les petits cailloux et la terre battue. Elle n'avait pas trouvé ses sandales et marchait pieds nus avec prudence. Au loin, elle vit un bâtiment de briques éclairé d'une faible ampoule. Ce devait être les toilettes. Comme elle se dirigeait vers la bâtisse, elle fut attirée par une grosse butte, comme le début d'une colline avortée.

Le ciel s'éclaircissait et Marie choisit d'aller plutôt vers l'herbe longue et la lumière. Arrivée au bout du terrain, elle constata qu'il y avait ensuite un vallon, puis un promontoire qui menait à la mer. Un étroit sentier fait d'herbe tapée se tortillait jusqu'au sommet. Marie l'emprunta lentement, faisant attention de ne pas glisser. Elle aimait la sensation de ses pieds mouillés et frais, de ses jambes fouettées par les longues herbes. Des voix lointaines lui parvenaient parfois. Marie ne connaissait pas leur provenance, mais elle essayait de s'orienter dans le sentier qui allait dans tous les sens plus elle approchait des hauteurs. Les voix se faisaient plus proches.

Elle arriva finalement au promontoire juste à temps pour voir le soleil se lever sur la mer. Une boule de feu qui gonflait lentement comme une montgolfière. Elle découvrit en même temps le rocher Percé qui rougeoyait dans une mer indigo. Il ne ressemblait pas aux photos de cartes postales qu'elle avait vues.

Il semblait plutôt être un esquif fendant l'océan comme une proue de navire.

Quelques lève-tôt se tenaient en petits groupes pour admirer le spectacle et prendre des photos. Marie ressentit un calme et un bien-être étranges. C'était magnifique de stabilité et d'apaisement. Aucune photo ne pouvait rendre ce sentiment de plénitude qui l'habitait, cet instant de grâce.

Le soleil monta lentement, le bleu de la mer s'éclaircit ainsi que celui du ciel. La banalité d'une journée comme les autres apparut. Chacun retournait à ses affaires.

Marie se dirigea vers le terrain de camping par le petit sentier. Elle ressentit soudain une forte crampe au ventre. Une barre de feu lui traversa l'abdomen à la vitesse de l'éclair. Elle connaissait bien cette sensation. Elle retourna au camping avec le sourire. C'était un début de journée magnifique. Elle n'était pas enceinte, finalement.

Décidé à rester là quelques jours, Gaby jouait les touristes avec un grand plaisir. Il voulait tout voir et se promenait en tenant Florence par la main, comme des amoureux en voyage de noces. Il se sentait rajeunir. C'était leur premier long voyage en famille. Gaby se disait qu'ils auraient dû faire ça bien plus tôt.

Ils allèrent tous ensemble visiter l'île Bonaventure. Gaby prit des photos de tout le monde et des nombreux oiseaux qui allaient et venaient en permanence. Marie se boucha le nez. La fiente de tous ces volatiles qui nichaient sur l'île dégageait une forte odeur que la chaleur et le vent amplifiaient. Elle préféra fuir vers l'étroit sentier qui faisait le tour de l'île. Elle fut suivie bientôt par toute la famille.

Florence était encore étonnée d'être dans un autre lieu que Sainte-Victoire. Ils n'avaient jamais eu ni le temps ni l'argent pour voyager vraiment. À part quelques courts séjours à Québec chez Denis ou à Montréal chez Roger, sa vie s'était passée entre son bungalow et la maison de Maurice.

Il y avait bien eu les visites répétées à l'Expo 67 avec les enfants. Elle se souvenait du pavillon américain, une boule transparente qui changeait de couleur selon l'heure de la journée. Le soir, c'était une boule dorée qui ressemblait à un habitat de science-fiction sur une autre planète. Il y avait tellement de choses futuristes à visiter. Et aussi des pavillons plus traditionnels comme ceux de la Chine, du Japon, de la Thaïlande. C'était passionnant de voir les autres cultures, de voyager d'un pavillon à l'autre. Le dépaysement était total, mais ce n'était quand même pas comme se déplacer vraiment.

La seule fois où ils avaient été sur le point de partir, à Old Orchard avec Thérèse et Raymond, Florence avait dû annuler le voyage. À trente-sept ans, elle s'était retrouvée enceinte et le médecin l'avait mise au repos complet durant les derniers mois de sa grossesse. Elle avait donc passé ses vacances dans la cour arrière avec trois enfants déçus et boudeurs qui lui parlaient tous les jours de la mer qu'ils n'avaient pas pu voir.

Florence regardait maintenant Félix et Marie dans ce flot de touristes. Comme ils avaient grandi! Il y avait une grande complicité entre eux et des étrangers pouvaient les prendre pour un jeune couple. Ils marchaient souvent côte à côte, partageant des commentaires, montrant du doigt les choses qui les émouvaient ou les faisaient rire. Félix ne cessait de regarder les filles, sans se gêner, leur souriant tout en examinant leurs jambes, leurs seins. Il en faisait rougir plus d'une. Et Marie faisait semblant de ne pas regarder les garçons en paradant devant eux, passant la main dans ses longs cheveux lisses et brillants qui tombaient dans son dos presque jusqu'à la taille. Mais les garçons la voyaient fort bien et usaient du même sans-gêne que Félix pour l'observer. Florence était contente que Marie ait Félix à ses côtés pour l'escorter.

Léon suivait son père pas à pas, voulant l'imiter à tout prix et Sylvie collait sa mère, sa Barbie à la main. Florence se disait que Gaby et elle avaient l'air d'un jeune couple avec leurs deux enfants. Leurs plus vieux semblaient de plus en plus se détacher de la famille. Elle soupira, elle n'y pouvait rien. La vie était ainsi faite maintenant. Et dire qu'elle avait quitté la maison paternelle à vingt-cinq ans. En fait, elle ne l'avait même jamais quittée avant de se marier et d'avoir un enfant. Ça ne risquait pas d'arriver avec Félix et Marie.

À marée basse, les touristes allaient à pied visiter le rocher Percé. Gaby ne pouvait manquer ça. Il marcha avec les autres en file indienne sur les pierres de plus en plus grosses et inégales. Il ne cessait de prendre des photos. Florence devant la mer, Florence devant la masse blanche des oiseaux, Florence avec Sylvie, avec Léon. Ça n'en finissait pas.

Félix se fatigua de sourire à l'objectif et prit l'appareil pour photographier son père. Gaby posa à plusieurs reprises pour son fils, aussi fier qu'avec ses trophées de chasse ou de pêche. Il portait un regard heureux et satisfait sur sa famille.

La journée avait été épuisante à courir d'un endroit à l'autre pour ne rien manquer. Gaby voulait aller faire un tour en mer pour voir les phoques. Le bateau qui faisait le tour de l'île Bonaventure allait partir bientôt. Marie n'en pouvait plus et jeta à Félix un regard éloquent. Au diable les phoques. Félix était d'accord.

Florence, Léon et Sylvie étaient déjà sur le quai avec Gaby. Félix s'approcha d'eux. Marie le vit mimer un mal de ventre. Il ne se sentait pas bien, le sandwich au jambon, sans doute. Prendre la mer, même pour suivre les côtes, c'était beaucoup lui demander. Il préférait rester à terre avec Marie, qui avait mal aux pieds d'avoir trop marché.

Gaby avait envie de dire à son fils qu'il mentait mal, mais il ne dit rien. Il ne voulait pas qu'il améliore son jeu et qu'il devienne difficile à percer. Florence regarda son mari donner son accord. Elle n'en revenait pas. Gaby l'avait cru, vraiment! Il lui fit signe que tout était correct. Elle le trouvait trop permissif avec leurs plus vieux. Où allaient-ils se retrouver pendant leur absence? Ils allaient continuer de flirter comme ils l'avaient fait tout l'après-midi. Gaby embarqua avec leurs plus jeunes et Florence adressa un dernier regard à ses plus vieux, l'air de dire «Soyez sages!» Elle se doutait qu'ils n'en feraient rien.

Félix et Marie leur envoyèrent la main en s'efforçant de ne pas trop sourire.

Félix avait cherché Claude du regard toute la journée et il ne l'avait pas vu. Mais il avait repéré un gros bâtiment avec une affiche annonçant : « Vive la maison du pêcheur libre ! Bienvenue à tous. » Félix partit avec Marie qui lui demanda pourquoi il voulait aller là.

— Claude, mon ancien coloc, m'a dit qu'il serait là cet été. Je veux juste lui dire bonjour.

— C'est quoi cette maison ?

— La première auberge de jeunesse québécoise fondée l'année passée.

— C'est pas là que la police avait arrêté plein de monde ?

— Ouais. C'est supposé être une maison privée maintenant, il n'y aura pas de problème.

Ils marchaient sur l'accotement de la route en s'éloignant des boutiques pour touristes. Marie regarda la cour de la maison du pêcheur remplie d'auto et de trois minibus Volkswagen. Des filles en robes fleuries parlaient ensemble. Elles ne semblèrent même pas remarquer leur présence. Marie suivit son frère vers l'intérieur de la maison.

Félix demanda à un jeune barbu armé d'une guitare s'il connaissait Claude.

— Claude ? Fais le tour, *man*. Il doit bien y avoir un Claude qui traîne quelque part.

Et il recommença à jouer, comme si la question l'avait inspiré. Il y avait des jeunes partout, une sorte de fête à ciel ouvert où tout le monde entrait et sortait de la maison. Marie suivait Félix, s'amusant de tous ces gens détendus qui semblaient faire ce dont ils avaient envie : jouer de la guitare, boire une bière, bécoter leur amoureuse, discourir. Puis elle perdit son frère de vue. Un bras venait de le tirer de côté. Elle se retourna. Félix était secoué par un barbu à qui il souriait.

— Je t'aurais jamais reconnu. C'est quoi cette barbe ?

— Mon déguisement de révolutionnaire, *man*.

Marie s'approcha lentement. Claude la vit tout de suite.

— Pis t'as amené une super belle fille, Don Juan. Tu changes pas.

— Je te présente ma sœur Marie.

Le regard de Félix était éloquent et Claude leva les mains en signe de défense. Il sourit à Marie l'air de dire « j'y toucherai pas, mais si elle insiste, elle va me trouver ».

Depuis qu'il avait quitté Montréal, Claude avait réussi à oublier Geneviève. Enfin presque. Il la retrouvait parfois dans ses rêves qui frisaient les cauchemars. Ici, avec toutes ces filles pas compliquées, il avait trouvé un équilibre, mais pas encore une amoureuse.

Marie regardait déjà ailleurs, scrutant les visages, les attitudes. Un jeune homme parlait de mettre fin à l'exploitation des Canadiens français, éternels porteurs d'eau exploités par le capital, les Anglais, les Américains.

Elle pensa à son père qui en savait quelque chose. Les conditions de travail s'étaient améliorées avec le syndicat devenu plus revendicateur, mais il y avait encore beaucoup à faire. Claude se pencha vers elle.

— Il faut que la Révolution tranquille serve à quelque chose. Maîtres chez nous, c'est pas juste pour les ressources naturelles, il faut qu'on soit indépendants des Anglais et qu'on arrête de payer pour leur reine.

Marie se tourna vers lui.

— Oublie pas les Américains, ils te laisseront pas faire. Parles-en aux Vietnamiens.

— Ça dépend... si c'est bon pour eux aussi.

Marie ne put s'empêcher de lui offrir son sourire pour demeurés.

— Si c'est payant pour eux autres, ça le sera pas pour nous. On va se faire avoir comme les ti-culs que vous êtes.

Claude fut surpris de cette phrase, surtout prononcée par une fille si jeune. Elle aussi fut étonnée de sa réplique. Elle chercha à modérer ses propos. Même si ce barbu l'énervait, il était néanmoins l'ami de son frère.

— Les bombes comme celle à la Bourse l'année dernière, ça rapporte quoi? On va où avec ça? Tu penses que les gens vont vous applaudir pour ça? Vous voulez faire comme les brigades rouges en Italie, tuer du monde, tout faire sauter? Vous voyez pas que ça mène nulle part?

— On n'a pas le choix. Tu penses que les Anglais vont nous faire des cadeaux alors qu'on est juste du *cheap labor* pour eux? La violence est parfois nécessaire. Toutes les révolutions se sont faites dans le sang.

— Révolution! Je pense qu'on est les seuls au monde à mettre l'adjectif «tranquille» après un mot aussi brutal. C'est peut-être ce qu'on est après tout, des gens tranquilles.

— On n'est pas tranquilles, on est soumis et exploités. Des nègres blancs. La seule manière de changer vraiment les choses, c'est de prendre le pouvoir. On n'a pas le choix. Personne va nous le donner comme ça.

Marie imaginait les jeunes du FLQ au pouvoir. Les vieux auraient une peur bleue et demanderaient la nationalité américaine pour continuer à se rendre à Old Orchard l'été et en Floride l'hiver. Les très vieux déménageraient à Ottawa pour y mourir d'ennui, sans danger, bien tranquilles. Ça ferait un drôle de pays mené par des philosophes de taverne.

Elle regarda Claude.

— En attendant de changer le monde, je peux avoir une bière?

Claude fut soulagé. Cette fille savait se montrer lointaine et froide. Heureusement qu'il n'avait pas parlé du petit livre rouge de Mao. Si elle n'avait pas été la sœur de Félix, il l'aurait abreuvée de questions pour savoir ce qu'elle pensait vraiment, quel côté elle choisissait. Mais Félix lui avait déjà raconté que sa sœur avait un sale caractère parfois. Une entêtée de première, qui prenait plaisir à tout contredire. Mais elle avait des seins magnifiques.

Les gens se couchaient tôt au terrain de camping, ce qui ne plaisait pas beaucoup à Marie et à Félix. Ils demandèrent la permission d'aller dans une des discothèques du coin. Gaby hésita. Ils avaient disparu un bon moment en après-midi, ne revenant au camping que pour souper. Félix avait raconté qu'il avait pris une bière avec son ancien coloc rencontré par hasard. Marie avait confirmé.

Gaby se dit qu'ils étaient en vacances après tout. Il offrit l'auto à Félix pour s'y rendre.

— Non merci, papa. C'est pas nécessaire. C'est pas si loin que ça. On va marcher.

— Non, non, je vais aller vous reconduire. Marie doit avoir encore mal aux pieds.

Gaby ne put cacher un petit sourire de complicité. Marie et Félix se regardèrent sans un mot. Ils ne pourraient échapper à cette grosse horreur peinte en *gold*. Arrivés à la discothèque, ils sortirent rapidement de l'imposante voiture.

Gaby les regarda aller, il était heureux pour eux. Si seulement il avait connu autant de liberté dans sa jeunesse.

La discothèque était pleine à craquer. Félix, avec son sourire d'ange, réussit à trouver un coin libre à une longue table. Il y posa son verre et offrit la chaise à Marie. Il alla vers l'entrée et revint avec une autre chaise.

Marie était déjà en discussion (si on peut appeler « discussion » le fait de crier dans l'oreille de son interlocuteur et de tourner la tête pour pouvoir entendre la réponse) avec Bill, un jeune Américain dans la vingtaine. Il était lui aussi avec sa sœur, Meg, et ses parents qui étaient assis au bar au fond de la salle.

Meg était une petite blonde un peu boulotte avec de longs cheveux, des cuisses un peu dodues et des seins lourds. Elle correspondait parfaitement à la définition que se faisait Marie d'une Américaine. Meg montra ses dents blanches avec un large sourire à Félix. Celui-ci regarda Marie, étonné. Il avait l'impression que des couples se formaient à son insu. Bill était plutôt insignifiant avec sa gueule de plaisancier du Maine, neutre en tout et habillé de beige. Mais Marie flirtait déjà avec lui et Félix n'avait pas envie d'être un simple spectateur. Il invita Meg à danser, ne serait-ce que pour juger de ses capacités corporelles.

Meg se déhanchait avec beaucoup de conviction devant Félix qui se demandait comment était son pubis, blond ou brun. Et ses seins sortis de leur prison, ils étaient comment, ronds et lourds, avec l'aréole rose ou brune? Il se mit à regarder les filles qui dansaient autour de lui. Il y en avait pour tous les goûts en matière de couleur, de grandeur et de grosseur, mais aucune n'avait la grâce et l'élégance de la sirène qu'il avait furtivement connue à la plage de la Pointe. Cette femme restait un modèle de délice et de charme.

Après s'être démené pendant quelques danses, il retourna à la table avec Meg sur les talons, rouge et essoufflée. Janet, la mère de Meg, s'approcha d'eux. Il était temps de rentrer. Meg fit la moue comme une gamine, et Bill supplia Janet de lui laisser plus de temps. Il commençait à peine à se coller à Marie qui fut soulagée de l'arrivée de sa mère. Elle commençait à trouver le *beach boy* de Nouvelle-Angleterre ennuyant.

Félix regarda maman Janet. Mince, brune, coquette, elle semblait encore très jeune, trop jeune pour avoir de grands enfants. Elle devait être la deuxième femme de leur père, ou bien la troisième. Il n'allait pas lui poser la question.

Janet hésitait à attendre plus longtemps, son mari était fatigué et il voulait se lever tôt le lendemain pour une excursion en bateau. Félix lui sourit et l'invita à danser. Elle refusa de la main comme si un « *no* » anglais n'allait pas être compris. Bill sauta sur l'occasion. Elle devait danser au moins une fois. Après cette danse, ils partiraient, promis.

Janet accepta de danser en rougissant, répétant que ce n'était plus de son âge. Meg lui jeta un regard glacial. Félix comprit qu'elle était vraiment sa belle-mère. Il prit délicatement le bras de Janet et se mêla aux danseurs. Puis il l'entraîna vers la sortie arrière tout en dansant. Plus ils s'éloignaient dans la foule, mieux elle bougeait ses hanches prisonnières d'une minijupe. Elle lui plaisait et cela semblait réciproque à voir le regard faussement gêné qu'elle lui lançait. Une biche effarouchée qui défiait le chasseur. Il prit son bras à nouveau et sortit.

Quelques personnes étaient dehors à parler, d'autres à s'embrasser. Félix passa son bras autour de la taille de Janet et se dirigea vers le fond du stationnement. Janet protestait verbalement en murmurant presque, mais elle le suivait. Pour la faire taire, il plaqua sa bouche sur la sienne.

Elle répondit à son baiser avec une fougue qui le surprit. Elle fouilla rapidement son pantalon d'une main experte et se baissa. Félix était aux anges et se retenait pour ne pas crier. C'était une gourmande. Il ne s'en serait pas douté. Quand elle remonta vers son visage, elle avait déjà enlevé sa petite culotte qu'elle lui montra comme un trophée.

Félix n'eut pas le temps de voir son pubis ; elle grimpait déjà sur lui, la minijupe remontée à la taille. Il dut s'appuyer sur une camionnette garée là pour ne pas tomber à la renverse. Les jambes passées autour de ses hanches, Janet se démenait avec frénésie, le traitant de *dirty pig* et de *bad boy*. Il avait l'impression qu'elle n'avait pas baisé depuis des mois.

Ses seins étaient sortis de son soutien-gorge et Félix les embrassait comme il pouvait entre deux soubresauts. Il n'avait jamais vu une femme se démener ainsi, même pas Geneviève. Il avait l'impression qu'elle se masturbait sur lui. Ça ne lui déplaisait pas, c'était simplement étrange. Elle jouit en étouffant un cri avec son poing. Il eut tout juste le temps de jouir à son tour qu'il entendit Meg crier le nom de Janet.

Celle-ci replaça ses vêtements rapidement et contourna la camionnette pour éviter Meg qui arrivait par l'autre côté. Félix attacha son pantalon en se cachant aussi. Meg le vit quand même. Il fit semblant d'avoir vomi. Il était sorti parce qu'il ne se sentait pas bien. Au même moment, Janet se glissait dans la discothèque. Meg tourna les talons, furieuse. Mais la petite famille américaine était sauve.

Félix attendit un moment avant de retourner à l'intérieur. Il avait besoin de se calmer un peu et surtout de laisser les Américains s'en aller. Il retrouva Marie sur la piste de danse. Elle lui sourit.

– Alors, Don Juan, tu changes pas?

Il sourit sans lui répondre. Il savait, au moment où Claude les avait prononcés, que ces mots lui reviendraient à la figure tôt ou tard. Sa sœur ne les laisserait pas passer si facilement. Il n'allait pas lui expliquer Geneviève, le trio avec Claude, la sirène et la pauvre Américaine frustrée. Ça ne regardait personne d'autre que lui. Il était pourtant étonné devant le besoin inassouvi des femmes plus âgées.

Marie dansa un peu avec Félix, puis ils rentrèrent à pied. Le ciel était étoilé, l'air encore doux. Marie réalisait que Louis lui manquait. Elle aurait aimé lui parler, tenter d'expliquer ce qui s'était passé. La tentation était grande de se confier à Félix. Louis était son meilleur ami. Elle comprendrait peut-être mieux son comportement. Mais par quoi commencer pour ne pas avoir l'air intéressée?

Une auto les dépassa à vive allure avec quatre jeunes à son bord. Marie sauta sur l'occasion.

– C'est une Duster comme celle de Louis. Vous êtes allés boire un verre ensemble avant qu'on parte?

Félix se retint pour ne pas rire. Quand sa sœur voulait savoir quelque chose et n'osait pas le demander, elle prenait mille détours et affichait un air détaché qui prouvait tout le contraire. Elle s'intéressait donc à Louis, et celui-ci avait disparu rapidement. Que s'était-il passé entre eux?

– C'était pas une Duster, mais une Camaro.

Marie retomba dans le silence. C'était une Camaro, et alors? Si elle lui racontait l'après-midi en canot, il se ferait peut-être plus bavard. Ou il se fermerait comme une huître. Pire, il en parlerait à Florence. Non, il n'en parlerait pas à sa mère, jamais de la vie. Les hommes ne parlaient pas de ça à leur mère. Mais peut-être à Gaby. Des confidences entre hommes. De toute façon, elle ne serait pas plus avancée.

Et pourquoi serait-elle gênée de parler de la randonnée en canot ? Elle n'était pas obligée de donner des détails. Et lui, qu'avait-il fait avec la belle-mère américaine dans le stationnement ? La femme était rentrée dans la discothèque avec le visage en feu et les yeux brillants, puis elle avait couru aux toilettes à la vitesse de l'éclair.

Félix écoutait le bruit de ses pas sur l'accotement en gravier de la route. Il avait cloué le bec à sa sœur un peu vite. Après tout, s'il voulait savoir ce qui se passait, il devrait se montrer plus diplomate. Il y excellait au collège, mais rarement avec sa propre famille. Il se tourna vers Marie qui ouvrait la bouche au même moment que lui.

Elle commença lentement à poser mille questions. Comment savait-on si c'était sérieux avec un garçon ? Pourquoi les hommes avaient-ils si peur de l'intimité, de se confier, de s'attacher ? Elle ne voulait pas se marier, mais avoir un compagnon, un homme avec qui partager sa vie. Était-ce trop demander ?

Félix se reconnaissait dans ce questionnement. Il voulait le sexe, mais pas l'intimité ; le plaisir, mais pas la vulnérabilité. En ce sens, il était proche de Louis. Quand Marie se tut, il essaya d'exposer des sentiments auxquels il n'avait jamais réfléchi. Le désir brut, la jouissance tant recherchée, la peur d'en devenir captif. C'était plus facile d'en parler avec sa sœur qu'avec une inconnue, surtout si elle était séduisante.

Ils arrivèrent à regret au camping silencieux. Ils avaient simplement exprimé leurs incertitudes, mais cela les avait rapprochés davantage.

— Tu es amoureuse de lui ?

— Je sais pas. Mais lui doit me mépriser pour avoir disparu aussi vite. Il m'a traitée comme du linge sale qu'on jette au panier.

– Je suis certain qu'il ne te méprise pas. Je comprends maintenant pourquoi il n'a pas voulu me voir non plus. Il avait peur d'en parler. Il a peur, c'est tout.

– Peur de moi ? Allons donc !

– Peur de lui peut-être ? De sentiments qu'il refuse d'éprouver. Et puis, c'est pas un gars pour toi.

– Pourquoi tu dis ça ?

– Tu vas aller à l'université, devenir médecin. Lui a fait son secondaire et travaille sur des chantiers de construction. Comment veux-tu qu'il vive avec une femme qui possède un doctorat et gagne le double de son salaire ?

– Ah ! C'est juste une question de macho et d'argent ! Tu peux passer à côté de ta vie pourvu que tu perdes pas la face à la job avec tes chums.

Félix lui fit signe de baisser le ton.

– Écoute, si c'est l'homme de ta vie, bats-toi pour lui.

– C'est pas l'homme de ma vie. Il n'existe peut-être même pas. Ce que les hommes sont idiots ! Je ne veux pas me marier avec lui, je veux juste savoir pourquoi il est parti en courant.

– OK, OK, je ne le sais pas. On ne s'est pas vus. Je vais le lui demander la prochaine fois que je le verrai.

– Non. Je ne veux pas que tu lui parles de ça. Tu as promis de ne pas en parler.

– Alors, j'attendrai qu'il m'en parle. Si un jour j'ai la réponse à ça, je te la donnerai. Ce que les filles peuvent être compliquées !

Gaby et Florence avaient fait attention de ne pas réveiller Léon et Sylvie qui dormaient tout près. Enveloppés dans les couvertures, ils avaient ri en se caressant, comme s'ils avaient vécu un amour interdit, risquant de se faire prendre à tout moment. L'interdit, à leur âge, était plutôt amusant. Ils avaient fait attention de ne pas crier pour ne pas réveiller leurs plus jeunes. Puis Gaby s'était endormi le nez dans le cou de Florence.

Florence se sentait si bien, prête à dormir aussi après ces étreintes. C'est alors qu'elle entendit la voix de Marie. Félix ouvrit la fermeture éclair de la tente. Florence les regarda. Ils souriaient tous les deux, ils avaient passé une belle soirée. Elle se pelotonna contre Gaby. Tout allait bien.

Florence sentit pour la première fois du voyage qu'elle commençait à se détendre en regardant le paysage défiler. Toute la famille s'était habituée à une autre routine et chacun y participait à sa façon. Même Marie offrait plus facilement son aide pour les repas ou le rangement. Ils n'avaient eu qu'une seule journée de pluie à Percé et ils commençaient lentement le voyage de retour.

Après New Carlisle, ils étaient entrés dans la Baie-des-Chaleurs. Ils roulaient sans penser à faire une halte, une douce torpeur les envahissait avec le vent chaud qui entrait par les fenêtres ouvertes de l'auto. Sylvie ne demandait plus « Quand est-ce qu'on arrive ? » Personne ne voulait vraiment que ça s'arrête.

À une station-service, Gaby consulta la carte routière. Ils s'arrêteraient ici, à New Richmond, ou continueraient jusqu'à Carleton. Florence proposa de se rendre plus loin et de camper quelques jours près d'une plage. Personne ne s'y opposa, bien au contraire. Ils avaient apprécié la pause de Percé après des jours de route. Et puis, pourquoi rentrer si tôt ?

Carleton et sa baie leur apparurent dans le soleil de fin d'après-midi. Ils se mirent à la recherche d'un camping. Les terrains étaient pleins et ils ne trouvèrent qu'une petite place loin de la mer, presque une arrière-cour. Ce n'était pas l'emplacement idéal, mais il n'y avait rien d'autre. Et il était trop tard pour poursuivre la route.

Dès que la tente-roulotte fut installée, ils partirent tous vers la plage. Le soleil commençait sa lente descente orangée. Ils mangèrent des hamburgers achetés à un kiosque et marchèrent sur la grève bondée de gens. Tout le monde semblait s'être donné rendez-vous pour le coucher de soleil.

Gaby s'amusait avec Sylvie et Léon, jouant à les poursuivre pour les attraper et les jeter à l'eau. Léon était trop rapide pour se faire prendre, mais Sylvie fut saisie par son père qui la souleva dans ses bras. Elle criait et riait en même temps. Gaby fit semblant de la lancer dans les vagues et il la déposa finalement les pieds dans l'eau. Elle sauta sur place, puis repartit à la course. Le manège recommençait. Félix avait rejoint Léon et ils cherchaient des galets et des coquillages échoués.

Florence les regardait, amusée. C'était une bonne idée, ces vacances. Elle sentait le sable frais sous ses pieds et se disait qu'ils devraient faire ça chaque année. Marie marchait à ses côtés en silence. Florence regardait sa fille et se demandait de quel garçon elle avait parlé avec Félix en revenant de la discothèque. Mais elle n'osait pas poser la question directement. Les amours, à cet âge, étaient de précieux secrets.

Florence leva les yeux vers le soleil qui rougeoyait et vit une silhouette s'approcher. Il y avait plusieurs personnes sur la plage, mais cet homme attira son attention. Il y avait quelque chose de familier dans sa façon de marcher.

Le cœur de Florence se serra. Elle avait cru voir Antoine. Impossible. Ce n'était que le fruit de son imagination, apparu à la pensée de l'amoureux de sa fille. Ce ne pouvait pas être lui. Il avait quand même son allure. Il lançait un bâton à un grand chien blond qui courait le ramasser pour le rapporter ensuite. Florence ralentit le pas et Marie la regarda.

— Tu es déjà fatiguée?

— Il vaut peut-être mieux rentrer avant qu'il ne fasse trop sombre.

— On a le temps. Le soleil ne sera pas couché avant une heure.

Marie continua de marcher et Florence lui emboîta le pas. L'homme se rapprochait. Le chien vint tout près de Marie et retourna en courant rejoindre son maître. Florence le fixait avec angoisse. Il ressemblait tellement à Antoine. Il avait vieilli, bien sûr ; elle aussi.

Elle prit conscience des shorts usés qu'elle portait. Ses vêtements étaient tous un peu trop grands depuis qu'elle avait perdu du poids, ses cheveux étaient rêches à cause du vent et du soleil. Elle se sentait laide et trouvait ridicule cette envie soudaine de plaire à un sosie de son amour de jeunesse. Le passé devait rester enterré.

Marie s'était approchée du chien et lui flattait la tête. L'homme arriva à sa hauteur et lui dit quelques mots que Florence n'entendit pas, figée sur le sable.

L'homme leva les yeux et lui sourit en avançant vers elle. C'était bien Antoine. Il se plaça devant elle et lui cacha la lumière du soleil. Son visage en contre-jour paraissait aussi jeune que la dernière fois qu'elle l'avait vu. Il lui tendit la main.

— Bonjour, Florence.

C'était bien lui, c'était sa voix, ses yeux, sa bouche. Quelques rides ornaient le coin de ses yeux quand il souriait, sa peau était dorée par le soleil. Il était toujours aussi séduisant. Elle tendit la main et, au contact de sa peau, elle fit un bond de plus de vingt ans en arrière. Elle était de nouveau jeune, mince, désirable et amoureuse.

Antoine ne la quittait pas des yeux. La première fois qu'il l'avait vue, elle sortait de l'eau à la plage de la Pointe, et voilà que la mer la lui ramenait. La Vénus avait vieilli, mais sa grâce n'avait pas totalement disparu. Il avait pensé à elle si souvent, en fait chaque fois qu'il pensait à son fils.

Il avait beau recevoir à chaque anniversaire un petit mot de Madeleine lui donnant des nouvelles de l'enfant, il avait reçu peu de photos, la dernière étant une photo qui datait de l'école secondaire. Il avait cherché son visage parmi tous ces jeunes garçons souriants et il l'avait trouvé rapidement. Félix lui ressemblait quand il avait le même âge.

Antoine leva les yeux et le chercha sur la plage. Florence semblait être seule avec sa fille, fort jolie d'ailleurs. Il trouvait que Marie ressemblait à sa mère, mais avec plus de caractère. Comme Florence restait muette, il se présenta à Marie qui le regardait déjà avec méfiance.

Les présentations furent interrompues par Léon qui arrivait avec une petite étoile de mer. Il regarda Antoine dans les yeux, un peu frondeur. Florence lui présenta le docteur Ferland, simulant tant bien que mal le détachement. Félix suivait, et Florence blêmit. Il tendit une main sablonneuse au médecin, puis se tourna vers Marie.

– T'as vu papa ?

Marie tendit le bras pour lui indiquer où il était. Il courait les pieds dans l'eau avec Sylvie sur ses épaules. La petite riait très fort. Ils venaient vers eux rapidement.

Essoufflé, Gaby déposa sa cadette sur le sable et rejoignit Florence. Il salua le docteur Ferland et lui parla tout de suite de Marie qui voulait devenir médecin elle aussi. Celle-ci se sentit embarrassée sans trop savoir pourquoi. Florence ajouta que Félix venait de terminer son collège.

– Il fera peut-être médecine lui aussi.

À ces mots, Félix recula et annonça qu'il allait rentrer, le soleil étant sur le point de disparaître. Marie le suivit. Gaby trouvait l'attitude de ses enfants étrange. Ils n'avaient pas l'habitude d'être aussi impolis. Mais il savait que les études universitaires étaient un sujet à éviter avec Félix. Il prit Sylvie par la main. Elle voulait monter encore sur ses épaules, mais Gaby était fatigué.

Florence aurait voulu qu'ils partent tous et la laissent avec Antoine, mais Léon jouait avec le chien et Gaby attendait sa femme avec sa plus jeune. Antoine s'adressa à Gaby :

– J'ai une maison près d'ici, pourquoi vous ne venez pas demain midi pour un barbecue ?

Gaby regarda Florence qui restait figée. Antoine avait déjà sorti un papier de sa poche et indiquait le chemin à prendre pour se rendre chez lui. Il ignorait soigneusement Florence et se concentrait sur Gaby.

– Alors, je vous attends tous demain. Vous pouvez arriver tôt, le jardin ombragé est très agréable le matin et il y a une piscine.

Gaby prit le papier et le mit dans la poche de ses shorts. Il dit à Léon de laisser le chien tranquille et se tourna vers Florence. Celle-ci baissa les yeux et murmura qu'ils seraient là le lendemain. Puis elle se tourna et marcha aux côtés de son mari. Elle sentait le regard d'Antoine dans son dos et celui de Gaby à sa droite.

– Pourquoi tu lui as dit qu'on serait là ? Si je me souviens bien, il est marié à Cécile Martel, une sainte nitouche snob. J'ai pas envie de passer des heures à lever le petit doigt en prenant une tasse de thé. C'est pas du monde pour nous autres. On est en vacances.

– On pouvait pas refuser. Et peut-être que Cécile a changé.

– Certain. Elle doit être moins snob depuis qu'elle est mariée à un médecin et habite Westmount.

– Ils habitent Westmount ?

– Je sais pas, mais ils vivent pas à Saint-Henri, c'est sûr. Il a une Rolex au poignet.

Florence le regarda avec surprise. Comment Gaby avait-il remarqué ce détail ? Il ne remarquait même pas quand elle changeait de coiffure. Et, elle, elle n'avait rien vu. Elle n'entendait que la peur lui tenailler le ventre, peur que Gaby ou Félix ne découvre ce secret qu'elle avait passé sa vie à étouffer. Et voilà que le danger venait de se présenter.

Éblouie par des souvenirs érotiques, elle avait été assez sotte pour accepter une invitation qui risquait de tout dévoiler. Quand elle verrait Félix, Cécile aurait des doutes. Et si ce n'était pas Cécile, ce serait quelqu'un d'autre. Elle se rappelait maintenant le regard d'Antoine sur Félix, la joie, la curiosité et la volonté de le connaître davantage. Pourquoi n'avait-elle pas compris ça aussitôt ? Et dire qu'elle avait cru que c'était à elle qu'il s'intéressait.

Ils n'iraient pas, tout simplement. Rien ne les obligeait. Ils feraient d'ailleurs mieux de rentrer à Sainte-Victoire dès le lendemain.

Le petit-déjeuner était toujours un repas agréable. Gaby faisait un petit feu au-dessus duquel il faisait rôtir des tranches de pain déposées sur une grille munie d'un long manche. Tous les enfants trouvaient ces toasts nettement meilleurs que celles qui sortaient du grille-pain électrique.

Il faisait beau ce matin-là, mais la tente-roulotte se trouvait dans un endroit qui n'offrait aucune vue sur la mer, ni sur rien d'ailleurs, sauf un début de broussailles. Le terrain de camping était en terre battue inégale, les poubelles étaient trop proches et attiraient les mouches. Florence avait mal dormi et la mauvaise humeur qui l'envahissait devait trouver une cible. Un tue-mouche à la main, elle se plaignait de cet endroit horrible.

– Je passerai pas une autre journée dans ce dépotoir! On s'en va!

Sylvie protesta, elle ne voulait pas rentrer à la maison tout de suite. Léon appuya sa sœur et proposa d'aller se baigner dans la piscine du docteur. C'était la dernière chose que Florence voulait entendre. Marie regardait son père qui tenait les tranches de pain au-dessus du feu. Il n'avait encore rien dit. Félix mangeait lentement en contemplant le ciel. Il avala sa dernière bouchée et se leva.

– Je peux aller voir s'il y a un autre emplacement de libre. S'il n'y a rien, on trouvera bien un autre camping en route.

Gaby allait proposer la même chose et il était content que son fils ait exprimé son idée. Il n'avait pas envie d'aller barboter dans la piscine du médecin, mais il aurait aimé passer une autre journée à la mer. Rendu dans la vallée de la Matapédia, il ne la verrait plus. Il confia la grille à Marie et se leva à son tour pour accompagner Félix. Les deux hommes partis, le silence retomba, ponctué de coups de tue-mouche.

Marie regardait sa mère à la dérobée. Elle se demandait ce qui avait changé. Florence n'était plus la même depuis la rencontre avec ce médecin qui l'avait accouchée. Elle était irritable, elle avait passé la soirée à être distraite et elle semblait prendre maintenant un malin plaisir à poursuivre les mouches avec opiniâtreté, un véritable assassinat collectif. Gaby revint rapidement avec le sourire.

– On a une belle place sur le devant, on va voir la mer. Les gens viennent tout juste de partir, allons-y.

Tout le monde fut sur pied en quelques secondes. Le rangement de la tente-roulotte se fit rapidement et la famille Valois put voir la mer quelques minutes plus tard. La tente-roulotte fut installée sur une petite butte qui offrait une belle vue sur toute la baie.

Florence n'avait plus aucune raison de se plaindre ni de vouloir rentrer tout de suite. Mais elle ne parlait pas de l'invitation au barbecue. C'est Marie qui aborda le sujet. On y allait ou pas? Léon fut le premier à voter oui, à cause de la piscine et du chien. Sylvie approuva le vote de Léon. Florence regarda Gaby qui haussa les épaules. Elle se tourna vers Félix et surprit le regard de Marie qui la fixait. Elle cherchait une raison plausible de se dérober à cette invitation, mais ne trouvait rien. Elle ne pouvait pas dire que la vie de Félix était en danger ni que ses émotions la torturaient. Elle ne pouvait qu'en vouloir au destin de lui avoir fait croiser la route d'Antoine Ferland une autre fois.

La vieille *station wagon* tourna à droite sur une allée de gravier. Le long terrain était bordé de pins sur la droite et des arbres cachaient en partie la maison qu'on devinait au loin. Le chemin partait brusquement vers la gauche et débouchait sur un emplacement où était stationnée une BMW. Une haie de cèdres masquait en partie la maison.

Florence resta bouche bée. C'était une jolie villa qui se trouvait sur un promontoire et embrassait la mer à perte de vue. Elle se rappela les mots de la vieille à la réglisse quand elle lui avait pris la main pour lui prédire son avenir. Une villa au bord de la mer et quatre enfants. Elle avait eu la moitié de la prédiction et avait toujours cru que le bungalow qu'elle habitait était cette villa parce que le fleuve se trouvait au bout de la rue. Et voilà que la vraie villa faisait son apparition comme un château ensorcelé.

Antoine, souriant, vint à leur rencontre avec Gaspard, son labrador. Il avait passé des heures à se demander s'il reverrait la famille Valois et surtout, Félix.

Léon et Sylvie s'occupèrent du chien pendant que le médecin faisait visiter sa maison de plain-pied. Les grandes pièces étaient très peu meublées, ce qui augmentait l'impression de vastitude face à la mer. Un capitaine devait se sentir à bord de son navire dans une telle maison.

Florence chercha des traces de Cécile, mais il était évident que la villa était occupée par un homme seul. Antoine était-il divorcé? Elle n'osait pas poser la question. Marie n'eut pas cette gêne.

Antoine la regarda en souriant. Il s'y attendait. Mais il aurait parié que la question viendrait de Florence. Il constatait que Marie était bien la fille de sa mère, avec une touche d'audace supplémentaire. Le changement d'époque sans doute. Il avait observé la même chose chez ses jumelles, elles étaient le portrait de leur mère, avec une touche de vanité en plus.

– Ma femme ne vient jamais ici, elle préfère passer l'été sur les plages américaines. Elle dit que le sable est plus fin et l'eau, plus chaude. Depuis que ma sœur lui a fait découvrir le Maine, elle loue la même maison tous les ans. Mes filles sont venues quelques jours la semaine dernière, mais ça manque de célébrités et de discothèques ici. Je me suis fait construire cette maison de vacances pour moi tout seul… et pour mon vice. Venez.

Il entraîna les deux femmes dans une pièce lumineuse qui donnait sur la mer. Un chevalet était planté au milieu de l'atelier, une odeur de peinture et de térébenthine flottait dans l'air, des toiles étaient alignées le long du mur, surtout des paysages et quelques portraits de Gaspard le labrador.

Félix et Gaby suivaient de loin en se demandant quand la visite touristique prendrait fin. Ils se regardaient souvent d'un air entendu, et, chaque fois qu'Antoine surprenait ces regards, cela lui faisait mal. Il se consolait en flirtant presque avec Marie, comme si la douleur dans les yeux de Florence lui faisait du bien.

Faire visiter sa maison lui faisait réaliser sa profonde solitude. Un homme et son chien. Il était aussi un peu gêné, maintenant, de ses toiles de débutant. Il savait qu'il n'avait pas affaire à des critiques d'art, mais ses petits paysages lui semblaient soudain insignifiants.

Florence sentait l'inquiétude lui tenailler le ventre et elle profita du départ de tout le monde vers le jardin pour se rendre à la salle de bain. Une reproduction de *La Naissance de Vénus* de Botticelli occupait tout le mur face au lavabo. Un grand miroir renvoyait la Vénus blonde qui semblait ainsi prendre tout l'espace, peu importe l'angle où on se trouvait dans la pièce, assis sur la cuvette des toilettes ou se brossant les dents. Florence se demandait pourquoi Antoine avait choisi cette décoration un peu bizarre. Son amour de la peinture, sans doute.

Elle aspergea son visage d'un peu d'eau en se demandant ce qu'elle faisait dans la maison de cet homme qui ne l'avait même pas regardée depuis son arrivée. Elle était comme un fantôme. Même Gaby avait reçu plus d'attention qu'elle.

La porte s'ouvrit. Elle vit dans le miroir Antoine se glisser rapidement à ses côtés. Il essuya son visage de sa longue main et posa ses lèvres sur les siennes. Le geste était si simple, si familier, que Florence le laissa faire.

Un courant électrique la parcourut quand la main d'Antoine se plaqua sur ses reins. Son corps n'était donc pas mort, ni même vieux. Il était simplement endormi dans une routine convenue, un quotidien rassurant. La main descendit et Antoine pressa le corps de Florence contre son bassin. Sa langue continuait de fouiller la bouche de son ancienne amante.

Florence sentit l'érection d'Antoine contre elle. Elle encercla sa taille de ses bras. Un grand cri de Léon la fit sursauter. Un gros «plouf» suivit. Il venait sans doute de plonger dans la piscine. Antoine se sépara d'elle et sortit rapidement de la salle de bain.

Florence fixait la Vénus qui lui souriait aussi énigmatiquement que la Joconde. Elle sentait encore son sexe palpiter. Avait-elle rêvé? Elle passa sa langue sur ses lèvres. Non.

Antoine referma la porte de sa chambre derrière lui. Florence avait encore autant de pouvoir sur son corps et cela le rassura. S'il avait un instant désiré le corps souple de Marie avec ses seins nus sous sa blouse indienne, c'est la peau et l'odeur de Florence qui lui avaient procuré cette érection dont il devait se départir.

Il était habitué à passer de longues semaines seul et il ne se gênait pas pour sauter parfois une serveuse ou une barmaid, mais il avait besoin de beaucoup d'éloignement pour se sentir réduit à se masturber. Ce qu'il fit en pensant à Florence. Il enfila ensuite son maillot de bain. L'eau froide de la piscine lui ferait le plus grand bien.

Pour accéder à la mer, il fallait descendre un sentier tortueux et étroit le long de la petite falaise. De longues herbes et des roches rendaient la descente laborieuse, et la plage n'était en fait qu'une bande de terre caillouteuse. S'y baigner demandait beaucoup d'efforts, d'autant plus que l'eau était froide. Marie s'y était aventurée avec Félix, mais ils étaient rapidement remontés et nageaient dans la piscine dont l'eau était réchauffée par le soleil. Tout le monde était maintenant en maillot de bain. Antoine préparait le barbecue.

Florence n'avait pas osé prendre place à ses côtés pour l'aider. Gaby avait toujours voulu faire cela tout seul et il aurait trouvé étrange qu'elle se mette à coller le médecin. Elle restait donc étendue sur une chaise longue, les yeux mi-clos derrière ses lunettes fumées, observant le corps d'Antoine, ce grand corps qui n'accusait pas beaucoup les années, sans doute à cause de la natation qu'il pratiquait quotidiennement, même par temps froid selon ses dires.

Félix sortit de la piscine et se dirigea vers le barbecue. Le cœur de Florence se serra. Ils avaient tous les deux la même silhouette, le même dos, les mêmes épaules. Félix avait hérité des cheveux sombres de sa mère, de ses yeux et de son nez, mais le corps était celui d'Antoine. Florence chercha Gaby du regard. L'avait-il remarqué, lui aussi ? Il jouait avec Léon et Sylvie à l'autre bout de la piscine. Le regard de Florence revint vers Antoine et Félix. Au passage, il accrocha les yeux de Marie qui la fixait encore une fois.

Antoine était blasé depuis des années. Il avait même l'impression que c'était depuis son départ de Sainte-Victoire. Il avait un horaire d'automate même en vacances. Sa vie était devenue si routinière qu'il avait même cru avoir un talent pour la peinture, question d'occuper ses mains et son esprit plusieurs heures par semaine.

Mais ce qu'il voulait surtout, c'était fuir sa femme et ses deux filles qu'il regardait parfois comme deux caniches savants, apprenant les mêmes pirouettes que leur mère, ne vivant que pour briller dans leurs nouveaux vêtements. Il trouvait injuste que Cécile ait ces deux copies conformes pour elle seule alors qu'elle ne lui avait jamais donné de fils. À sa deuxième grossesse, lorsque les jumelles avaient déjà cinq ans, Cécile avait perdu le bébé dans les premiers mois et n'avait jamais semblé le regretter. Elle avait déjà ses deux petites. Et elle ne voulait pas devenir à nouveau une baleine. Elle avait fait tellement d'effort pour perdre tout ce poids en trop et retrouver sa silhouette de jeunesse.

Antoine avait, depuis ce temps-là, l'impression d'être un intrus chez lui. Il s'était tourné vers les rares lettres de Madeleine, scrutant longuement les quelques photos qu'il recevait. Et voilà que près de lui se tenait ce fils qu'il avait toujours désiré connaître, avec qui il aimerait partager tellement de choses.

Il se sentait maladroit, voulant entamer la conversation, mais n'ayant que des banalités à l'esprit. Il avait appris que Félix avait refusé de s'inscrire à l'université, ce qui avait blessé Florence qui rêvait de voir son fils suivre les traces de son géniteur. Antoine se disait que l'insistance de Florence avait sans doute rebuté Félix. Il avait fait la même chose à vingt ans et il avait fallu toute la persuasion de son père et une visite de l'hôpital pour le faire entrer à l'université.

Antoine rêvait de refaire ce chemin avec Félix, mais comment s'y prendre alors qu'il ne faisait pas partie de la famille, qu'il n'était même pas un ami des Valois?

Marie s'était approchée d'eux et Antoine en fut agacé. Puis une idée lui vint. Elle voulait faire médecine. Il pourrait peut-être se servir d'elle pour se rapprocher de Félix, quitte à avoir l'air d'un vieux cochon qui lorgne une jeune fille. Il engagea la conversation avec Marie, les études, les ambitions. Elle répondait avec aplomb tout en regardant souvent sa mère par-dessus l'épaule de Félix qui n'avait pu s'empêcher de manger tout de suite un hamburger. Elle en prit un à son tour et Léon cria de la piscine que, lui aussi, il avait faim.

La table abritée par un parasol était trop petite pour loger Antoine et ses invités. Tout le monde allait donc se disperser pour manger. Florence remplit une assiette qu'elle alla porter à Sylvie, installée sous le parasol avec Léon, Gaspard à leurs pieds. Elle revint au barbecue préparer une assiette pour Léon. Chaque fois qu'elle passait, Antoine trouvait le moyen de l'effleurer, de lui murmurer un mot de désir : « Je veux te prendre. », « Je veux te manger. », « Suce-moi. » Florence essayait de rester imperturbable tout en surveillant Marie qui ne la quittait pas des yeux.

Gaby s'approcha à son tour. Florence partit avec son assiette vers l'ombre du patio. Gaby resta un moment avec Antoine, à parler de tout et de rien. Il n'avait jamais été émerveillé de la venue de ce médecin, mais il se souvenait que les femmes de Sainte-Victoire s'étaient pâmées pour lui à l'époque, comme elles se pâmaient pour une vedette de cinéma.

Pour Gaby, Antoine était un homme qui avait vieilli comme les autres. Son charme avait dû s'émousser et il devait se sentir bien seul pour inviter toute la famille Valois chez lui. Gaby l'imaginait passer ses journées à parler à son chien et à le peindre. Une vie étrange.

Il se sentait mal à l'aise devant cet étalage d'argent, d'ennui et de belles manières. D'ailleurs, comment un homme pouvait-il passer ses vacances tout seul de son côté alors que sa femme et ses enfants étaient ailleurs ? Quelque chose l'agaçait et sonnait faux dans tout cela, mais il n'arrivait pas à mettre le doigt dessus.

Marie alla s'installer avec Gaby sous un arbre. Félix rejoignit sa mère à l'ombre de la maison. Antoine se demandait avec qui il irait manger. Il ne voulait pas trop montrer qu'il préférait Florence et Félix, il hésita donc un instant. Le rire de Marie à des mots chuchotés par son père le décida à aller vers le patio. Il avait enfin droit à un tête-à-tête avec son fils.

Florence souriait, passant de l'un à l'autre comme si elle était au comble du bonheur. Félix n'avait pas envie de faire la conversation, encore moins de s'expliquer sur sa décision de ne pas aller à l'université. Il voulait vivre, voyager dans des pays exotiques, faire l'amour à plein de belles femmes à travers le monde. Le reste n'était que des préoccupations d'adultes frustrés.

Antoine proposa d'un air désinvolte de faire visiter à Marie le Royal Vic où il travaillait. Florence s'enthousiasma à cette idée. Elle se tourna vers Félix.

— Tu pourrais y aller avec ta sœur. Tu connais Montréal mieux qu'elle.

Félix, la bouche pleine, lâcha un « peut-être » qui remplit le médecin de joie.

Antoine se retrouvait tellement en lui, dans son indolence feinte. Il l'avait regardé nager. Il avait le même corps que lui à son âge. Pourvu qu'il ne rencontre pas un vieux notaire riche et une Cécile sur son chemin. Et s'il refusait de faire médecine, c'était bien aussi. Il avait eu la chance d'avoir une mère qui était à l'opposé de sa grand-mère Murielle. Antoine ne pouvait que s'en réjouir. Son fils était beau, intelligent et il avait tout pour être heureux.

Le reste de l'après-midi se déroula nonchalamment. Gaby fit une sieste à l'ombre d'un arbre, Marie joua au badminton avec Félix et Léon, Sylvie ne lâcha pas Gaspard un instant et Florence se mit à la vaisselle dans la cuisine, refusant, pour une fois, l'aide de Marie. Antoine passa derrière elle. Il avança la main et caressa ses seins. Florence eut un hoquet de surprise. Puis il l'embrassa furtivement dans le cou et il sortit plonger dans la piscine.

Florence lavait lentement les assiettes, sentant encore le corps humide d'Antoine se coller au sien, sa peau se hérisser en petites boules sensibles, ses seins se gonfler, les frissons la parcourir rapidement. Ce désir la submergeait et faisait trembler ses mains dans l'eau savonneuse.

Antoine resta dans la piscine un long moment. Comme il aurait aimé garder Florence et Félix auprès de lui! Cette demeure serait alors devenue un vrai foyer et non un lieu d'évasion et de solitude. Après toutes ces années de froideur, il connaîtrait enfin la douceur de vivre. Il s'était toujours demandé si ces mots n'étaient qu'une expression vide et voilà qu'il avait le sentiment que c'était possible.

Il regarda les enfants Valois autour de leur père. Sa soudaine naïveté tomba. Ce rêve ne se réaliserait jamais. Gaby et les enfants se souderaient ensemble pour le combattre. Mais il pouvait avoir Florence, au moins de temps en temps. Et pourquoi pas Félix aussi, un jour ? Il était prêt à jouer les oncles généreux s'il le fallait, mais il ne voulait pas perdre contact avec son fils fraîchement retrouvé.

Marie se sentait de plus en plus mal à l'aise. Elle n'aimait pas cette ambiance de fausse joie. Tout le monde essayait de s'amuser, mais la maison, le terrain, la piscine, tout dégageait l'indifférence glaciale. Elle attribuait cette ambiance à Antoine qui cachait quelque chose sous des sourires trop nombreux. Il n'arrêtait pas de regarder Félix à la dérobée. Elle finit par se demander s'il était attiré par les garçons. Non, elle se souvenait avoir surpris plus d'une fois son regard sur ses seins, un regard de convoitise.

Marie n'aimait surtout pas voir sa mère dans cet état. Depuis leur rencontre avec le médecin, elle jouait les femmes lointaines, indifférentes, alors que Marie était de plus en plus certaine qu'elle mourait d'envie de s'approcher de cet homme. Il y avait peut-être eu quelque chose entre eux voilà bien longtemps. Avant Gaby, avant leur mariage. Un amour de jeunesse, une passion inassouvie qui refaisait surface, ça devait sans doute être excitant et déstabilisant. Ça devait aussi être drôlement bouleversant. On aimait encore, plus du tout, un petit peu. Les souvenirs devaient se bousculer dans la tête, ce qu'on était, ce qu'on était devenu. Comment s'y retrouver ? Marie repensa à Louis. Un souvenir de quelques jours seulement, mais encore dérangeant.

Félix trouvait Antoine plutôt sympathique et surtout patient de s'être laissé envahir ainsi, lui qui semblait avoir une vie si rangée, si méthodique. Il le rejoignit dans la piscine et fut suivi rapidement par Marie qui n'avait pas l'intention de laisser le médecin tranquille. Elle voulait comprendre cet homme énigmatique, probablement séducteur à ses heures et solitaire en tout temps.

Florence sortit de la maison au même moment et regarda longuement Félix. Et si Antoine profitait de sa visite à l'hôpital pour tout lui raconter, pour lui offrir d'être un deuxième père ? Elle désirait être dans les bras d'Antoine, connaître à nouveau son corps, assouvir sa passion avec lui, mais il n'était pas question que Félix soit mis au courant de ses origines. Elle nierait, toujours, même sur son lit de mort.

Après la journée passée à la maison du docteur Ferland, l'ambiance avait changé. Même le petit-déjeuner avait été moins amusant, plus silencieux, comme si tout le monde réalisait que les vacances étaient maintenant terminées. Gaby roulait depuis des heures sans dire un mot; Florence passait tout son temps à fixer le paysage d'un regard vide, même Léon et Sylvie semblaient si fatigués d'avoir joué avec le chien qu'ils se tenaient tranquilles sur la banquette arrière. Félix se sentait vidé et il ne savait pas pourquoi. Trop de natation peut-être. Assis aux côtés de sa sœur, il voyait bien qu'elle mourait d'envie de lui parler. Marie n'arrêtait pas de lui lancer des regards curieux, de mimer il ne savait quoi avec ses yeux.

La journée avançait, Gaby devait se décider : arrêter tout de suite dans un camping ou poursuivre jusqu'à la maison et arriver tard le soir. Il en parla à Florence qui sembla sortir de sa torpeur. Elle jeta un coup d'œil à Félix et à Marie.

— Je préférerais dormir dans mon lit. Mais si on rentre ce soir, vous devez être prêts à conduire.

Félix et Marie étaient d'accord, eux aussi avaient envie de de se retrouver dans leurs lits. La route sembla disparaître derrière eux rapidement. Ils arrivèrent devant le bungalow en fin de soirée.

Chacun s'affaira à prendre ses bagages et à retrouver sa chambre en un temps record. Marie en profita pour prendre son frère à part au sous-sol. Elle avait mille questions à lui poser et chuchotait comme une conspiratrice.

— T'as rien remarqué entre Antoine et maman? Tu trouves pas que papa paraît plus préoccupé? Et cette invitation à aller visiter un hôpital, c'est louche, non?

— Où tu veux en venir?

Quand Marie lui exposa sa théorie de l'ancien amant refaisant surface, Félix rit de bon cœur. Elle ne se laissa pas démonter pour autant.

— Madeleine m'a déjà dit que ce fameux Antoine avait quitté la ville deux jours à peine après ta naissance.

— Et alors? Ça prouve absolument rien.

Félix commençait à s'énerver, les spéculations de sa sœur tenaient de la pure fantaisie.

— Même si maman a été sa maîtresse, qu'est-ce que ça peut bien te faire? C'est de l'histoire ancienne. Tu penses qu'elle nous abandonnerait pour un homme aussi ennuyant? Sa vie est réglée comme une horloge et il va même pas en vacances avec sa femme. Ou c'est un trou de cul, ou il a marié une salope.

— Je sais tout ça. Ça fait quand même drôle de les imaginer plus jeunes...

— De les imaginer faisant l'amour, c'est ça? S'ils ne l'avaient jamais fait, on serait pas là pour en parler.

— C'est pas ça qui me dérange. J'ai l'impression que cette histoire de visite à l'hôpital est arrangée.

— Tu connais maman, elle veut un médecin dans la famille. Ce sera toi au lieu de moi. Pis la visite, on n'est pas obligés de la faire.

— Tu sais, il a passé la journée à te regarder.

— Et d'habitude, les hommes, c'est toi qu'ils regardent. T'es jalouse.

Il avait dit ça en riant. Marie avait décidé de laisser tomber. Elle divaguait sans doute, elle était tellement fatiguée.

Félix prit soin de quitter la maison discrètement en après-midi. La tente-roulotte avait été nettoyée et remisée sous l'auvent. La vie revenait à la normale chez les Valois. Félix avait donné rendez-vous à Louis à la brasserie. Il avait appelé à la boutique en faisant attention de ne pas être entendu par sa sœur. Il prit sa bicyclette et partit nonchalamment comme pour une simple balade.

Les deux amis se retrouvèrent avec plaisir. Ils prirent des nouvelles l'un de l'autre, et le nom de Marie ne fut jamais prononcé. Félix raconta avec emphase son histoire avec la belle-mère américaine. Louis rit de bon cœur. Il avait connu à peu près la même chose avec une femme de Boston en vacances à Québec.

— On dirait qu'elles sont tellement en manque. Pis les vacances les excitent encore plus. J'avais l'impression d'être un poteau.

— Mais non, on est des *French lovers*, ça les fait jouir plus vite. Elles ont attendu ça pendant des mois, peut-être même toute une vie.

Félix regarda son verre de bière en se demandant comment on pouvait passer toute une vie à attendre quelque chose. Louis mit la main sur son épaule, comme s'il le félicitait.

— En tout cas, les femelles vont se faire rares, mais je pense que t'as une chance d'être engagé pour un gros chantier. Bourassa a promis de développer la baie James. Des années de travail et ben de l'argent.

– C'est pas pour tout de suite.

– Non, mais il faut que tu te prépares tout de suite. Ça va te prendre des heures d'expérience. Je connais le *foreman* sur un chantier. Il pourrait t'engager, mais il va falloir que tu lui donnes ton C.V.

– Pas de problème.

– Pas celui que tu as, mais celui que tu vas te faire. Si tu penses qu'il va mettre sur son chantier un gars avec un cours classique, qui a appris le grec pis le latin, tu te trompes. Il ne veut pas de gens compliqués. Un secondaire cinq, c'est déjà en masse. Pour les spécialités, les *foreman* préfèrent te les montrer eux-mêmes. Ils veulent pas que tu pousses croche.

– Il faut aussi que j'aie l'air d'un demeuré ?

– Ben non, ton air naturel fera l'affaire. T'as déjà l'air d'un demeuré.

Ils éclatèrent de rire. Louis leva son verre de bière et il aperçut Marie qui le regardait depuis l'entrée.

Marie était partie sur les traces Félix peu de temps après son départ. Elle se disait que son frère irait rapidement rejoindre son meilleur ami pour lui parler de son voyage. Et comme il n'était pas question qu'elle téléphone à Louis pour lui demander quoi que ce soit, elle avait décidé de jouer les détectives en suivant son frère.

Elle ne voulait pas attendre d'avoir la version de son frère qui serait sans doute proprette et gentille. Elle l'entendait déjà dire : « Il t'aime bien, comme une amie. », « Il te trouve gentille. », « Il se dit qu'il n'est pas assez bien pour toi. » Cela faisait un moment qu'elle attendait devant la brasserie de les voir sortir. Elle n'en pouvait plus. Il était temps qu'elle en ait le cœur net.

Félix venait de la voir aussi.

– Mon vieux, t'es dans la marde. Ç'a l'air que tu l'as laissée tomber à la vitesse de l'éclair. T'es mieux d'avoir de bonnes explications. Ou une bonne assurance. Je pense qu'elle va t'arracher la tête.

Louis regardait Marie avancer vers lui. Elle avait des yeux de feu. Il lui sourit. Elle lui plaisait encore plus. Il avait disparu en voulant la ménager. Il pensait bien faire en la laissant libre, mais il avait réalisé que son absence était douloureuse. Il la voyait partout, dans ses rêves, sur la rue, à la plage. Toutes les filles aux longs cheveux sombres l'interpellaient, mais aucune n'était la belle et fougueuse Marie.

Quand elle arriva près de lui, il se leva rapidement, enserra sa taille avec son bras gauche, mis sa main droite dans son cou et l'embrassa avec ardeur. Marie essaya mollement de se dégager, frappa légèrement de son poing l'épaule de Louis, puis elle passa lentement sa main sur sa nuque. Leur long baiser s'éternisait comme dans un film hollywoodien.

Le barman changea la musique qu'on entendait en sourdine. *Comme j'ai toujours envie d'aimer* de Marc Hamilton se mit à jouer. Le barman monta le volume. Tous les clients avaient suivi le manège. Ils se mirent à applaudir les amoureux.

L'agonie était commencée. Il respirait à peine, par goulées d'air qu'il ne semblait pas expulser, et il gardait souvent les yeux fermés par épuisement. Quand il sentit une main douce sur la sienne, il ouvrit les yeux, persuadé que c'était Jacinthe. Mais le visage de cette femme lui était inconnu. Il le fixa un moment et crut reconnaître une étincelle dans le regard. Alice. Il ouvrit la bouche pour prononcer son nom, il articula, mais il n'entendit aucun son. Il ne savait pas s'il était sourd ou muet. Alice semblait avoir entendu, car elle lui sourit.

— Tu pensais sans doute ne jamais me revoir, moi aussi. Je ne serais peut-être même jamais venue si Réjane n'était pas aussi malade. Elle dépérit depuis la mort de Maurice. Vous avez passé tellement d'années à vivre séparés et voilà que vous semblez vouloir partir en même temps. Ça va faire une drôle de rencontre là-haut.

Gustave s'agita, il ouvrit la bouche pour lui dire qu'il aurait aimé voir Réjane une dernière fois, mais il n'avait plus la force d'articuler quoi que ce soit. Alice lui tapota de nouveau la main.

— Je sais qu'elle a fait la paix avec toi… Je vais essayer aussi. Tu comprends que c'est difficile. Je t'en ai voulu pendant tellement d'années, persuadée que tu ne m'aimais pas. Et si un père ne peut pas t'aimer, qui peut le faire ? Personne d'autre. Une chance qu'il y a eu Ernest. Et puis, tu as fait rêver ma petite Jacinthe. J'espère seulement que ces rêves fous ne gâcheront pas sa vie.

Gustave sourit en pensant à Jacinthe, elle avait adouci les dernières journées de sa vie. Il regarda vers la porte. Pourquoi n'était-elle pas là?

– Je voulais te dire que Réjane pense à toi. Elle a ressorti de vieilles photos que je croyais détruites. Tu vois, malgré tout, ton souvenir ne sera pas effacé dans ma famille. Je trouve dommage que tu aies été aussi lâche. T'enfuir parce que tu avais peur de deux petites filles. C'est vrai qu'Yvonne faisait peur, surtout qu'on ne comprenait pas ce qui arrivait, mais tu aurais pu épauler ta femme, la soutenir. Tu vas peut-être me dire qu'elle avait du courage pour deux. Je ne trouve pas que c'est une bonne raison. Mais on ne peut rien y changer, pas vrai?

Alice se leva de la petite chaise placée près du lit. Elle s'approcha du visage de Gustave et déposa un baiser sur son front.

– Adieu, papa.

Elle sortit lentement de la chambre. Jacinthe attendait dans le corridor. Alice lui sourit, les larmes aux yeux, et se dirigea vers les escaliers. L'exercice avait été moins douloureux qu'elle ne l'avait cru, mais voir un agonisant était toujours pénible.

Jacinthe entra et s'assit auprès de son grand-père. Elle était heureuse que sa mère se soit enfin décidée à lui rendre visite. Elle prit la main du vieil homme qui entrouvrit les yeux. Une larme glissa lentement sur sa joue.

Jacinthe resta ainsi longtemps. Elle n'attendait pas une histoire, elle n'avait pas envie de parler non plus. C'était comme un moment d'éternité, immobile. Elle n'aurait su dire combien de temps s'était écoulé quand elle réalisa que la main qu'elle tenait, une main sèche et molle, s'était refroidie.

Les funérailles furent simples et intimes. Peu de gens à Sainte-Victoire se souvenaient de Gustave Cournoyer. Et un vieux de plus qui mouraient à l'hospice ne faisait pas les manchettes. Même Germaine Gariépie, la doyenne des commères, se souvenait à peine de ce vieux qui aurait dû être mort depuis longtemps.

Réjane pouvait à peine marcher. Elle avait l'impression que son corps l'avait lâchée subitement. Ses doigts n'avaient jamais été aussi douloureux, ses jambes aussi lourdes, son cœur aussi lent. Ernest et Luc durent la soutenir pour entrer dans l'église presque vide. Elle avançait en fixant le cercueil, comme si elle s'attendait à ce que Gustave en sorte et lui fasse une autre fois le coup de la disparition. Mais le mort resta dans son cercueil et Réjane s'assit lourdement sur le premier banc en avant. Elle lui tiendrait compagnie une dernière fois.

Jacinthe pleurait à chaudes larmes, recroquevillée sur un banc. Alice ne savait plus quoi faire pour sa fille qui pleurait régulièrement depuis deux jours. Jacinthe l'aidait avec la vaisselle et se mettait à pleurer sans avertissement. Elle passait l'aspirateur et la même chose se produisait. C'était soudain, souvent silencieux et totalement imprévisible.

Félix quitta le banc qu'il occupait avec sa sœur et s'approcha de Jacinthe. Il s'assit à ses côtés sans un mot. Elle se tourna vers lui, surprise, et appuya sa tête sur son épaule. Il prit sa main et les sanglots diminuèrent. Elle se sentait soudain moins seule. Elle avait profité de chaque moment avec son grand-père, de chaque mot qui s'échappait de sa bouche, de chaque rêve qu'il lui apportait. Elle savait qu'un jour elle marcherait sur ses traces, qu'elle verrait, elle aussi, le monde. Mais le vide laissé par son départ était immense, encore plus grand qu'elle n'avait pu l'imaginer.

Félix compatissait avec Jacinthe, mais il avait la tête ailleurs. Marie avait semé la petite graine du doute dans son esprit. Il avait passé la nuit à rêver de ce fameux Antoine qui semblait s'intéresser beaucoup à lui, le traînant dans les corridors d'un hôpital, lui faisant essayer un stéthoscope, un scalpel, lui montrant un cadavre en lui disant qu'il avait le pouvoir de le ranimer, que son rôle était de sauver des vies, la vie. Il s'était réveillé en sueur et il regardait maintenant le cercueil de Gustave en entendant les paroles d'Antoine : « Tu peux le ramener à la vie. » Mais il n'avait pas du tout envie de voir le vieillard malade revenir non pas à la vie, mais à la souffrance qui avait dû être la sienne durant les derniers mois.

Thérèse et Raymond étaient assis derrière Alice. Thérèse essayait d'avoir l'air triste, mais le cœur n'y était pas. Elle était en fait heureuse depuis le retour de son mari. La vie avait repris avec calme. Raymond faisait de courts trajets et il était à la maison presque tous les soirs. Après le repas, ils s'assoyaient tous les deux devant le téléviseur. Thérèse posait sa tête sur l'épaule de Raymond et ils s'endormaient ainsi, généralement avant le bulletin de nouvelles de fin de soirée.

Quand il ne travaillait pas sur un chantier à l'extérieur, Louis montait à sa chambre sur la pointe des pieds. Il était heureux de voir que ses parents avaient repris leur vie comme avant. Une routine rassurante. Il veillait à qu'ils ne manquent pas d'argent. La boutique de sa mère aidait pour les fins de mois, mais Louis ne voulait pas que son père soit tenté par une autre bêtise, même s'il savait, au fond, que Raymond avait perdu sa naïveté après son séjour en prison.

Louis avait insisté pour aller aux funérailles. Thérèse avait été étonnée de cette décision. Son fils n'avait jamais connu Gustave. Elle-même ne se souvenait plus de cet homme qui avait habité la maison voisine dans son enfance. Mais Thérèse n'allait pas empêcher son fils d'entrer à l'église, pour les rares fois où il le faisait. Elle lui jetait tout de même des coups d'œil pour savoir ce qui l'avait incité à assister à une cérémonie que beaucoup de gens préféraient fuir.

Thérèse remarqua rapidement que Louis fixait Marie, assise tout près. Elle sourit. Son Louis et la petite Marie, elle ne les aurait pas imaginés en couple. Ils avaient grandi ensemble comme frère et sœur. Elle remarqua aussi que, chaque fois que Louis fixait Marie, celle-ci faisait semblant de ne pas le voir, et quand Marie se tournait pour regarder Louis, celui-ci fixait le cercueil. Et ils se retenaient tous les deux pour ne pas sourire. Ils en étaient donc au jeu du chat et de la souris.

Elle repensa à son retour en camion du Cap-de-la-Madeleine avec Raymond. C'était la première fois qu'ils étaient seuls. Elle n'osait pas trop le regarder et se concentrait sur le paysage, mais sa présence lui donnait des palpitations. Les premiers émois étaient si excitants. Quand Raymond l'avait embrassée en la déposant devant la maison de ses parents, elle avait cru que son cœur allait exploser.

Elle était heureuse que son fils connaisse enfin autre chose que des flirts sans conséquence. Il ne leur avait jamais présenté une petite amie, se montrant très discret sur sa vie privée. Thérèse ne doutait pourtant pas qu'il en avait eu quelques-unes, loin d'eux, loin de Sainte-Victoire.

Elle poussa doucement du coude Raymond qui ne comprit pas les signes qu'elle lui faisait. Il ouvrit la bouche pour la questionner, mais elle le fit taire en murmurant : «Chut!» Elle ne voulait pas effrayer les tourtereaux. Elle lui en parlerait plus tard. Il en serait certainement content lui aussi.

Thérèse n'était pas la seule à avoir vu les échanges de regards entre Louis et Marie. Luc, les yeux bien secs, avait été obligé par sa mère, et surtout par sa grand-mère, à assister à cette bouffonnerie. Tout le monde voulait maintenant pleurer un homme qui avait fui comme un lâche et qui avait été détesté toute sa vie, au point qu'il avait même déjà été déclaré mort par les habitants de la ville.

Sa cravate étouffait Luc, son col de chemise lui grattait la peau et il trouvait la cérémonie bien longue, surtout depuis qu'il avait repéré le manège entre Marie et Louis.

La salope le rejetait et elle jouait l'allumeuse avec cet abruti. Elle était trop idiote pour se rendre compte qu'elle n'avait aucun avenir avec ce travailleur qui attendait que ses mains le fassent vivre. Cette petite aguicheuse le repoussait sous prétexte qu'elle était instruite, qu'elle voulait aller à l'université. Louis n'avait pourtant rien d'un universitaire. Il était seulement un perdant à salaire, un minable qui attendait toujours sa prochaine paye pour vivre.

Et elle était assez stupide pour ne pas voir que lui, Luc Gagnon, lui proposait une vie bien meilleure. Il desserra un peu sa cravate. Un nœud de pendu que la mode obligeait encore à porter. Il se projeta dans l'avenir en fermant les yeux.

Il allait régulièrement avec le propriétaire du garage à Montréal et à Sherbrooke faire de nouveaux contacts. Les bars de danseuses se multipliaient et les drogues de toute sorte circulaient presque librement. Ils lorgnaient tous les deux la mainmise de la Rive-Sud.

D'ici quelques années, il atteindrait la tête de l'organisation, et l'argent coulerait à flots. Marie pourrait tout avoir. Une existence faite de richesse, de grosses voitures, de belles maisons, de serviteurs, de plages exotiques, de voyages en Amérique du Sud.

Il l'imagina sur une plage, presque nue avec un gros diamant pendu à son cou, des bracelets d'or cliquetant à ses poignets, à ses chevilles. Il serait à ses côtés avec une énorme montre en or au poignet, une de ces montres que seulement une centaine de personnes dans le monde pouvaient se payer. Ils seraient seuls sur la plage qui lui appartiendrait, des gardes du corps éloignant les intrus et les miséreux.

Il allait recréer le paradis juste pour elle. Et elle ne pourrait pas le refuser. Aucun diplôme ne pouvait offrir une telle splendeur. Et elle n'aurait rien à faire, seulement être belle, souriante et passionnée.

Florence ne voyait rien de tout ça. Depuis sa rencontre avec Antoine, elle vivait dans une bulle faite de souvenirs et de projections. Elle essayait d'imaginer sa vie autrement, avec Antoine dans la villa au bord de la mer, faisant l'amour avec la même intensité qu'au chalet de la Pointe, le regardant peindre, lui servant de modèle. Ils passeraient leur journée entre la maison et la piscine à s'embrasser. Ils se promèneraient nus et libres dans cette maison éloignée des regards. Elle avait parfois l'impression de rougir de plaisir, toute seule.

Elle se reprenait alors et tentait de soupeser les répercussions que cela aurait sur Gaby, les enfants. Ils seraient dévastés, furieux. Ils la détesteraient ou la comprendraient? Comment pourraient-ils comprendre? Quels mots pourraient leur expliquer l'inexplicable? Et elle, comment ferait-elle sans eux? Comment passerait-elle toute sa vie entre une piscine, un atelier et un lit, même avec un amant fascinant?

Elle essayait alors de chasser l'image des mains d'Antoine sur son corps, de sa bouche gourmande. Mais plus elle voulait oublier ces fantasmes, plus ceux-ci prenaient de l'ampleur devant son désir inassouvi. À vingt ans d'intervalle, son corps réagissait de la même manière, exprimait le même besoin, la même envie: se retrouver uni à nouveau à celui qui avait été son premier amant.

Quand Gaby lui demandait ce qui n'allait pas, elle sortait de sa bulle avec étonnement. Mais tout allait bien, pourquoi posait-il une telle question ? Elle était un peu fatiguée par le voyage, c'était tout.

Gaby sentait qu'il y avait matière à s'inquiéter. Il avait bien vu l'attitude de Florence changer dès qu'elle avait rencontré le docteur Ferland sur la plage. Cette façon qu'elle avait eue de tirer sur sa blouse, de replacer ses cheveux inconsciemment, d'être gênée comme une adolescente. Et pendant le barbecue, elle faisait des efforts constants pour s'éloigner du médecin tout en le regardant à la dérobée.

Gaby essayait de se rappeler le temps de leurs fiançailles, quand Antoine était le nouveau médecin tant adulé par les habitants de sa petite ville. Aucun lien entre lui et Florence ne lui revenait à part les égratignures que s'était faites la petite Dauphinais. Une simple visite médicale.

Elle avait sans doute, comme toutes les femmes de l'époque, trouvé ce jeune homme charmant, mais cela n'avait pas été plus loin. Ils s'étaient mariés, le médecin avait accouché Florence et il était parti de la ville avec sa femme enceinte. Tout le monde disait que Cécile voulait mener la grande vie et que c'était elle qui avait insisté pour qu'ils déménagent. Alors, qu'est-ce qui avait troublé Florence à ce point ?

Le goût du changement, l'envie de séduire de nouveau, le souvenir de sa jeunesse qu'elle ne voulait pas laisser aller ? Gaby avait beau chercher, il ne trouvait rien de sérieux. Il prit la main de Florence, se rappelant que ces petits gestes de tendresse disparaissaient trop vite dans une vie de couple. Elle sursauta et le regarda. Il lui souriait.

Elle serra sa main. Heureusement que Gaby était toujours là pour la sauver.

Le capot de la voiture était levé et un bruit de métal cognant sur du métal emplissait l'espace. Luc entendait son patron parler au téléphone avec un client. Il attendit qu'il termine son appel pour sortir la tête de sous le capot. Il s'essuya les mains avec un torchon et alla frapper à la porte du minuscule bureau.

Les murs recouverts de panneaux imitant le bois donnaient un aspect de boîte de carton à ce lieu juste assez grand pour contenir un bureau, deux chaises et un classeur. Des calendriers de filles presque nues faisaient office de décor que plus personne ne remarquait. Le patron leva la tête un instant avant de retourner à ses chiffres en tapant sur sa grosse calculatrice.

— Qu'est-ce que tu veux?

— Je me demandais... enfin...

Le patron repoussa ses papiers pour le regarder. Luc était un bon employé, ambitieux, fiable et dévoué, mais il avait tendance à tourner autour du pot quand il n'était pas certain de quelque chose. Une attitude qui pouvait facilement passer pour de la faiblesse devant ses adversaires.

— Accouche, j'ai pas la journée.

— Il y a un gars que je trouve fendant. Je me disais qu'il aurait besoin d'une petite leçon.

— Luc, je te l'ai dit mille fois. La vengeance personnelle, c'est ce qui a de pire. Tu t'attires juste des ennuis avec ça. Qu'est-ce que tu veux de ce gars-là ? De l'argent ? Alors tu le voles. Des faveurs ? Alors tu négocies ou tu l'intimides. Personne n'aime avoir les jambes cassées. Qu'est-ce que tu veux de lui ?

Luc était un peu mal à l'aise de dévoiler son attirance pour Marie. La chose que méprisait le plus son boss, c'était d'être sentimental. Les filles servaient au plaisir, mais c'était mal vu de se soumettre à elles, de baver d'envie, même de désir. Au mieux, tu en avais une qui avait du caractère, mais elle devait toujours savoir où étaient ses limites.

— C'est un gars que je connais depuis toujours. Il m'a volé ma blonde.

— Pis tu penses sérieusement que la fille va te revenir si tu casses la gueule du gars ?

Le patron le regarda avec un petit sourire méchant. Il doutait que Luc ait eu une blonde, même les professionnelles qu'il se payait de temps en temps le trouvaient moche comme client, grossier et cruel parfois. Heureusement pour elles, il était expéditif.

— C'est une affaire personnelle, Luc, je me mêle pas de ça. À moins que tu veuilles mettre un contrat sur lui. Mais tu sais que ça coûte très cher.

Luc serra les dents de rage. Il avait maintenant l'air d'un idiot devant son patron. Il fallait qu'il trouve quelque chose d'intelligent à dire.

— Il travaille sur la construction, je pensais plutôt l'empêcher de trouver de la job. Le mettre sur la liste noire.

— Pour pouvoir faire ça, il faudrait soudoyer tous les *foreman* des chantiers. Ben du travail pour frapper un petit voleur de blondes.

Le patron se mit à fixer un des calendriers collés au mur. Il admira les seins ronds, énormes et roses de la blonde qui avait la main dans sa minuscule culotte, la bouche ronde entrouverte non pour parler, mais pour recevoir.

Luc se taisait. Il n'osait pas interrompre son boss en admiration ou en réflexion, il n'aurait pas su le dire et il n'allait certainement pas poser la question. Le gros homme eut un petit rire moqueur. Il se recula sur le dossier de sa chaise qui craqua sous son poids.

— Mon petit Luc, des fois t'as des idées pis tu le sais même pas. Si on avait un homme sur chaque chantier important, on serait pas juste riches, on serait puissants très puissants. Pis en plus, ça ferait une job légale pour nos partisans.

Les yeux de Luc s'allumèrent.

— Pis je pourrais me débarrasser de ce salaud.

— Ah... Oublie ça. Perds pas ton temps. S'il t'a volé ta blonde, dis-toi bien qu'a le voulait. Les filles font presque tout le temps ce qu'elles veulent. Si a veut te revenir, a va le faire toute seule. Sinon, trouve-toi une autre blonde. C'est pas ça qui manque. Tiens, samedi prochain, je vais faire du *screening*. J'ai besoin de nouvelles danseuses. Viens avec moi, tu vas avoir l'embarras du choix. Des beaux pétards.

Luc avait déjà accompagné son patron à deux ou trois reprises pour auditionner des danseuses. Il avait remarqué que ce n'était pas toujours les plus jolies qui trouvaient du travail, mais souvent les plus délurées, les plus cochonnes. Celles qui étaient choisies étaient celles qui pouvaient caresser leurs seins en regardant dans les yeux un vieil ivrogne décrépit et lui faire croire qu'il était Superman.

Ces filles savaient user de leurs charmes et elles suçaient avec conviction. Il l'avait constaté à plusieurs reprises. Tu leur montrais ta queue et elles sautaient dessus. Elles offraient du bon sexe, rapide, efficace, sans complication. Pas de cajoleries, de longues conversations pour faire connaissance, d'alcool pour les apprivoiser. Elles étaient des pros.

Mais ce n'était pas Marie, sa grâce, sa culture, son intelligence. Tout ce qu'il n'avait pas et qu'il n'aurait jamais. Elle ne voudrait pas de lui, que Louis soit là ou non. D'ailleurs, cet idiot se ferait probablement virer à la fin de l'été. Marie n'allait pas s'encombrer d'un ouvrier alors qu'elle allait poursuivre ses études à Montréal.

Luc regarda la blonde aux gros seins que son patron avait fixée longuement. Le plaisir était avec des filles comme ça. Et des filles comme ça, avec de l'argent, tu en avais plein. Mieux valait oublier Marie la pimbêche.

Marie écoutait en boucle cette chanson qui faisait fureur depuis des mois et qu'elle avait à peine remarquée avant. Depuis qu'elle l'avait entendue à la brasserie en retrouvant Louis, les paroles lui revenaient en boucle dans la tête. « J'ai toujours envie de toi... toi que j'aime. » Elle avait d'abord rougi sous les applaudissements, se disant que les gens se moquaient d'elle. Mais retrouver les bras de Louis, sa bouche, son corps serré contre le sien, tout ça l'avait fait fondre comme une glace au soleil.

Elle se trouvait terriblement sentimentale et elle cherchait à revenir sur terre, mais les paroles la rattrapaient tout le temps. «Comme j'ai toujours envie d'aimer.»

Il faisait un soleil magnifique, une de ces journées qui refusent de signaler la fin de l'été. Marie était dans le sous-sol du bungalow familial et regardait par la fenêtre Sylvie se balancer avec une petite voisine. Deux gamines à l'âge de l'insouciance qui pouvaient encore fredonner des chansons d'amour sans les comprendre.

Marie attendait en fredonnant «oh toi que j'aime». Elle entendit le moteur de la Duster s'arrêter devant la maison, la portière se refermer. Félix avait fait le message. Elle entendit des pas dans l'escalier menant au sous-sol. Louis apparut, l'air inquiet. Elle lui sourit et se jeta dans ses bras. Il en fut rassuré et l'embrassa.

– C'était quoi, ce message? Une urgence?

– Non, enfin... une bonne nouvelle. Mais avant, il faut qu'on parle.

Louis se raidit. Ce n'était jamais bon signe quand une femme disait «faut qu'on parle». Il imaginait des complications à venir, mais refusait de parler en premier. Marie lui prit la main et l'attira vers les fauteuils.

– Je sais que tu as toujours dit que tu ne voulais pas t'attacher à long terme...

Louis sentit une goutte de sueur couler entre ses omoplates. «Pas de demande en mariage, s'il vous plaît, pas ça.» Marie s'amusa de son regard de panique. Elle caressa sa joue comme pour le rassurer.

– Je voulais juste te dire que je ne voulais pas qu'on forme un couple avant la fin de mes études. Je veux dire, on sort ensemble, mais t'as ton travail, moi, mes études.

Louis sentit que l'air passait mieux dans ses poumons.

– Pour tout le temps des études?

– Oui, le bac puis la médecine. Ça fait plus ou moins huit ans.

Louis l'enserra de ses bras.

– Et pendant tout ce temps-là, j'ai le droit d'être ton amant et ton ami?

Elle l'embrassa.

– Aussi souvent que ça te tente.

– Ça me tente.

Il la serra davantage contre lui et lui caressa les fesses. Marie vit que Sylvie et sa copine regardaient par la fenêtre. Félix n'avait pas fait son travail de surveillant. Elle se dégagea lentement en indiquant la fenêtre. Louis sourit.

– Ce soir, viens chez moi. Mes parents vont aller au cinéma. On sera tranquilles.

– Ça me gêne avec ta mère. Elle arrête pas de me regarder avec un sourire étrange.

— Ça lui fait revivre les soirées où mon père la courtisait au salon et qu'elle faisait du sucre à la crème.

— Et ils baisaient?

— Il paraît que non. Ma mère avait trop peur de tomber enceinte comme Alice. Si elle avait su qu'elle allait pas baiser pendant des mois avant que j'arrive, elle l'aurait peut-être fait. Je peux t'assurer qu'ils se sont repris depuis ce temps-là.

— Alors tu vas être content de la bonne nouvelle.

Louis la regarda, intrigué. Marie sortit de sa poche de jean un petit boîtier rose. Louis le fixa, perplexe.

— Je suis allée voir le médecin. Je m'attendais à mille questions, je m'étais préparée pour le convaincre. Et tu sais ce qu'il a fait?

Louis écoutait attentivement. Convaincre de quoi?

— Il a pris son stylo et a rempli la prescription. Je suis pas restée cinq minutes dans son bureau... Je prends la pilule depuis hier.

Louis sourit, soulagé. Il était avec une fille merveilleuse. Et il voulait bien être son amant pour de nombreuses années.

Il nageait rapidement pour se réchauffer dans l'eau de la piscine. Le vent venant de la mer avait refroidi la région. L'été finissait déjà, toujours un peu plus tôt qu'à Montréal. Il devrait repartir dans quelques jours, retrouver la grande maison trop bien décorée, l'hôpital bondé sous la lumière blafarde, les confrères n'en finissant plus de raconter leurs vacances ou leurs exploits au golf, sa femme trop bronzée et ses filles trop chic à toute heure du jour. Et tout ça jusqu'à l'été suivant. De longs mois. C'était interminable.

Antoine avait adoré cette villa. Elle avait été son refuge, son évasion, son bouclier face aux difficultés de la vie. Depuis la visite des Valois, elle lui apparaissait comme une coquille vide abritant un homme seul, terriblement seul malgré les maîtresses qu'il avait accumulées au fil des ans.

Il aimait la nouveauté des corps, des émotions. Aucune femme n'avait des seins semblables, des pubis qui réagissaient de la même manière. Chaque femme était unique dans la jouissance. Il aimait les découvrir, s'aventurer en terrain inconnu, les désarmer en détectant leur préférence, en dévoilant le petit embarras qu'elles voulaient garder secret. Il adorait ces explorations, mais il fuyait toutes celles qui semblaient s'attacher, devenir sentimentales.

Il revoyait la fille de l'épicier qui était venue le matin même livrer sa commande. Elle avait un mari alcoolique, un garçonnet vulgaire et des seins d'enfer que tout le monde admirait sans gêne, jeunes ou vieux. Cependant, ce qui la rendait intéressante n'était pas ses décolletés, mais son cul jamais rassasié. Elle se démenait avec ardeur, décidée à jouir à répétition. Elle était belle à regarder, cherchant goulûment son plaisir, les traits tendus, haletant, chevauchant comme une walkyrie vers son apogée.

Mais voilà que ce matin, elle était entrée sans frapper et elle avait rangé elle-même le lait dans le frigo. Elle commençait à se sentir chez elle et à se permettre des familiarités qu'Antoine ne pouvait pas laisser passer. Il était sorti de son atelier et l'avait congédiée brusquement. Il lui avait crié que son cul était devenu encombrant.

Elle l'avait regardé, stupéfaite. Elle voulait rendre service, tout simplement. Il l'avait accusée de vouloir surtout se faire mettre d'aplomb comme une pute jamais rassasiée. Elle était sortie en claquant la porte après l'avoir traité de salaud.

Il avait pourtant été très clair avec elle, comme avec toutes les femmes avec qui il couchait. Ce n'était qu'une histoire de sexe, pas d'engagement. La plupart acceptaient. Mais Antoine n'était pas dupe, il savait que plusieurs d'entre elles rêvaient de le changer grâce à l'amour, d'en faire leur petit caniche qui se branle sur commande. Il les fuyait rapidement celles-là. Sa femme remplissait parfaitement ce rôle, il n'en voulait pas une deuxième.

Il entendit des bruits de pneus sur le gravier de l'entrée. Il sortit de la piscine de mauvaise humeur. Cette épicière stupide n'avait donc rien compris! Il s'enveloppa de son gros peignoir de ratine et alla vers l'entrée, suivi de Gaspard.

Il se demandait quelle punition il allait infliger à cette sotte. Si elle refusait de partir, il avertirait son mari. Non, c'était trop lâche. Et puis, le pauvre idiot lui ferait des ennuis au village. Il la baiserait peut-être. En colère, elle serait sans doute explosive. Et il lui répéterait que c'était bien la dernière fois. Mais la plupart des femmes ne comprenaient pas cette phrase, une prochaine fois était toujours envisagée.

Une femme bronzée en pantalon blanc serré et chandail rose fluo venait vers lui en courant sur ses sandales à talons hauts. Antoine ouvrit les bras en souriant et l'embrassa.

Il était toujours heureux de revoir sa sœur Daphné qui revenait rarement au Québec. Surtout depuis la mort de leur mère, Murielle, décédée dans son sommeil. Une mort paisible comme sa vie des dernières années, une vie sans histoire sauf avec les domestiques qui étaient remplacés à un rythme fou.

Daphné venait de passer deux semaines avec ses nièces et sa belle-sœur dans le Maine et elle avait décidé de faire un long détour par la Gaspésie avant de repartir vers sa résidence en Floride.

— J'ai rêvé si fort de toi qu'il fallait que je te voie. Il se passe des choses étranges. Je ne rêve pas souvent à toi, normalement. Tu vas bien, *darling*?

Antoine tourna sur lui-même comme un mannequin pour montrer que tout allait bien. Daphné lui caressa la joue.

— Il y a quelque chose qui cloche, non?

Il détestait quand sa sœur voyait à travers lui de cette manière. Et elle faisait ça depuis leur enfance.

— La fin des vacances, tout simplement. Allez, rentrons, il fait froid.

— C'est toujours un climat de fou ici. Tu devrais venir t'établir en Floride, c'est beau tout le temps.

— Sauf quand j'y vais.

— Mais janvier, c'est janvier. Il n'y a pas de bordée de neige au moins.

Daphné entra dans la villa, lança son grand sac à main sur un fauteuil et se dirigea vers le bar pour son gin tonic. Elle trouva le gin, mais pas le tonic.

— Tu me désoles, Antoine.

— Je ne savais pas que tu viendrais. Mais j'ai du soda.

— Tu me condamnes au whisky à cette heure-ci…

Elle se versa un verre. Gaspard s'était couché par terre et la suivait des yeux comme le bon gardien qu'il voulait être. Elle regarda autour d'elle pour admirer les travaux que la maison avait subis depuis sa dernière visite. Aucun.

— On dirait un monastère. Tout ce blanc. Tu veux que je t'envoie mon décorateur ?

— Oh non !

Antoine se souvenait trop bien de la maison floridienne de sa sœur, un véritable gâteau de noces tout en pastel et fioritures, moitié château de conte de fées, moitié caverne d'Ali Baba.

Daphné le regardait du coin de l'œil, attendant des confidences. Antoine gardait un sourire de circonstance, mais il savait bien qu'il ne tiendrait pas longtemps devant les questions de sa sœur. Ils avaient toujours été proches, chacun devinant facilement les états d'âme de l'autre.

Daphné avait divorcé deux fois et Antoine avait su que ces mariages étaient terminés bien avant les principaux intéressés, des hommes qui voyaient une partie de leur grosse fortune tombée dans les mains de leur ex-femme.

Daphné correspondait parfaitement à l'image des *happy divorcees* américaines. Elle paraissait dix ans de moins que son âge, voyageait beaucoup, passait d'un lieu de villégiature à un autre, se maquillait un peu trop, s'habillait avec extravagance et prenait des amants plus jeunes, mais en vacances seulement. À la maison, elle n'avait même pas un poisson rouge et un employé s'occupait des plantes vertes. Un jeune amant, même pour vingt-quatre heures, aurait été encombrant.

Antoine décida que l'attaque était peut-être un bon moyen de défense face aux yeux brillants de sa sœur.

– Alors, un nouvel homme dans ton lit?

– Ils sont toujours nouveaux dans mon lit. Et toi, qu'as-tu fait de ces longues vacances, sauter une fermière ou deux?

– C'est ce que ma femme t'a raconté?

– Cécile dit que tu préfères les infirmières. Elles doivent se faire rares ici. Raconte.

– Il n'y a rien à dire. Tu as raison, cette villa est un monastère.

– Même Cécile n'avalerait pas ça et pourtant, ce n'est pas une lumière.

– Mais qu'est-ce que tu racontes? Je peux vivre sans maîtresse. Ne ris pas, je peux, au moins quelque temps.

– Alors, pourquoi tu as une tête si étrange? Il y a des fantômes dans cette maison?

Antoine effaça son sourire et se versa un verre de whisky. Daphné alla s'asseoir sur le canapé, croisa les jambes et attendit, satisfaite. Il allait enfin tout lui dire. Et elle avait eu raison d'insister, cela avait l'air très important à en juger par le malaise qui avait saisi Antoine.

– J'ai vu mon fils.

Elle ne s'attendait pas à cette nouvelle et resta bouche bée. Son frère avait un fils et il ne lui en avait jamais parlé. Ils se disaient tout normalement. Elle attendait la suite qui ne venait pas. Elle s'impatienta.

– Comment ça, un fils? Tu viens de l'apprendre? Une fille t'a fourgué son bébé dans les bras et il a crié «papa»?

Les yeux d'Antoine regardaient la mer par les grandes fenêtres du salon.

– Il a vingt ans et il est magnifique. J'aimerais tellement compter dans sa vie.

Daphné se leva et versa du whisky dans son verre.

– Ça, c'est un peu trop pour moi. Vingt ans! Et si on commençait par le début?

Antoine respira calmement. Comment raconter le corps de Florence sortant de l'eau, les rendez-vous secrets au chalet de la Pointe déserté pour l'hiver, les ébats amoureux, toujours les mêmes entre un homme et une femme et pourtant, toujours différents?

Tout pouvait paraître banal, insignifiant, ordinaire. Comment dire qu'il avait été assez lâche pour épouser Cécile et la fortune de son oncle? Contrairement à sa sœur, il ne pourrait jamais être un *happy divorcee*.

La grosse Cadillac blanche roulait lentement dans les petites rues de la banlieue paisible. Elle s'arrêta devant le bungalow des Valois. Avec ses vitres teintées, il était difficile de voir le conducteur, ou plutôt la conductrice. Daphné regarda dans l'entrée. Aucune voiture n'y était stationnée, les parents étaient heureusement au travail. Elle se décida donc à sortir de son auto et à sonner à la porte de la maison. La porte s'ouvrit sur un adolescent au sourire frondeur.

— Wow! La dame Avon! Ma mère est pas là.

Daphné sursauta. Ça ne pouvait pas être lui, il paraissait trop jeune. Antoine avait dit grand et élancé.

— Félix?

— Non, moi, c'est Léon. Félix est dans sa chambre.

— Je peux entrer?

— Ben, ça dépend, vous êtes qui?

— Euh… une matante des États.

Léon regardait avec insistance les seins de la visiteuse moulés dans une blouse serrée. La dame Avon ne s'habillait pas comme ça. Daphné le remarqua et sourit. Elle se pencha vers lui et posa un baiser sur son front. Le nez de Léon toucha la peau de Daphné juste au-dessus du premier bouton. Il sentit son parfum capiteux et ferma les yeux.

— Je suis ta tante Daphné, mon trésor.

Léon n'était plus capable de parler, sa bouche entrouverte ne laissait passer aucun son. Daphné passa à côté de lui et entra dans la maison. Elle cherchait à repérer la chambre de Félix. Des pas dans l'escalier menant au sous-sol la firent se retourner. Félix arriva devant elle.

Daphné mit la main devant sa bouche pour ne pas pousser un cri. C'était le portrait d'Antoine, enfin presque. L'allure en tout cas, la souplesse du corps, le sourire. Elle avait envie de le prendre dans ses bras, mais elle se retint pour ne pas l'effrayer.

— J'aimerais te parler, Félix.

— J'écoute.

Léon les regardait avec insistance. Par la fenêtre, Daphné vit une petite fille qui jouait dans la cour. Elle ne voulait pas de témoins.

— On peut aller dans ta chambre ?

— On n'a pas de tante aux États. Qui êtes-vous ?

Daphné soupira. Elle avait cru que les choses seraient plus faciles. Félix la regardait sans broncher, prêt à protéger les siens. C'était tout à son honneur. Mais le petit scénario qu'elle avait mis au point ne tenait pas bien la route.

— Je suis la sœur du docteur Ferland. Il m'a parlé de votre visite. Je suis une femme très riche et j'ai mis sur pied une fondation pour aider les jeunes sans... avec peu de ressources pour étudier à l'université. Je peux t'offrir une bourse si tu entres en médecine.

— Il vous a mal informée, ce n'est pas moi, mais ma sœur qui veut faire médecine.

Daphné regarda avec étonnement la petite fille qui se balançait dans la cour.

— Si jeune !

— Pas elle, ma sœur Marie. Elle est allée chercher du lait. Si vous voulez l'attendre.

— Et toi, que veux-tu faire ?

– Mon ami Louis m'a trouvé du travail dans la construction. Le nouveau chantier débute dans trois semaines.

– Tu ne vas pas faire ça toute ta vie?

– Et pourquoi pas?

– Parce que tu vaux mieux que ça.

– Qu'est-ce que vous en savez?

Le ton de Félix se faisait plus sec et plus agressif. Daphné avait l'impression qu'elle était en train de tout gâcher.

– Tu n'aimerais pas plutôt aider les gens?

– Je ne supporte pas l'odeur de l'hôpital ni des malades. Qu'est-ce que vous avez tous à me voir en médecin? Depuis que j'ai six ans que ma mère m'achète des livres d'anatomie! L'anatomie, je préfère la découvrir sur le corps des filles.

Léon, qui ne manquait rien de la conversation, agrandit les yeux. Daphné sourit, Félix était bien le fils de son père. Et si ce beau jeune homme n'avait pas été son neveu, elle l'aurait volontiers initié à des jeux érotiques.

– Alors, laisse-moi te prédire un bel avenir auprès des femmes. Mais attention, ne gâche pas ta vie dans un travail abrutissant.

Daphné se dirigea vers la sortie. Elle ne voyait pas ce qu'elle pouvait faire de plus.

– Vous n'attendez pas ma sœur?

– Je reviendrai, *darling*.

Et elle se retourna pour lui envoyer un baiser de la main.

Quand Marie entra, Félix et Léon regardaient encore la porte avec étonnement, se demandant s'ils avaient rêvé. Comme elle arrivait à bicyclette, elle avait vu la Cadillac blanche partir et se demandait qui la conduisait. Elle regarda ses frères, pétrifiés.

— C'était qui? Un Martien?

Léon parvint à prononcer «une dame» d'une voix caverneuse. Marie s'approcha de Félix.

— Quelle dame? Vous allez me dire ce qui se passe ou je dois vous secouer? Vous avez l'air de deux zombies.

— Je sais pas qui c'était vraiment. Une folle qui voulait m'offrir une bourse pour entrer en médecine.

— Et en échange, tu la… enfin… tu jouais son serin?

— Quel serin?

— Ça va, Léon, je t'ai rien demandé.

— Non, mais moi, je sais son nom.

Marie se tourna vers lui. Léon souriait, tout fier. Il avait l'habitude, depuis tout jeune, de vendre ses informations. Marie croisa les bras.

— T'auras même pas trente sous.

— Daphné, la sœur du docteur Ferland.

Léon n'eut pas le temps de négocier avec sa sœur. Félix avait dit ces mots avec lenteur, comme s'il s'éveillait d'un rêve. Il aurait préféré que Marie ne le sache pas, mais il n'avait pas le choix.

Tôt ou tard, elle l'apprendrait. Il voulait éclaircir cette histoire bizarre. Il fixa ensuite son jeune frère.

— Cette femme est perturbée et je ne veux pas que tu en parles à personne. Ça inquiéterait maman pour rien. Tu m'entends?

Marie comprit rapidement la situation et répéta à Léon qu'il était inutile d'ennuyer leurs parents en leur parlant de cette visite. C'était sans importance.

Léon haussa les épaules et sortit dans la cour après avoir promis de se taire. Lui aussi préférait garder cette visite secrète, surtout ce baiser sur le front, ce parfum étourdissant, la douceur de la peau tiède sur son nez. Il s'était senti bizarre, la tête lui avait tourné, un frisson l'avait parcouru. Il ne pouvait pas dire ça à sa mère. Elle verrait tout de suite l'effet de la dame folle sur lui et elle s'inquiéterait pour rien. Après tout, ça avait été plutôt agréable.

Félix s'assit à la table de la cuisine avec Marie. Ils gardèrent le silence un long moment. Marie ne savait pas quoi dire, elle avait peur d'avoir eu une bonne intuition avec le docteur. Félix revoyait cette femme étrange, belle et trop maquillée, riche et un peu vulgaire. Peut-être plus sexuelle que vulgaire. Une femme comme sa sirène, avec vingt ans de plus. Mais il devait admettre que cette visite était louche.

— Tu avais peut-être raison, maman a eu une aventure avec ce gars-là.

— Mais pourquoi sa sœur viendrait ici? Pour t'offrir une bourse en plus. Ça tient pas debout.

— Moi, j'aimerais savoir pourquoi on tient tant que ça à ce que je devienne médecin, comme si c'était un sort jeté sur mon berceau et qu'on veut absolument le réaliser.

— Tu devrais en parler à Madeleine.

— Qu'est-ce que tu veux que je lui dise?

— Elle était là quand tu es né.

— Maman aussi, je te rappelle.

— Oui, mais, elle, elle était sous anesthésie.

— Et alors, qu'est-ce que tu veux qu'une infirmière me dise de si spécial ? Je suis venu au monde, c'est tout. C'est pas là que ça s'est passé. Penses-tu que ?... Non, c'est idiot... Trouves-tu que je ressemble à ce gars-là ?

— Regarde ta face, tu es le portrait des Hébert. D'ailleurs, fais attention, tu ressembles pas mal à mononcle Denis. Tu risques de devenir un homme très riche.

Marie essayait de le faire rire tout en reconnaissant que cette idée lui avait aussi traversé l'esprit. Elle n'avait pas pu parler de la ressemblance avec les Valois. Il n'avait pas leur physique costaud, robuste, ni les yeux pers de Gaby.

Mais elle non plus ne les avait pas. Elle était une copie si proche de sa mère que ça la dérangeait parfois. Elle la regardait et se disait : « C'est ça que je vais devenir, c'est comme ça que je vais penser. »

Félix essaya de lui sourire en haussant les épaules.

— Ce gars-là est pas important.

Elle comprenait pourquoi Félix l'appelait « ce gars-là ». Cet homme ne pouvait pas avoir de nom, il devait rester anonyme et disparaître de leur vie. Il fallait seulement espérer que cette Daphné ne revienne jamais hanter la maison des Valois.

La maison de Westmount reprenait vie après l'été. Chaque fois que Cécile revenait du Maine, il lui restait un goût de maisons bleues à bordures blanches, de mer à perte de vue, d'odeur saline. Mais ce goût disparaissait après quelques jours et elle se retrouvait dans ses affaires, à examiner toutes les pièces de sa grande maison pour les comparer aux revues de décoration qu'elle faisait venir des États-Unis.

Après des heures passées à tourner dans une pièce, à imaginer une autre couleur pour les murs, un emplacement différent pour les meubles et même parfois à transformer la vocation de l'endroit, elle se mettait au travail, mobilisant la femme de ménage et le jardinier, la cuisinière refusant obstinément de sortir de sa cuisine.

Antoine avait vu son bureau changer de place trois fois en dix ans. Mais comme cette pièce ne lui servait qu'à s'isoler de ses femmes, il se fichait totalement de la façon dont elle était décorée. Il ne rêvait que de fermer la porte et d'être seul avec Gaspard, fidèlement couché à ses pieds.

Charlotte et Carole, elles, passaient leurs journées dans les magasins à choisir ce qu'elles porteraient pour l'automne. Depuis deux ans, elles résistaient à leur mère et décidaient seules de la décoration de leur chambre. Mais ce qui les satisfaisait le plus, c'était qu'elles pouvaient maintenant s'habiller différemment l'une de l'autre.

Elles avaient passé leur enfance à porter les mêmes robes, les mêmes couleurs, la même coupe de cheveux. Même les bijoux offerts en cadeaux étaient en double. Elles s'amusaient parfois à jouer aux sosies pour confondre les gens, les garçons surtout, mais elles appréciaient de plus en plus le fait d'être différentes, au moins par leurs vêtements.

Antoine revenait à la maison dans la soirée et s'enfermait dans son bureau jusqu'à minuit. Il allait ensuite dormir dans sa chambre, la plus petite de la maison.

Cécile occupait la chambre principale, mais elle ne voulait plus partager son lit avec cet homme qui couchait, selon elle, avec tout ce qui bougeait. Toutes ces infidélités, réelles ou imaginaires, ne la poussaient pourtant pas au divorce. Elle n'avait pas l'intention de lui faire ce plaisir et de perdre tout contrôle sur sa vie.

Sa sœur et son oncle avaient contrôlé ses moindres gestes pendant toute son enfance jusqu'à son mariage. Louise avait même continué de s'immiscer dans sa vie pendant des années, venant régulièrement passer quelques jours avec sa cadette. Ce n'était qu'à la mort de l'oncle Eugène que la vie de Cécile avait vraiment changé. La petite fortune dont elles avaient hérité avait modifié leur relation.

Louise avait accru son pouvoir sur son mari. Quand le maire Péloquin avait pris sa retraite, Julien s'était retrouvé non pas sans emploi, mais sans pouvoir. Le fils Péloquin avait succédé à son père et il avait décidé de faire de Julien une potiche, une sorte de coquille vide à qui il laissait beaucoup de paperasses et très peu d'initiative. Julien, ancien bras droit humilié, son pouvoir réduit en cendres, avait voulu quitter Sainte-Victoire.

Louise y avait vu l'occasion de changer de vie. Elle avait acheté une belle maison à Québec et Julien s'était trouvé une petite municipalité pour l'embaucher. Mais les complots, grands ou petits, se faisaient rares et il dépérissait d'ennui avec pour seul défi le ramassage des ordures ou le nettoyage des rues.

Cécile en avait profité pour s'éloigner de Louise et de son beau-frère ennuyeux. Et c'est à ce moment-là qu'elle avait enfin découvert les vraies joies du pouvoir.

Même si Cécile trouvait le pouvoir grisant, il y avait parfois des exceptions, des jours où elle avait envie de se soumettre à un homme dans son lit. Et comme elle ne voulait pas d'amant dans son monde immaculé, elle invitait son mari à remplir cette fonction.

Ce fut le cas ce soir-là. Cécile frappa doucement à la porte du bureau de son mari et entra. Elle avait mis un déshabillé débordant de tulle et de dentelle.

Antoine leva les yeux et comprit ce qui l'attendait. Il venait d'avoir une conversation avec Daphné et il était particulièrement de mauvaise humeur. Sa sœur lui avait raconté sa visite aux Valois, comment son neveu était beau et grand. Antoine avait eu la gorge serrée, persuadé qu'elle allait tout gâcher avec Félix. Il lui avait ordonné de cesser tout de suite sa campagne de séduction. Daphné avait accepté du bout des lèvres, elle retournait en Floride de toute façon. Mais Antoine s'inquiétait de la réaction de Félix ou, pire, de Gaby.

Et voilà que Cécile jouait les allumeuses bon marché.

— Il va faire chaud cette nuit. Tu devrais dormir dans notre chambre, c'est plus frais.

— J'ai un peu la migraine.

— Un petit massage et ça va passer. Viens.

Antoine n'avait pas envie de se quereller avec Cécile, alors il se leva pour la suivre. L'image du caniche se branlant sur commande lui revint. C'était le prix qu'il devait payer pour avoir la paix. Il se dégoûtait.

Cécile referma la porte de la chambre derrière lui et se mit à lui caresser les épaules. Il ferma les yeux et repensa à Florence, sa peau, son odeur. Cécile déboutonnait sa chemise, dégrafait son pantalon. Il se laissait faire et gardait les yeux fermés. Elle le poussa vers le lit. Il s'allongea pendant qu'elle enlevait son déshabillé comme une effeuilleuse, sans grand talent. Elle avait toujours ses gros seins, mais ils ne la gênaient plus autant, même si elle choisissait ses vêtements avec soin pour masquer son opulente poitrine, question d'être chic et à la mode.

Antoine restait étendu, les yeux fermés, à essayer de se remémorer Florence qu'il n'avait pu posséder. Il sentait les mains puis la bouche de Cécile sur lui, mais son corps ne répondait pas. Il tenta de penser à une autre femme, une ancienne maîtresse, une vedette de cinéma. Rien à faire. Même le cul gourmand de la fille de l'épicier ne fonctionna pas. Il sentit le souffle de Cécile sur son visage. Il ouvrit les yeux. Cécile était penchée au-dessus de lui.

— Salaud! Qu'est-ce que t'attends pour me regarder, me toucher? Il y a plus d'un homme qui aimerait avoir ça entre leurs mains.

Elle tenait ses seins sous son nez. Il rejeta la tête en arrière comme s'il était attaqué.

— Excuse-moi, je suis épuisé.

— Épuisé de quoi? De toutes tes maîtresses? Je t'aime trop, c'est ça mon problème, je ne peux pas vivre sans toi.

— Quand on aime vraiment quelqu'un, on veut son bonheur. Mais toi, tu veux juste me posséder, me garder à tes côtés comme un trophée. T'as pas besoin de moi, t'as même pas besoin de mon salaire, la fortune que t'a léguée ton oncle te suffit.

— Arrête. Je ne serai jamais une divorcée. C'est clair depuis longtemps, tu le sais. Et puis, va donc retrouver tes putes!

— Je ne les paie pas, elles le font par pur plaisir.

Cécile sortit du tiroir de la table de nuit un vibrateur.

— Tu veux assister ou tu préfères te passer un poignet dans ta chambre?

Antoine sourit et s'assit sur le lit.

— Tu t'es enfin décidée! Un souvenir de vacances? Vas-tu t'en confesser à ton petit curé si mignon?

— C'est permis entre gens mariés, non?

Elle se mit à genoux sur le lit et se caressa. Antoine attendait la suite. Il remarqua que son corps avait changé, ses seins avaient beau être gros, ils semblaient plus plats qu'avant. Les cuisses étaient gélatineuses et encadraient un pubis toujours aussi blond. Il avait l'impression qu'il n'avait plus rien à découvrir de ce corps à part les effets du temps.

Quand Cécile entra le vibrateur dans son vagin et que son visage exprima le plaisir, il eut enfin une érection. Il n'osait pas fermer les yeux et penser à Florence. Il préférait se concentrer sur sa femme. Il se masturba devant elle et éjacula sur ses seins comme s'il arrosait une plate-bande. Il aima pour la première fois le visage de putain de Cécile.

Il découvrit à cet instant précis pourquoi il n'avait jamais claqué la porte. Il aimait la détester. Il la traitait de tous les noms vulgaires qui lui venaient à l'esprit et elle en redemandait, activant encore plus son vibrateur.

Elle jouissait en se répétant qu'elle ne serait jamais une divorcée. Pas question de se passer de cet homme, de sa soumission. Il serait à elle jusqu'à ce que la mort les sépare.

Félix ouvrit sa boîte à lunch. Il avait l'impression d'être encore à l'école, avec les sandwichs de sa mère. Heureusement, elle ne lui avait pas mis de bonbons-surprises. Louis vint s'asseoir à ses côtés sur une poutre de métal.

— Pis, pas si pire la job?

Félix acquiesça en mordant dans son énorme sandwich. Louis lui tapa sur l'épaule.

— Le *foreman* est content de toi. Il va juste falloir que tu partes pas en peur.

— Comment ça?

— Il faut un peu fourrer le chien si on veut être pesant sur le crayon.

— Peux-tu me traduire ça?

Louis rit et mordit dans son sandwich avant de répondre.

— On a des dates à respecter. Si tu finis trop tôt, la prochaine fois, on va te laisser moins de temps pour faire la même job. Pour arriver à temps, il faut parfois ralentir pour faire toutes nos heures.

— Combien de temps ça prend pour comprendre le langage ici?

— Tu vas voir, ça vient vite. T'es chanceux, ici, on travaille pas pour des chaudrons... Traduction: un chaudron est une petite compagnie mal outillée qui pousse souvent plus son monde dans le cul. On a aussi plus d'accidents de travail avec eux autres.

— Avec eux autres, t'as pas à fourrer le chien, ils ont pas de crayons.

Louis rit. Félix apprenait vite.

— T'es parfait. Tu pisses déjà drette.

Félix avala une gorgée de café.

— Ouais, j'aime ça ici. Je vais m'y plaire. Pis tu sais ce que j'aime le plus ? On est bien payés et on n'a pas à rester à la même place tout le temps.

— Attends de voir les salaires de la baie James et les primes d'éloignement. Tu vas devenir riche, mon homme.

— Et je vais pouvoir partir...

Louis regarda Félix.

— Partir ?

— Ouais... je veux faire le tour du monde. Travailler six mois par année et partir six autres mois.

— Où tu veux aller ?

— Partout... en Asie, en Afrique, en Inde, en Amérique du Sud.

— Où t'as pris cette idée-là ?

Félix haussa les épaules. Il ne savait pas trop pourquoi, mais cette idée de voyage le séduisait de plus en plus. Louis voulait en savoir plus.

— C'est la petite Jacinthe qui t'a donné envie de partir avec les histoires de son grand-père ? Elle est un peu jeune, mais elle est... spéciale.

Félix regarda Louis dans les yeux.

— Heureusement que t'as pas dit qu'elle avait un beau visage, j'aurais pensé que tu la trouvais grosse.

— Je voulais pas te choquer. Moi, je la trouve très intense, pas reposante tout le temps. Mais je suis pas placé pour te parler de ça. Ta sœur est pas reposante non plus, mais je la changerais pas pour personne d'autre. À bien y penser, toi pis Jacinthe, vous feriez un beau couple d'aventuriers.

Louis souleva ses pieds pour montrer ses bottes de travail.

— Avec des shorts beiges, des bottes pis un chapeau colonial...
De vrais explorateurs.

Félix sourit, puis se mit à rire ouvertement.

Il avait l'intention de partir seul. Pas question de voyager en couple pour découvrir le monde. Et si un jour il baisait avec Jacinthe, ce ne serait pas avant des années. Elle était encore trop enfant.

Il faisait chaud et une odeur âcre montait de l'asphalte. Florence avait la plante des pieds qui lui brûlait. Elle n'aurait pas dû mettre ces sandales. C'était le cinquième appartement qu'elle visitait. Elle trouvait la ville bruyante, sale et se demandait pourquoi sa fille était si souriante à ses côtés.

Comment pouvait-elle avoir envie de vivre dans une de ces conciergeries de briques tristes ? Des fenêtres étroites laissant passer si peu de lumière, des odeurs de cuisson dans les escaliers, des murs minces qui permettaient d'entendre les querelles des voisins. Mais les cours commençaient bientôt et sa fille devait bien se loger.

Marie montait derrière un concierge bedonnant à la respiration sifflante. L'escalier était sombre et les murs d'un beige indéfini avaient connu plusieurs couches de peinture à travers les années. Elle était suivie de Florence et de Louis qui s'était offert pour leur servir de chauffeur. Florence avait accepté, trop heureuse de ne pas conduire dans la grande ville. Cela ne lui déplaisait pas de voir l'intérêt que Louis portait à Marie. Au moins, elle le connaissait, tout comme sa famille.

Depuis l'enterrement de Gustave, Louis et Marie se voyaient régulièrement. Marie se sentait libre et confiante envers l'avenir. Il ne lui manquait plus qu'un endroit bien à elle pour avoir toute la liberté de faire l'amour avec Louis, sans avoir à se cacher des parents et des curieux.

Louis avait un lit qui grinçait et à chaque fois qu'il invitait Marie dans sa chambre, il avait l'impression que même les clientes de sa mère savaient ce qu'il faisait. Il avait surpris des sourires en coin en sortant de chez lui. Et il n'était pas question de retourner dans les îles. Les balades en canot devenaient très dangereuses après l'ouverture de la chasse à l'automne.

Quand le concierge ouvrit la porte d'un des appartements du dernier étage, Marie sut qu'elle avait trouvé un endroit où vivre. L'appartement était petit, tout en longueur, mais les fenêtres dominaient la ville, offrant un vaste horizon sur les immeubles environnants et la montagne plus loin. La chambre n'avait pas de fenêtre et la salle de bain était minimaliste, mais le salon était assez grand pour y aménager un coin bureau. La cuisine équipée ouvrait sur un balcon donnant sur la cour arrière où un grand arbre faisait un peu d'ombrage. Marie était enchantée, elle avait le coin campagne et le coin ville tout en étant à quelques minutes de marche du collège.

Devant la grande fenêtre du salon, Louis et Marie se regardèrent un moment, côte à côte. Louis passa son bras autour de la taille de Marie. Ils n'avaient pas besoin de parler pour savoir qu'ils seraient bien à cet endroit.

Florence comprit que cet appartement serait leur premier foyer. Elle se sentit soudain vieille, inutile et rejetée. Sa fille la quittait, son fils aîné faisait la même chose en allant travailler sur des chantiers. Il ne lui restait plus que deux petits à la maison et eux aussi grandissaient vite.

Léon avait changé, il regardait les filles d'un autre œil, les examinant parfois avec un sans-gêne impertinent. Il passait aussi de longs moments à se taire, songeur. Florence l'avait surpris à sentir ses pots de crèmes comme s'il cherchait un parfum précis. Il avait rougi face à ses questions, mais il ne lui avait rien dit de particulier. Sylvie ne disait rien non plus, mais elle était visiblement triste de voir partir en même temps sa sœur et son frère. La maison serait bien grande à l'automne.

Après avoir signé le bail et payé un premier mois de loyer, Florence se sentit épuisée. Elle avait besoin de se reposer, d'arrêter le temps, au moins un moment. Ils trouvèrent un restaurant chinois où ils s'attablèrent tous les trois. Ils commandèrent un menu à numéro sans vraiment se soucier du repas. Marie et Louis se contentaient de se caresser du regard, heureux comme de jeunes mariés attendant avec impatience la fin de la valse pour partir en voyage de noces.

Florence les laissa un moment et alla aux toilettes. Les choses semblaient plus simples maintenant. On s'aimait, on vivait ensemble. Est-ce que les choses auraient été différentes si elle avait eu vingt ans aujourd'hui ? Aurait-elle épousé Gaby qui s'était révélé un merveilleux mari et un père de famille admirable ? Aurait-elle plutôt suivi Antoine, l'amant expérimenté et insatiable ? Elle ne le saurait jamais, ce temps-là n'existait plus.

Elle ouvrit son sac et retrouva le petit bout de papier qu'elle avait soigneusement plié dans son portefeuille. Elle n'avait pas osé le jeter, tout en se disant qu'elle ne s'en servirait jamais. Une profonde tristesse mêlée de solitude pesait soudain sur ses épaules et elle se dit : pourquoi pas ? Il y avait un téléphone public face à la porte des toilettes. Un paravent le cachait de la salle. Elle composa le numéro inscrit sur le papier. Une voix neutre lui répondit.

Florence avait la gorge nouée, elle trouva difficile de prononcer le nom du docteur Ferland. Le médecin était occupé, la voix voulait savoir qui appelait. Florence donna son nom et attendit. Elle se disait qu'elle commettait une erreur, elle allait tout détruire pour quelques instants de passion. Il valait mieux raccrocher. Ce n'était plus de son âge. Elle éloigna le combiné de son oreille et entendit au même moment les mots qui la firent frissonner :

— C'est toi ? Je pensais que tu n'appellerais jamais. Où es-tu ? On peut se voir ? Allô ?

— Oui, c'est moi.

Elle voulait lui dire qu'elle était à Montréal, mais pas seule, pas disponible, enfin pas aujourd'hui, un autre jour peut-être, quand sa fille aurait déménagé. Mais cela faisait trop de mots à mettre dans sa bouche. Elle soupira. Antoine lui parlait doucement.

— J'ai envie de te voir, mais pas à la sauvette. J'aimerais passer du temps avec toi. Tu te souviens du chalet ? Je voudrais avoir au moins tout un après-midi. Là, je peux pas, j'ai des patients à voir. Il va falloir décider d'une journée.

Florence entendit le bruit des pages de l'agenda qu'il tournait. S'aimer sur rendez-vous, entre deux activités banales, se rhabiller vite pour ne pas être en retard, trouver une excuse en béton, en inventer une autre au cas où, avoir peur de la sonnerie du téléphone, des marques sur la peau.

— Samedi dans trois semaines.

Elle fut étonnée de s'entendre dire cette phrase, comme si son cerveau avait déjà tout calculé. Marie aurait déménagé, Gaby partirait à la chasse comme tous les ans, elle pourrait faire garder les petits et prétexter l'installation de sa fille à Montréal pour s'évader. S'évader, le mot clé d'une vie de prisonnière. Elle nota l'adresse d'un restaurant et raccrocha.

Son corps faisait des gestes mécaniques, programmés, et elle le laissait faire, la tête occupée en permanence par des mises en scène complexes et souvent troublantes. Chaque jour, Florence n'avait qu'une envie : arriver au soir pour se coucher et faire semblant de dormir pour s'imaginer avec Antoine. Elle le revoyait essuyer son visage mouillé de ses longs doigts, poser ses lèvres sur les siennes. Ce geste si familier lui avait procuré un courant électrique qui l'avait sortie de sa torpeur, de sa routine, de sa vieillesse annoncée.

Elle revoyait la villa, sa villa promise. La vieille dame à la réglisse lui avait envoyé un signe et elle ne l'avait pas compris. Maintenant, elle savait que Cécile était un faux obstacle. Ce n'était pas à cette femme qu'Antoine était destiné mais bien à elle. Elle en avait pour preuve leur première rencontre au chalet des Dauphinais, la facilité, le naturel avec lesquels ils s'étaient retrouvés nus, ils avaient exploré leur corps et avaient pris possession de celui l'autre. Elle avait l'impression que son corps appartenait à son amant depuis tout ce temps. Tout avait été si simple, si direct, comme deux âmes qui se connaissaient depuis longtemps.

Et puis, Cécile ne comptait plus dans la vie d'Antoine. Quand une femme passe de longues semaines de vacances loin de son mari, quand un homme se fait construire une villa pour lui seul, les liens amoureux entre eux ont certainement disparu. Il ne devait rester dans ce couple qu'une question d'argent, de bien-être matériel, de statut social. Tout n'était que paravent.

Mais, elle, elle avait à offrir beaucoup plus à Antoine. La passion, la complicité, l'amour véritable. Ce partage de la chair et de l'esprit, cette harmonie dans leurs ébats sexuels, cette connexion essentielle à leur épanouissement.

Ce monde idyllique se fissurait parfois quand des flèches de réalité venaient le heurter. La rentrée scolaire, le départ de Félix, l'installation de Marie, tout ça la sortait de ses rêves, ramenait sa famille au cœur de sa vie. Et qu'arriverait-il avec eux? Comment la verraient-ils sous son vrai jour de femme, de maîtresse amoureuse? Les rendrait-elle tous malheureux?

Marie la détesterait sans doute, Félix la haïrait pour ce long mensonge sur ses origines, Léon et Sylvie la pleureraient et Gaby... Ce serait le tuer, détruire sa confiance, son amour, réduire sa vie à un amas de cendres.

Antoine valait-il toutes ces vies tristes?

Quand elle s'allongeait sur son lit le soir et fermait les yeux, imaginant les mains d'Antoine sur son corps, la réponse était oui.

Il vivait cette période de fébrilité depuis qu'il avait douze ans. Son père le réveillait au milieu de la nuit en secouant son épaule et en chuchotant «c'est l'heure». Ce chuchotement valait tous les réveille-matin. Félix quittait alors son lit tiède pour revêtir des vêtements chauds qu'il avait empilés la veille sur une chaise. Il se glissait ensuite dans la cuisine sans faire de bruit. Un copieux petit-déjeuner l'attendait.

Il mangeait en silence et sans faim. Mais il savait qu'il devait emmagasiner des forces, car la journée serait longue. Gaby finissait de préparer un lunch. Il avait déjà rangé tout le matériel de chasse dans l'auto. Dès qu'il avait fini de manger, Félix rejoignait son père et ils partaient vers les îles. Le rituel se répétait chaque année.

Félix n'avait pas participé à la préparation de la cache cette fois-ci, car il avait commencé à travailler sur le chantier d'une usine en Mauricie. Le travail lui plaisait, il occupait ses muscles aussi, car, en tant que nouveau venu sans expérience, il avait droit aux tâches manuelles les plus éreintantes. Mais la cadence était assez lente, personne ne devait finir trop vite un chantier pour lequel on disposait d'un long délai.

La compagnie qui l'employait avait fait du *screening*, c'est-à-dire qu'elle avait embauché plus de travailleurs que nécessaire pour pouvoir se débarrasser ensuite des moins productifs, des fortes têtes ou de ceux qui ne plaisaient tout simplement pas au patron.

Félix avait été heureux de ne pas être *layoffé*. Et il était content de comprendre de plus en plus leur langage. Son avenir dans la construction s'annonçait bien. Il était revenu la veille avec Louis pour ne pas manquer l'ouverture de la chasse. Tous les travailleurs du chantier avaient d'ailleurs pris leur samedi de congé pour l'occasion.

Louis n'allait pas à la chasse cette année avec son père. Il avait abandonné la tradition au moment où Raymond avait été incarcéré. Après avoir déposé Félix chez lui, il avait filé vers Montréal, le sourire aux lèvres. Félix savait qu'il était certainement dans le lit de sa sœur en ce moment, à dormir au chaud, collé corps à corps.

Il avait eu l'occasion de faire la même chose avec Jacinthe la semaine précédente. Ils devaient aller au cinéma comme des amis d'enfance avec Louis et Marie. Mais le jeune couple s'était désisté à la dernière minute. Félix ne se rappelait plus comment il en était arrivé à se coller à Jacinthe. Ils s'étaient embrassés, caressés, puis dévorés à en avoir les lèvres tuméfiées. Jacinthe lui plaisait, son grand corps souple, ses petits seins durs, ses longs doigts habiles. Elle avait pris sa main pour la glisser dans sa culotte et Félix avait figé, refusant d'aller plus loin.

Quelque chose le retenait et il ne savait pas quoi. Son frère Luc, sa famille, son caractère obstiné, il cherchait encore. En fait, il ne se sentait pas amoureux. Il aurait pu la baiser, comme il l'avait fait avec d'autres filles par le passé, mais il avait peur de s'embarquer avec une fille qui le vénérait presque.

Il refusait qu'on lui impose un joug, il désirait jouir encore de sa liberté. L'arrangement de Louis et de Marie aurait été impossible avec Jacinthe qui le regardait avec une adoration dérangeante. Il avait préféré s'éloigner en essayant d'y mettre le plus de tact possible. Il avait finalement sorti l'excuse éculée qu'il voulait la respecter. Il se trouvait tellement idiot qu'il était prêt à accepter une gifle de Jacinthe. Mais la jeune fille s'était contentée de soupirer, les larmes aux yeux. La douleur était encore plus grande.

Ils roulaient dans la nuit en silence et Félix aimait cette tranquillité. Il se sentait bien avec Gaby et il ne voulait plus penser à ce docteur bellâtre qui semblait le réclamer comme son fils. La visite de la « matante » des États était restée secrète, mais ses effets étaient visibles.

Félix regardait sa mère différemment, se demandant qui était cette femme. Elle l'observait souvent avec un drôle d'air. Il ne savait pas si elle était responsable de ce changement ou si c'était lui qui la voyait sous un autre jour. Mais le fait était qu'ils s'épiaient mutuellement et ne parlaient jamais que de banalités.

Il faisait encore noir quand ils arrivèrent à la cache. Gaby ne chassait plus en chaloupe, il avait aménagé une cache en bordure des marais. C'était plus facile d'accès en auto et il n'avait plus à subir l'inconfort d'une nuit en caboche, cette chaloupe fermée camouflée avec des branches de sapin. Il se gara près des arbres et ouvrit le coffre de la voiture.

Félix et lui enfilèrent leurs hautes bottes et se chargèrent des fusils, des munitions et de la nourriture. Une faible lueur annonçait l'aube sur la ligne d'horizon. Félix marchait en silence dans les traces que son père laissait dans l'herbe haute. Il aimait l'odeur douceâtre des lieux, le clapotis discret des chaloupes à l'ancre, la tranquillité de cet environnement fourmillant de vie silencieuse. Les canards étaient eux aussi plus silencieux à ce moment de l'année. Et ce silence faisait du bien à Félix. Il n'aurait pas manqué cette journée pour tout l'or du monde. Il n'avait pas choisi Gaby comme père, mais s'il avait eu à le faire, il n'aurait pas hésité un seul instant. C'était l'être dont il se sentait le plus proche.

Le restaurant était vaste, banal et anonyme. Les bruits de couverts et de conversation faisaient un fond sonore compact, étouffé par la lourde décoration des murs lambrissés de bois sombre et des tentures de velours cramoisi.

Florence essayait de trouver un adjectif pour décrire l'endroit et elle ne trouvait que le mot «laid». Elle était dans un endroit laid à attendre un homme pour un rendez-vous qui la tenaillait depuis trois semaines, la laissant épuisée au petit matin, distraite toute la journée et fébrile le soir. Elle n'en pouvait plus.

Elle était arrivée légèrement en retard, question de se faire désirer un peu. Elle avait passé en revue la clientèle du restaurant. Elle n'avait pas vu Antoine et elle avait choisi une table face à l'entrée pour être certaine de ne pas le manquer.

Mais voilà qu'elle avait de plus en plus envie de partir, de quitter cette banquette en similicuir rouge, ces gens dévorant bruyamment leur nourriture, ces serveuses fatiguées n'essayant même plus de sourire. Il n'y avait que le souvenir de ces trop brefs préludes imaginaires pour la garder assise. Le souvenir s'évaporait dans cet endroit minable qui se voulait somptueux et il n'en restait plus grand-chose. Elle allongea le bras pour prendre son sac à main et vit au même moment Antoine entrer dans le restaurant.

Il avait cet air nonchalant des vacanciers avec son bronzage, son chandail coloré et ses jeans. Il lui sourit et s'excusa du retard. Il se glissa à ses côtés sur la banquette et l'embrassa dans le cou après avoir mis la main sur sa cuisse comme s'il prenait déjà possession d'elle.

— Tu as faim?

La question semblait toute rhétorique. Florence hésitait à dire oui, alors qu'elle avait l'estomac vide. Elle sentait qu'Antoine était pressé, que manger leur ferait perdre le peu de temps qu'il avait à lui consacrer. Et faire l'amour après un copieux repas n'était pas l'idéal.

Elle était là pour le sexe, non? Non, pas vraiment, mais elle savait bien que c'était probablement tout ce qu'Antoine avait à lui proposer. Et puis, ce restaurant était si laid. Alors, elle mentit.

Antoine fut soulagé. Il prit son bras et la guida vers la sortie. Il ouvrit la portière de son auto stationnée tout près et il fila vers la Rive-Sud par le pont Jacques-Cartier. Florence ne trouvait rien à dire et elle se demandait où ils pouvaient bien aller comme ça. Antoine parlait de la température et s'informa du bout des lèvres des enfants sans mentionner Félix directement. Florence se contenta de dire que tout le monde allait bien, pas question de donner des détails.

Antoine s'arrêta dans un motel anonyme du boulevard Taschereau. Il coupa le contact et sortit. Florence resta assise dans l'auto pendant qu'il se rendait à la réception. Elle jeta des regards effrayés autour d'elle, comme si quelqu'un pouvait la reconnaître dans ce coin perdu.

Quelques minutes plus tard, ils entraient dans une chambre aussi anonyme que le motel. La moquette avait vécu des moments difficiles, le papier peint aussi. Mais c'étaient des choses qu'on ne devait pas remarquer normalement, sous le coup de la passion. Florence voyait pourtant tous ces détails pendant qu'Antoine lui retirait délicatement son imperméable, sa blouse, sa jupe.

Il savait qu'il avait été brusque avec elle, mais il n'était pas question pour lui de passer une heure en tête-à-tête au-dessus d'assiettes remplies de nourriture à entendre parler des enfants, de la routine domestique ou de quoi que ce soit d'autre. Il essayait toujours d'éviter cette entrée en matière, même avec une nouvelle venue. C'était ennuyeux de perdre un temps si précieux en bavardages insipides.

Et Florence n'était pas la dernière venue, mais une de ses premières flammes. Elle avait compté beaucoup pour lui à l'époque, elle l'avait même obsédé pendant un moment. Il se disait parfois que sa vie aurait été tellement différente s'il l'avait épousée. Il n'aurait pas eu l'argent et le prestige de Cécile, mais sa vie aurait été plus simple, plus douce aussi. Peut-être trop. L'aurait-il trompée pour combler le vide de l'ennui? Connaissant son corps par cœur, se serait-il mis à la recherche de nouveauté? Peut-être.

Il se déshabilla en regardant Florence enlever mécaniquement ses sous-vêtements et les plier sur une chaise comme une bonne

élève docile. Qu'avait-il donc espéré ? Qu'elle arrache ses vêtements et les lance sur les murs comme une enragée, une affamée
de sexe ? Il sourit du ridicule de cette image.

Il aimait découvrir un nouveau corps. Celui qu'il regardait
avait perdu un peu de sa grâce. Le temps et quatre grossesses
avaient fait ses ravages. Ce qu'il voyait n'était pas horrible bien
sûr, simplement moins attrayant, mais quand même désirable. Le
désir savait s'accommoder des détails pour trouver à s'assouvir.

Il s'approcha d'elle et ferma les yeux en caressant son corps.
Il voulait se rappeler la jeune fille qu'elle avait été avec les seins
fermes, le ventre lisse, les fesses dures. Tout ce que le temps avait
flétri.

Les mains habiles d'Antoine réussirent à redonner son corps
à Florence. Elle avait quitté ses vêtements sans rien ressentir. Ni
honte, ni gêne, ni plaisir. Comme une visite médicale. Après s'être
laissé caresser un long moment, ses sens se réveillèrent enfin et elle
put rendre les caresses à son amant étendu sur le lit.

Elle redécouvrait son corps, plus mature, plus musclé. La
lumière jaunâtre de l'abat-jour accentuait ses traits et l'érection
admirable qu'il lui offrait lui ouvrit l'appétit. Elle le prit dans sa
bouche, puis se décida à l'enfourcher en lui offrant ses seins sans
se demander s'ils étaient encore désirables. Il y avait si longtemps
qu'elle n'avait pas profité d'un corps d'homme.

Elle avait perdu de vue celui de Gaby dans des étreintes sous les
couvertures, dans le silence, dans la pénombre de leur chambre.
L'affection, la tendresse et le plaisir étaient présents, bien sûr, mais
la vibration au creux des reins, la charge électrique dans tout le
corps, la jouissance qui explose en vous laissant ébahi, tout ça
s'était atténué. Et pourquoi pensait-elle à Gaby, maintenant ?

Elle n'aurait su dire depuis combien de temps ils étaient enlacés, essoufflés, la gorge sèche. Elle essayait de chasser les images de Gaby et des enfants pour ne se rappeler que les sensations de son corps, sa peau sensible au moindre attouchement, la sueur coulant le long de sa colonne vertébrale, ses cheveux collés sur sa nuque. Elle se concentrait sur le moment présent et sentait son corps s'alanguir, se dissoudre peu à peu sur les draps froissés.

Antoine avait déposé sa montre sur la table de chevet. Il tendit le bras et regarda l'heure sans essayer d'être discret. Il se retourna et donna une petite tape sur les fesses de Florence, puis il l'embrassa sur l'épaule.

— Il faut y aller, ma beauté. Sinon tu seras en retard pour le souper et ton mari va t'engueuler.

Florence reçut ces mots comme une douche froide. La réalité revenait à grands pas, un peu trop vite pour elle. Antoine semblait s'y connaître en maîtresse mariée qui prépare le souper. Florence n'eut pas le temps de se retourner qu'il était déjà sous la douche. Elle s'assit dans le lit et regarda autour d'elle, désemparée. Qu'est-ce qu'elle faisait là? Elle n'avait plus qu'une envie, fuir.

Elle s'habilla rapidement comme si elle était en retard pour le travail. Elle voulait fuir la laideur de cette chambre, son odeur de crasse et de sexe. Elle prendrait un bain à la maison, les enfants ne revenaient que dans la soirée.

Quand Antoine sortit de la douche, il fut surpris de voir Florence avec son imperméable sur le dos, prête à partir.

— Tu peux me ramener au terminus d'autobus?

— Pas de problème.

Le trajet se fit en silence. Florence ne savait trop quoi lui dire; en fait, elle n'avait rien à lui dire. La faim lui tenaillait l'estomac, une barre de douleur s'était installée sur son front et elle avait hâte d'être enfin chez elle, de retrouver ses affaires et surtout, de se laver.

Arrivé près du terminus, Antoine arrêta l'auto et se tourna vers elle.

— On se revoit bientôt? Ç'a été un après-midi extraordinaire. Tu me plais toujours autant, Florence.

Il avait dit ça comme s'il essayait de la rassurer, ou de se convaincre lui-même. Il se pencha pour l'embrasser. Florence lui sourit poliment, avança les lèvres pour un paisible baiser et ouvrit la portière.

— Je te rappelle, bel étalon.

Dès qu'elle posa les pieds sur le trottoir, elle se demanda pourquoi elle l'avait appelé ainsi. Bel étalon! C'était ridicule. Surtout qu'elle n'avait pas l'intention de le rappeler. Mais elle n'avait pas envie de s'expliquer. Pas ici, devant le terminus, face à tous ces gens qui allaient et venaient. Et puis, qu'y avait-il à dire de cette rencontre brève et torride?

Antoine n'avait pas osé lui parler de Félix. Il le regrettait. Il l'aurait sans doute fait en sortant de la douche si elle n'avait pas été déjà habillée et prête à partir. Pas de temps pour une petite conversation. Et puis, comment vont les enfants? Et l'aîné, il se porte bien, il a besoin de quelque chose? Antoine regarda la mère de son fils s'éloigner. Ce serait pour la prochaine fois.

Des nuages mauves s'effilochaient à l'horizon. Gaby ne se lassait pas de ce spectacle année après année. Assis tranquillement dans la cache avec Félix, il fixait le coucher de soleil. La journée de chasse avait été longue, mais il l'avait prolongée volontairement en évitant de tuer son quota de canards dans la matinée. Ils avaient mangé en admirant les marais. Ils avaient parlé du nouveau travail de Félix.

Gaby aurait préféré le voir devenir un monsieur aux mains blanches, mais Félix semblait en avoir décidé différemment.

— T'as l'intention de travailler toute ta vie sur des chantiers ? C'est jamais stable, t'as pas de sécurité.

— Ce que je veux, c'est voyager, parcourir la planète. Pour faire ça, le mieux est d'avoir un travail bien payé et de durée limitée.

— Tu vas partir comme ça, tous les ans ?

— Plusieurs mois par année à l'étranger, si possible. Ça coûte par si cher voyager avec son sac à dos. Pis je peux me trouver du travail de temps en temps.

Gaby se dit que le sac à dos serait plus lourd avec femme et enfant. Mais Félix était jeune, il avait le temps de découvrir beaucoup de choses avant de se caser. Et le tour du monde allait lui faire découvrir plus de choses que de travailler d'un chantier à l'autre.

— Pis tu partirais quand ?

— L'année prochaine si je réussis à mettre assez d'argent de côté. J'aimerais aller en Afrique du Nord. Je veux voir le Sahara.

Gaby imagina Félix à dos de chameau, la tête recouverte d'un foulard blanc comme Lawrence d'Arabie, allant calmement vers l'horizon. Un océan de sable doré et un ciel d'un bleu trop pur pour accueillir des nuages. Un autre monde.

Il était fier de son fils et il acceptait maintenant qu'il ne devienne pas médecin. Ce n'était pas sa place après tout, mais plutôt l'idée de sa mère.

Gaby essayait de ne pas penser à Florence, mais son image revenait sans cesse, fermée, lointaine, irritable. Pour la première fois de sa vie, il n'était pas pressé de rentrer à la maison. Plusieurs de ses compagnons de travail se plaignaient parfois qu'ils n'avaient pas envie de retrouver la patronne de mauvais poil, mais Gaby n'avait jamais eu à les imiter avant aujourd'hui.

Florence ne se mettait pas en colère, n'élevait pas la voix, elle s'effaçait simplement, silencieuse, la tête ailleurs. Depuis leur retour de Gaspésie, Gaby se demandait dans quel ailleurs elle avait la tête quand elle mettait le lait dans l'armoire et le sucre au frigo.

Les choses avaient empiré depuis le jour où elle avait loué l'appartement de Marie. Et Gaby ne savait pas comment la rejoindre. Il avait essayé d'expliquer son attitude par le fait que leur fille quittait la maison et allait vivre dans une grande ville. Cela l'inquiétait lui aussi, mais pas au point de se refermer ainsi. Il devait y avoir autre chose, et la seule chose que Gaby imaginait était cet Antoine Ferland qui lui aurait fait tourner la tête. Mais il ne comprenait pas qu'une femme sensée comme Florence perde la tête pour ce don Juan de pacotille centré sur sa petite personne.

La route lui avait paru si longue que Florence avait eu l'impression de vivre au bout du monde. Arrivée à Sainte-Victoire, elle avait pris un taxi et elle s'était fait déposer à deux rues de chez elle. Puis elle avait marché comme si elle revenait d'une balade, essayant de jouer la décontractée alors qu'elle guettait le moindre visage aux fenêtres. En entrant, elle avait retrouvé l'odeur du bungalow avec soulagement.

Quelle idée stupide que cette villa ! La dame à la réglisse n'était en fait qu'une vieille un peu folle. Et cela lui avait pris toutes ces années pour le découvrir. Comment avait-elle pu croire à une telle prédiction ? Comme si les lignes de la main étaient des valeurs sûres.

Après avoir mangé un sandwich à toute vitesse, elle prit une douche et se frotta à faire rougir sa peau. Puis elle mit ses vêtements au lavage. Il fallait effacer toutes les traces de sa trahison.

Ensuite, elle se promena lentement dans toutes les pièces de la maison, se réappropriant sa famille, enfant après enfant. Félix, son grand garçon, son premier bonheur, sa fierté. Elle respira son t-shirt, regarda son sac de vêtements de travail sales. Un travailleur manuel, lui, avec son intelligence. Elle soupira. Elle devait lui faire confiance. Il était assez sensé pour ne pas gâcher sa vie. Et elle ne devait pas la vivre à sa place.

Marie, sa petite Marie si fière, si dure aussi parfois, si volontaire. Sa chambre était presque vide. Florence remarqua qu'elle n'avait pas emporté son poster des Beatles. Elle n'était plus une gamine. Florence pensa à Louis qui devait être avec elle en ce moment. Sa grande fille avait sans doute passé la nuit avec lui. Si jeune. Quand elle avait appris que Marie prenait la pilule, elle avait d'abord été choquée, puis surprise, puis soulagée. Sa fille était assez rationnelle pour ne pas laisser une grossesse bouleverser sa vie. Elle décidait de son avenir, de son travail, de ses amours. Florence admira sa capacité à être rationnelle, se demandant où elle avait pris ça. Pas d'elle, en tout cas.

Léon, son petit homme pas compliqué, direct et franc. Un vrai petit Valois, joueur de hockey, de baseball. L'an prochain, chasseur de canard. Lui aussi grandirait, deviendrait amoureux. Il serait peut-être le premier à lui donner des petits-enfants, car il avait le sens de la famille, comme son père.

Et sa petite Sylvie, sa poupée, sa gamine douce et effacée. Sa chambre était encore un conte de fées tout en pastel et froufrous. La grande maison de Barbie était bien rangée. Sylvie y avait installé des poupées miniatures dans les chambres comme si elles étaient des enfants de Barbie. Il y en avait quatre. Florence les regarda longuement.

Elle avait les larmes aux yeux. Et dire qu'elle avait été prête à les sacrifier, pas plus tard qu'hier. Prête à accepter une double vie, à semer le malheur au nom du désir, de l'attirance purement sexuelle.

Elle devait admettre qu'Antoine l'avait déçue : amant précis, mécanique, mais sans amour, sans générosité, sans véritable passion. Elle ne voulait pas de cette double vie. Son amour de jeunesse s'était évanoui et elle voyait bien qu'il était maintenant trop tard pour remuer les cendres refroidies. Elle se disait que ce qu'on rate à vingt-cinq ans ne revient pas à quarante-cinq. Même en faisant des efforts.

À la brunante, Sylvie était revenue de chez son amie, à quelques maisons de là. Léon avait téléphoné pour demander la permission de regarder le hockey chez son copain et il avait promis de rentrer après la troisième période. Sylvie, épuisée de sa journée de jeu, s'était endormie sur le canapé. Florence la regarda, attendrie, puis elle alla à la fenêtre de la cuisine.

La rue était déserte. Pourquoi Gaby n'était-il pas encore rentré ? La chasse était terminée depuis un moment. Une angoisse sourde commença à lui gruger le ventre.

Un accident était toujours possible. Une balle perdue pouvait se loger dans la tête de Gaby ou de Félix. Et si Gaby mourait, que ferait-elle ? Non, la vie serait insupportable de solitude, de chagrin, de remords. Antoine ne pourrait jamais remplacer ce compagnon de vie, ce partenaire aimant.

La gorge serrée, elle sortit sur la pelouse devant la maison et regarda la rue déserte. Toutes les entrées des bungalows étaient peuplées de leurs voitures habituelles. Tout ce calme rendait son angoisse plus criante. Florence tourna en rond un moment, puis rentra.

Elle alla s'asseoir près de Sylvie et fixa le tapis du salon. Il était usé par endroits. Maintenant que la maison de Maurice était vendue, Florence pourrait faire poser une moquette neuve. Elle se trouva stupide de penser à la moquette quand son mari agonisait peut-être dans un hôpital. Mais pourquoi Félix ne téléphonait-il pas? À moins que ce ne soit Félix! Non, Gaby aurait téléphoné tout de suite.

La porte s'ouvrit. Florence vit Gaby chargé de deux fusils et suivi de Félix portant la glacière. Ils lui souriaient. La chasse avait été bonne. Ils allaient plumer les canards et les congeler le lendemain. Sylvie se réveilla, Léon arriva au même moment. La maison retrouvait ses bruits familiers.

Un poids énorme quitta la poitrine de Florence. La vie reprenait son cours normal. Dans ce va-et-vient joyeux, Florence chercha des yeux Gaby qui prit Sylvie dans ses bras pour un gros bisou, puis ébouriffa la tête de Léon en lui demandant si les Canadiens avaient gagné le match. Il rejoignit ensuite Félix pour ranger leur équipement. Florence ne savait plus quoi faire. Il l'avait à peine regardée. Elle envoya Sylvie et Léon mettre leur pyjama et elle s'assit, seule, au salon.

Et si Gaby avait tout deviné? S'il avait su, le matin même, qu'elle allait le tromper, le trahir? S'il l'avait déjà compris lors du voyage en Gaspésie? Elle cherchait des indices qu'elle aurait pu laisser par distraction, par négligence. C'est vrai qu'elle avait eu la tête ailleurs depuis des semaines, qu'elle ne s'était pas montrée tendre, affectueuse. Obsédée par son rendez-vous, elle avait cessé de regarder Gaby. Et il n'était pas idiot, il s'en était rendu compte.

Elle restait assise au salon, fixant le bout de ses pieds, massant lentement son estomac avec son poing. L'angoisse refusait de partir.

Elle ne vit pas Gaby qui la fixait. Il s'approcha et s'assit à ses côtés. Elle le regarda avec un pâle sourire. Il s'inquiéta.

– Tu es malade?

Elle fit signe que non et pressa sa main dans la sienne.

– Tu arrives si tard. J'ai cru que tu étais mort, un accident est si vite arrivé.

– Je ne savais pas que je te ferais une petite peur.

– Une grosse angoisse, tu veux dire.

– Mais là, c'est fini ?

Elle le regarda dans les yeux, prête à tout effacer.

– Oui, c'est terminé.

– Alors, tu vois, tout va bien.

Il mit son bras autour des épaules de Florence et elle pencha la tête vers lui. Ils échangèrent un long baiser, un de ces baisers des premiers jours, un de ceux qu'on délaisse avec le temps.